# 我们都是孤独的

We are all alone
Yusuke Kishi

[日] 贵志祐介 著
赵滢 译

西泠印社出版社

——————— 每本书都是一座传送门

次元书馆

# 目录

第一章 …………………………………… 001
第二章 …………………………………… 015
第三章 …………………………………… 030
第四章 …………………………………… 053
第五章 …………………………………… 075
第六章 …………………………………… 099
第七章 …………………………………… 118
第八章 …………………………………… 142
第九章 …………………………………… 165
第十章 …………………………………… 186
第十一章 ………………………………… 206
第十二章 ………………………………… 233
第十三章 ………………………………… 274

# 第一章

茶畑彻朗在黑色皮革沙发上挪动了一下身体。每当聆听客户的委托内容时，他都尽量保持前倾的姿势，但今天不知为何就是坐不住。

寻人是他的强项，正木荣之介又是众多客户中的顶级 VIP，再加上事务所如今正陷入经济危机，应该二话不说就接下这个案子。但是，这次的委托太不寻常，不仅是超出普通业务范畴那么简单，甚至都想先确认客户的精神是否正常了。

"姓名不详，也不清楚所在地，这种情况很难展开调查啊！"

茶畑谨慎地斟酌措辞，在旁边做记录的桑田毯子狠狠地瞥了他一眼。

"名字嘛，以后有可能会想起来。后续有新的信息我再联系你。"

坐在会长室窗前椅子上的正木荣之介满头银发，鼻梁高挺，五官端正，口齿非常清晰，怎么看都不像被妄想迷昏了头的人。外界评价他虽已年近八十，但当年白手起家、打造"荣工程"这家优良企业的头脑时至今日也没有衰退。

"那么，您的委托内容就是——想确认那个人是否真实存在，对吗？"

正木先生有些焦急地摆了摆手："不是，那个人的详细信息自不必说，我更加想了解的是那件事的真相。"

"您所指的'真相'是？"

"犯人……是谁杀了我，以及为什么要杀我。"

这件事果然不该找侦探，倒是应该找精神科的医生谈谈。没办法了。茶畑正准备拒绝的时候，毯子先开口了。

"光凭您刚刚所说的内容，实在无从查起，您还记得其他关键性的、可以作为线索的内容吗？"

"线索啊……刚刚说的已经是我所记得的全部了。"正木先生很认真地思考。

"事发村庄是什么样的？地形有什么特征吗？"

看着毯子一副干劲十足的样子，茶畑蔫了。这位平日就很优秀的助手人如其名，一旦弹起来就会不受控制地乱跑，事到如今也不是他这个雇主能够掌控的了。

"地形吗？事情发生在深夜，所以不是很清楚。只知道附近有一处大河流经的河滩，村子应该位于平地上。"

"离海近吗？"

"海？我想起来了！的确很近，白天能闻到海水的气味。那条河越接近河口越宽，犯罪现场应该在距离大海不到一千米的位置。"正木先生似乎很兴奋，语速很快。

"然后，您说您在前世说的是关西方言，能想起一些句子或词组吗？"

毯子算不上什么美人，但每次看到她用谦恭的态度、丰富的表情以及温润的声音俘获老人的心，变身为"Silver Killer"（老年人杀手）的样子，茶畑都会佩服得五体投地。现在也是如此，瞬间就抓住了正木先生的心。

"Gouwaku，"正木先生小声嘟囔着，"还有dannai……我记得是这么说的。"

"这些都是什么意思呢？"

只见正木先生半眯着眼，似乎努力回忆着答道："Gouwaku好像是'生气'的意思，dannai大概是'放心、没事'的意思。"

"明白了。那么我们会先依照这些信息做一些预备性的调查，再根据结果决定是否要继续进行正规调查。届时会给您正式的答复。"

茶畑抢在还想继续提问的毬子之前强行夺回了问话权。毬子很明显有些不悦，却没说什么，继续做着记录。

"如果您不介意的话，我想再问两三个背景方面的问题。"

熟知茶畑做事方法的正木先生默默地点了点头。在过去的调查中就曾有过看似与调查对象没有直接联系的背景资料带来重大突破的情况。

"首先是这次委托我的理由。"

"当然是因为我对你的能力评价很高。在过去的工作中，你总是能提供完美的报告书。"正木先生的语气非常理所当然。

"感谢您的认可。但这次的委托极其不寻常，我的确有过翻查几十年前事件的经验，但要想调查数百年前的事件，就需要完全不同的技术了。您有没有想过找研究历史的机构，譬如大学或是地方史学家咨询一下呢？"

"我委托你有两个理由，其一就是保密问题。要是调查自己前世这种事被传出去，外人肯定会认为我疯了或是痴呆了，那样很可能会影响到公司的股票。"

能够如此客观地分析自己当前的状况，应该不会是疯了或者痴呆。

"而另外一个原因，就是看中你的能力。"正木先生继续以冷静的口吻说，"如果只是单纯地调查事实关系，那委托能够调动大量人手的大型信用调查所会更方便快捷。而我之所以会重用你这匹孤狼，是因为你拥有出类拔萃的能力，能够从细小的事实碎片中拼凑出整件事情的始末。"

正木先生的眼光锐利，那魄力仿佛一位拥有看透人心能力的刑警。茶畑心想，想必他早已看透自己之前的想法了。

"原来如此，您在他身上看到的不是普通侦探，而是推理名侦探的资质啊！"

就在气氛开始变得沉闷的时候,毯子若无其事地插了一句无聊的戏言。正木先生这个人不喜欢晚辈插嘴,茶畑担心他会不高兴,朝他脸上看去,结果发现他反而露出了微笑。

"茶畑的确和推理小说里出现的名侦探很像。"

从正木先生的目光压力下解放的茶畑在放下心来的同时,提出了下一个问题。

"如果方便的话,我还想请教一个问题。您为什么突然想调查自己的前世呢?"

"该怎么说呢,就是想知道真相……嗯,也不仅如此。大概是因为人生开始步入总结阶段了吧,最近突然产生了前世发生的事会不会对今生造成影响的想法。"

"具体是怎样的影响呢?"

提出的问题越是现实,非现实感就越发浓郁。

"水。我一直自认为是日本最初着眼于水商务未来性的经营者,但这或许是在前世某个事件中留下的心理阴影。水对以前的农民来说就是生命,如果我是因为用水引发的纠纷而丧命,那么会对水产生某种强烈的执念就是很正常的事了。"

还是没能消除那种不协调的感觉。

正木荣之介应该不是那种会轻易相信超自然现象的人。茶畑决定单刀直入。

"正木先生,您以前就相信前世是存在的吗?"

"不,我是理科生,是个彻头彻尾的理性主义者。在这之前,我一直看不起这类说法。对我来说,信与不信的界线是:我宁可接受将来室温超导体有可能实现,也不能容忍冷核聚变这种东西的存在。"

转世这种事比冷核聚变还要离谱吧。

"那么，您为什么会如此确信前世是存在的呢？"

"因为我想起来了。"正木先生冷冷地说道。

"你到底有什么打算？"茶畑往咖啡里放了砂糖和鲜奶油，边搅拌边看着毯子。

"我不明白您的意思。"毯子把香草茶端到嘴边，歪着头答道。

"那种委托怎么接啊？我本想拒绝，你擅自推进话题，我很难办啊！"

毯子静静地把杯子放在桌上："所长，您了解事务所现在的经营状况吗？"

"嗯……我承认现在很困难。"

"现在已经不是困难的程度了，都快破产了。要是再交不出房租，我们就要被赶出去了。"

"我会想办法的。"

"什么办法？信用卡和消费贷款套现已经达到上限了，不是吗？您该不会是打算向高利贷借钱吧？"

"但信誉还是有的，临时用钱的话能借到。"

"然后呢？怎么还？"

"找到辽太。"

毯子露出冷笑般的笑容，露出洁白的牙齿，又喝了一口香草茶。

"你觉得我找不到？我找人的本事，你应该是知道的吧？"

"当然了解，您或许能找到，但是……"

"但是？"

"等您找到的时候，您觉得北川手上还会有钱吗？就算找到人，您也不是那种会跑去他父母或兄弟家强行逼债的人吧？您能说出威胁他的话吗？譬如让他去卖肾还钱什么的？"

"那要看情况，就算是我，面对卷款逃跑的家伙也不会有好脸色。"

茶畑喝着过甜的咖啡，耳边响起酒店咖啡厅里的音乐《独自一人》（All By Myself）。这是艾瑞克·卡门（Eric Carmen）在七十年代红极一时的歌曲，歌唱没有恋人也没有朋友的孤独。原曲应该是拉赫玛尼诺夫的钢琴协奏曲。

"刚才正木先生提出的报酬，您也听到了吧？"

毯子面对面看着茶畑，细长的眼睛异常锐利，与此前露出迷人表情、征服老年人时全然不同，被她这么面无表情地盯着，还真有点瘆人。

"听见了，金额高得吓人，导致我现在都在怀疑自己是不是听错了。但是……"

"但是？"

"你应该也明白，连名字、时代、地区都不知道，怎么找出那么久以前的人？而且对方既不是江户的富商，也不是浮世绘画师，只是个名不见经传的平头百姓而已，肯定不会留下什么记载。说到底，这个人是否真实存在都是个问题。"

"放心吧，肯定存在。"

听到毯子若无其事的发言，茶畑皱起眉头。本以为她是个真正的现实主义者，原来也相信转世这种事吗？

"你是怎么知道的？"

"这件事的关键是找出符合正木先生描述的人，对吗？既然是这样，那肯定能找到一个。"

原来如此，是这个意思啊。

"你的意思是，让我欺骗正木先生？"

"这话说得就太难听了。如果是凭空捏造的人物，那自然是欺骗，但找到的是符合正木先生描述的人，那就是很好地完成了委托，不是吗？"

"正木先生想要找的，可不是尽量符合条件的随便某个人，而是他的前世———一个特定的人。"

"当然，但同样都是遵循线索锁定某人，操作起来没有任何区别，不是吗？至于找得对不对，由正木先生来判断不就行了吗？"

看到毯子露出的微笑，茶畑不禁想，我又不是老年人，可没那么容易被你征服。

"光是委托费就能解燃眉之急，正木先生还愿意出钱让我们雇帮手，现如今这么大方的客户可不好找。"

茶畑轻轻地摇了摇头。这件事要是交给毯子，按她的性子高薪雇帮手，估计到时候连幽灵写的收据都能拿到。茶畑很想大喝一声"别胡闹"，可如果不是她在财务方面的严格管理和多方筹划，事务所早就维持不下去了。

音乐切换成吉尔伯特·奥沙利文（Gilbert O'Sullivan）的《再次孤独》（*Alone Again Naturally*）。这首也是七十年代的热门歌曲，但歌词的黑暗程度惊人，刚听时只是一首普通的失恋歌曲，可如果过段时间内心的伤痛依然没有痊愈，再听简直想要从高楼上跳下去。

"所长，您在听吗？"看到茶畑又犯老毛病，开始逃避现实，毯子有些焦急地追问道。

"我还是不想那么做，正木先生一直以来都这么照顾我们。"

"可我们每次都付出了相应的努力，不是吗？"

"那也不能在正木先生陷入迷茫……或者应该说患心理疾病的时候乘人之危啊……"

"这不是乘人之危，是助人为乐。"

"这怎么就是助人了?"

"那些功成名就的人不是经常会这样吗?一想到该做的事都已经做完,人生只剩下死亡,就会受到空虚的侵袭了。"

"那和这次的事有什么关系?"

"想要了解前世的理由,大多是为了相信来世的存在、确认死亡不是一切的终结。"

是这样吗?茶畑陷入了沉思,那位正木荣之介会为了逃避死亡带来的恐惧,从超自然现象中寻求出路?如果真是这样,那么照他说的来展开调查,陪他玩一场前世追凶的游戏倒也算是一种祭奠……不,是服务。

"啊,是不是那个人?"毬子在茶畑耳边低语。

茶畑抬眼观瞧,咖啡厅入口处有一个穿着竖条纹双排扣西服的男人。

"不像,我猜测那是个在泡沫经济时代放高利贷的,穿梭时空来到这里,然后迷路了。"

"可是,他朝着这边来了。"

男人完全不在乎周围人的冰冷视线,朝着这边越走越近。

"你是茶畑先生吧?"

男人没有等茶畑回复,便坐在了对面的座位上。来人个子不高,体格健壮,微胖,长相还挺可爱。

"我刚刚和你通过电话。"

男人拿出名片,上面用极粗的字体印着"小口金融 小口繁"几个字。莫非意思是一百日元也会借?

茶畑看着名片问:"找我有什么事吗?"

"什么事?少装蒜,北川辽太还欠我一千万没还呢,也该还了吧?"

"雇主没有义务为雇员还债。我的钱也被他卷走了,还不知道找谁要去呢。"

"这可说不过去。"小口的大脸突然逼近,"我可不是在跟你玩,我会想办法让你出这笔钱。"

"那要不要上法院?我们也是受害者,正准备报警呢。"

小口看着茶畑,似乎感觉到自己碰上硬茬了。"果然是个老奸巨猾的大叔。我听说过你的传闻,一般的威胁对你无效。"

"既然知道,就收手吧。"

茶畑开始觉得无聊,将注意力放到了音乐上。现在放的是《孤独先生》(*Mr. Lonely*),因为 FM 东京(TOKYO FM)的《急流》(Jet Stream)这档音乐节目曾拿它做主题曲,所以很有名。不过,今天的曲子怎么都这么……

"我明白了,那,咱们就聊点不一样的吧。"

哦?小口的反应是茶畑没有预料到的。

"为了你,我特意请来了一位特别嘉宾,你跟丹野先生很熟吧?"

坐在隔一张桌子座位上的客人,放下挡住脸的体育新闻报纸,看向了这边。茶畑的身体一下子僵住了。为什么之前没有发觉?

那人的脸扁平且苍白,眉毛几乎是没有的,小眼睛里看不出任何情绪波动,还有纤细的溜肩,乍一看就像是某个商店老板的傻儿子。

丹野穿着白色开襟衬衫和棉麻外套,端着咖啡杯站了起来。他比身高一米七五的茶畑高出 10 厘米,有严重的驼背,会让人联想到某种食肉猛兽。似乎是突然感觉到了危险气息,周围说话的声音都变小了。丹野一脸开心地坐到了小口旁边的位置上。

"嘿,最近怎么样啊?"丹野跟茶畑打着招呼。他的声音就像是以前的浪曲师那样沙哑,即便是这样平静的对话,也带着某种异样的压迫感。

"还行吧。"

听到茶畑言简意赅的回答,不知情的毯子感到很诧异。

"我和阿茶是小学同学。"丹野先向毯子做出了解释,接着向茶畑递出名片,"现在是干这行的。简单来说就是给人提供帮助啦。"

虽然不太想要,但还是得接着。只见名片上用普通的字体写着"特定非营利活动法人 日本人道会 代表 丹野美智夫"。

真让人发笑,不过茶畑并没有那个勇气笑出来。他当然知道,这个名为日本人道会的NPO(Non-Profit Organization,非营利组织),实际上就是被称为"关东地区最为穷凶极恶的暴力团伙"的仁道会。

丹野满面笑容地对茶畑说:"这位放高利贷的小口,作风老派,跟人家讲义气却害了自己。最近赖账的太多,他都要经营不下去了。那个叫北川的是你的雇员吧?能不能替他还这笔钱?"

"等一下……一千万那么多,现在的我怎么可能拿得出来。"茶畑有些支吾。

"那是自然,这个金额确实太难为你了。好,这样吧,一半,五百万,就这么定了,没问题吧?"说罢,丹野看向了坐在旁边的小口。

"啊?可、可是……好吧,我明白了,就这么定吧。"小口似乎很吃惊,但还是努力在他的大脸上挤出了笑容,"那,丹野先生的费用,就是五百万的一半,二百五十万了,对吧?"

笑容从丹野的脸上消失了:"嗯?我这是怎么了?也没吃错药啊,怎么出现幻听了?你刚刚说什么?能再说一遍吗?"

"对、对不起。可是之前说的是,一千万的一半五百万。现在变成了五百万,那一半就是二百……"小口的表情渐渐变得紧绷。

"喂喂,你是不是日语不好啊?说好的就是五百万,所谓的

'一千万的一半'就是单纯的计算根据，听不懂？总之，要按照约定给我五百万，明白了吗？"

"可是，这样的话，我一分钱都……"

"说什么傻话呢，那五百万肯定会入你的账啊！"

"啊？可是……"小口一脸混乱。

"然后再支付给我五百万。收入和支出怎么能混为一谈呢？好不容易谈妥了，不要瞎说，又把人搞乱了。"

在不知情的人听来，会以为他们是在一唱一和地演戏，但这种情况发生在丹野身上，就绝非如此。这个男人绝对不会做那么麻烦的事，既然他接下的是索要一千万债权的工作，就根本不会在乎委托人能不能拿到钱，只要他自己能拿到五百万就够了。

原来如此，这样下去，这位作风老派的小口的高利贷买卖只会越做越差。

"那就这么说定了，阿茶也OK吧？"

丹野重新看向茶畑。现在可不是笑话小口判断失误的时候。

"给我点时间，现在就要的话，我真拿不出来。"

毯子瞪大了眼睛看着茶畑。在这个情况下，谁比较可怕一目了然。

"时间？要多久？"

"我手上有个寻人的案子，成功找到人能拿到五百万的报酬。给我两个月，应该有希望。"

"好，看在我们从小认识的分上，给你一个月的时间。下个月的今天拿五百万来见我。"说罢，丹野便站了起来。

"不是应该先付给小口吗？"虽然知道不该说，但受到无法抵抗的悔恨之心的驱使，还是忍不住说出了口。

"啊？为什么？反正最后都是要给我，没必要经过他了吧？"丹野一副"真是不明所以"的表情。

"……再确认一件事，付给你五百万之后，这件事就到此为止了吧？要是再有人找我要钱，我可受不了。"

至少这一点要提前说清楚。

"放心吧，我向你保证，毕竟这家伙作风很老派嘛。"

"也就是，肯定会遵守约定？"

"在作风老派的高利贷心里，命可比钱重要。"

丹野用沙哑的嗓音留下这句话后，便不慌不忙地走出了咖啡厅。剩下小口在那里独自怅然若失了一会儿，丢下一句"那个浑蛋"，站起身来准备离开，茶畑一把抓住了他的手腕。

"干什么？"小口瞪大眼睛看着茶畑。

"把丹野的咖啡钱留下，把他叫来的人可是你。"

"你这浑蛋！"小口的脸瞬间变得通红。

"是你不动脑子把那种家伙扯进来，才害得我被迫要支付五百万，而你一分钱都拿不到。应该有更好的解决方法吧？"

手腕被八十公斤握力的手紧紧抓住，小口发出了痛苦的呻吟声。

有一瞬间，小口的眼中露出了狠厉之色，但大概是一分钱也拿不到的那种无奈再次将他击垮，他默默地从怀里掏出蛇皮长款钱包，往桌上扔了一千日元纸币。

小口走出咖啡厅后，一股无力感袭来，茶畑瘫坐在座位上仰望天花板。

"所长，您是不是疯了？"毯子用冰冷的声音质问，"冒着可能会动手的危险让对方支付了咖啡的钱，这样的经济观念让人佩服。可那却是在豪爽地答应给别人五百万之后，您不觉得前后矛盾吗？"

"没办法啊，对方惹不起。"茶畑轻轻摇了摇头。

"就算对方是混混,可所长您的原则不是万事都要讲理吗?"

"他可不是普通的混混儿,是个例外,如果我刚才拒绝给这笔钱,他会毫不犹豫地杀了我。"

"怎么可能,您为什么会有这样的想法?"

"因为他就是会那么做。"

这一点,在小学四年级与丹野同班的那天起,茶畑就被迫体会到了。精神正常的人与狂人战斗是绝对赢不了的。当年无论是态度强硬的生活指导老师还是当地的混混团体都没能震慑住丹野。升上初中后在当地闯出名堂的丹野的冷血手段,连那个圈子里的人也是提之色变,而从来没有人向警方揭发这一点只能说是个奇迹。从长远来看,他那种毫不考虑后果的疯狂做法,早晚有一天会出问题,但如今的他已年近四十,依然没有迎来那一天。

"那眼下就只能接受正木先生的委托了。"毯子没有继续纠结那些她无法理解的事情,选择积极面对眼前的状况,"实际上完成委托可以拿到一千万,就让我们重振精神,找到正木先生的那个前世农民吧。"

"是啊。"茶畑抱着胳膊闭上双眼。咖啡厅的音乐流入了耳中。

《我们都是孤独的》(We're All Alone)这首歌也是七十年代的,是柏兹·史盖兹(Boz Scaggs)的大热歌曲,但唱的并不是孤独,而是一首甜蜜低语"只有我们两个人相依"的叙事曲。

茶畑喝下已经冷掉的咖啡,不知不觉听入神了。每当听到"Amie"的时候,都会下意识地换成"亚未[①]"。

"您没事吧?"毯子有些诧异。

"这首老歌我以前经常听,那个时候发生了很多事。"

---

① 亚未的日文发音是 ami。

"哦……"毬子只是兴趣索然地随口附和了一声。

每次和难缠的对手见面，茶畑都会选择公共空间，也经常会约在这家酒店的咖啡厅，但今天的音乐不知道为什么就是让人很在意。

虽然并不相信什么共时性现象（Synchronicity）[2]，但侦探的工作很容易受到运气的影响，自然而然会在意吉凶。之前就有通过机缘巧合发生的意外事件找到了人的经历。

这是某种启示吗？为什么偏偏今天放的都是跟孤独有关的歌曲呢？

---

[2] 1930年由心理学家卡尔·荣格（Carl Gustav Jung）创造的术语，指两个或多个没有因果关系的事件同时发生，相互之间似乎隐含某种联系的现象。

# 第二章

茶畑侦探事务所一改之前开店休业的状态,突然忙得热火朝天。不过再忙也就只有两个人。

"所长,这样行吗?"

茶畑刚刚查访归来,毯子就急不可耐地将几张打印纸交到了他手上。

"这么快就写好了?效率就是高。"

茶畑先把脱下的西装外套挂在衣架上,然后坐在沙发上看起了打印出来的文字。外面是酷暑,本以为回到事务所就能享受清凉,但在毯子的坚持下,为了省电,空调被设定在了二十八摄氏度。

茶畑边擦汗边看完了所有内容,然后颔首道:"这个不行啊。"

毯子一脸受伤的表情:"有那么差吗?我已经很努力了。"

"如果是商业文书,这篇文章无可挑剔,但这样看来,你是一点儿当小说家的潜质都没有啊。"茶畑把打印纸还给了毯子。

"不过,的确把从正木先生那里听到的内容不多不少都融入故事中了。就以你写的这篇为基准,找人重写吧。找到合适的人选了吗?"

"找到了,准备委托给小冢原锐一。"

"小冢原?Who?"

"十年前曾得过某个新人奖从而出道的小说家,结果他的第一本书《刑场之露》完全卖不出去,后来就销声匿迹了。现在靠着给别人代笔糊口。"

"没听过,应该是写时代小说的吧?"

"是的,不过他喜欢的主题是'残暴的行径',追求的是用写实手法描写一个人对另外一个人能有多么残忍。"

这种风格的作品一般的时代小说迷的确接受不了,不过或许刚好适合做这份工作。

"桑田,你和这个小冢原熟吗?"

"算不上,只是在上一家公司任职时曾经委托过他。委托内容是修改使用商品的人的年龄和性别后,把那些人的反馈用不同的表现手法写出来。"

毯子之前任职的是一家因为传销而臭名远扬的企业。

"那应该能保守秘密。马上委托他,费用是二十张稿纸十万。既然是代笔,应该半天就能搞定,这种临时收入对他来说可是个好差事。"

毯子有些不满:"这笔支出是必需的吗?"

言外之意就是,由她来写就不用花钱了。

"这可是要拿给某个地方史学家看的,要是跟人家说这是复苏的前世记忆,人家会理咱们吗?"

"小说就可以?"

"当然,只要跟对方说这是某位失踪的小说家留下的原稿,据说是基于史实写的。要是能搞清楚这是什么时候在哪里发生的事件,就可以作为寻找那人下落的线索,对方肯定会上钩。日本人最喜欢的就是这种通俗易懂的推理小说。"

"我每次都对所长的阴谋诡计敬佩不已。"毯子似乎并不觉得这句话有什么失礼的地方,"您外出查访的成果如何?"

"查到了不少。"茶畑打开笔记本,"首先是正木先生,最近频繁地与律师见面商量遗嘱的相关事宜,看来还在犹豫要把庞大的财产留给谁。"

毯子皱起眉头。

"除了法定继承人的夫人世津子和儿子荣进两人外,似乎还打算遗赠给弟弟武史以及那些心腹部下一大笔钱财。但就在不久前，正木先生对这样的安排产生了很大的疑虑。"

"是什么样的疑虑？"

"正木先生怀疑身边有叛徒。"

"叛徒？"

"关于这件事，我了解到的也不多。"

"所长，我觉得最好不要深挖。"毬子满脸担心，"这件事与委托内容毫不相干，正木先生肯定也不希望有人去查这件事吧？"

"你说的没错。但把这件事放在一边不去分析了解，只调查被告知的信息，不是我的作风啊。"说着，茶畑走到洗手池把毛巾弄湿，搭在古董风扇上，然后从冰箱里拿出麦茶倒了一杯。可惜麦茶似乎才刚刚放进冰箱没多久。

"我所理解的侦探这行的要诀，首先是要完美隐藏自己的意图，其次就是正确掌握相关人员的意图。"茶畑喝光杯子里还有点温的麦茶，润了润喉咙继续说，"绝对不能让采访对象知道我们真正在调查什么，因为对方很可能会在得知这一点后对要不要提供情报产生顾虑。所以必须让对方认为，我们正在调查的是方便说出口、就算说出来也不会造成问题的内容。再者，如果不知道委托人为什么想做这样的调查，那么我们很可能随时都会遭到暗算。"

"您的意思是说，正木先生并没有告诉我们此次调查的真正目的？"

"他那样理性且头脑清晰的人，突然说出相信前世这种话，会觉得他另有目的是很正常的吧？更何况还给出那么高的报酬，再怎么说也过于大方了吧。我之前是这么认为的。"

"那现在呢？"

"或许他是认真的，看来他身边有'害虫'。"

茶畑把笔记本上潦草的字迹拿给毯子看。

"'一大'……？后面的字看不出来是什么。"

"好像叫天眼院净明。看来字写得太好也不是什么好事。"

"那是什么人？"

"号称能看透他人前世的占卜师或骗子，你去查一下。"

毯子确认了每一个字的写法并记了下来。

"还有，针对辽太的调查先中止吧。"

"为什么？"

"我也是偶然得知的，听说还有另外一拨人在寻找辽太的下落。"

"也是放高利贷的人？"

"不，是一批来自中南美洲的人，相当不好惹。目前应该还不知道辽太曾经是我们这里的职员，所以继续调查会惹来麻烦。"

"我明白了。"

"考虑到种种情况，还是做好连夜潜逃的准备为好。房租也等一段时间再付吧。"

毯子把茶畑的这几句牢骚也记录了下来。

就在这个时候，事务所的门开了，走进来一个年轻男子。像绑发髻一样将头上的金发绑在脑后，上身穿着黄色T恤，下身穿着低腰牛仔裤，一副邋遢的打扮。但从他凌厉的眼神可以看出，不是什么正派人士。

"敝所现在不接新案子了。"

年轻人没有理会茶畑的话，毫不客气地环视着事务所的环境。

"请问有什么事吗？"

年轻人瞪了一眼茶畑，又将目光转向了别处。他正用奇异的眼神盯着那台搭着就快被吹干的毛巾的风扇看。很明显，他不是客户。

茶畑拿起立在沙发后面的金属球棒，快速走到年轻人身边。年轻人一脸惊讶地看着眼前的茶畑。

"是丹野先生让我来的。"

茶畑这才放下高举的金属球棒。"不是说好了一个月之后吗?"

"丹野先生吩咐我,在到日子之前来帮帮忙。"

那个混蛋,派人追到这里来拿钱了,是怕我跑了派来监视的?还是嗅到有更大的好处,打算进一步压榨我吗?茶畑腹诽。

"谢谢你们的好意,不过我们人手已经够了,也没能力支付你的那份工资。"

"我不要工资,仁道会那边会发钱给我。"

就算表面上是NPO组织,一般来说也不会给底层成员发工资。不惜付出这样的代价也要把人送过来,不是别有用心是什么?

"不需要,你走吧。"

"要是就这么回去,我小命就没了。"

年轻人直勾勾地盯着茶畑的眼睛。对方看起来不甘示弱,眼神却很真诚。

茶畑叹了口气,明白这是一把双刃剑。正因为了解丹野是个怎样的人,他之前才会答应那样的无理要求,而眼前这个人说的蠢话也因此有了说服力。

"你叫什么?"

"叫我阿哲就行。"年轻人似乎知道自己过了第一关,脸上露出笑容。

阿哲[③]。听到这个名字,茶畑只有苦笑,因为这让他回忆起高中时期大家都是这么叫自己的,只有丹野一个人自顾自地叫他"阿茶"。

茶畑看着眼前这个争强好胜的年轻人。长相完全不像,可却像是

---

[③]"哲"与"㐭"在日语中有同样的发音。

看到了过去的自己。

没办法了，一些简单的事前调查他应该还是能做的，之前为了忙"前世案"推掉了好些寻找宠物之类的小案子。

不知道为什么，茶畑隐约感觉之后可能会为这个决定而后悔，但并没有继续深入思考。

侦探是3K职业④之最，非常辛苦，要是长时间站在三伏天的烈日下或三九天的寒风中进行监视（也有优雅地坐在专门用来监视的房间或者车里等待这类奢侈的情况，但就和中年底大奖一样概率极低），恐怕也活不长吧。就算调查对象只是往返于自己的家和公司，在日复一日长时间跟踪却没有任何成果的情况下，精神上的疲惫就会像漆黑的沉淀物一样积攒下来。

有的时候还不得不去做翻拣调查对象丢掉的垃圾这种脏污的工作。如果是跟黑社会有关的案子，危险更是无处不在。

最关键的是，线索不会主动来找你，只能排除万难去寻找，而这个过程必定会消耗你的身心。

在极少的情况下，Serendipity⑤的妖精（就是奇妙仙子那个样子）会挥动闪闪发光的魔杖，给已经筋疲力尽的可怜侦探施以恩赐。

"Serendipity"这个词源于《斯里兰卡的三个王子》(*The Three Princes of Serendip*)这则波斯寓言。接到国王命令的三位王子踏上旅途后，还没有怎么探索，线索便自己一个一个地冒了出来。"B级推理小说的主人公漫无目的地在街上闲逛，神秘女子为主人公的魅力所倾

---

④指又脏又累又危险的职业，因日语中"脏"（きたない）、"累"（きつい）、"危险"（きけん）都以"K"发音开头而得名。
⑤指意外发现有价值物品的运气或本领。

倒，主动与他搭讪，一夜春宵之后被人杀害，在没有任何线索的情况下，可怕的前男友出现了，警告主人公不要多管闲事并打了他"，这样的设定简直就是此地无银三百两。

先不说挨打的事，光是案件里的关键情报能自己送上门来，就简直是痴人说梦了吧？根本就是童话故事中的侦探嘛。

安乐椅侦探真是世界上最不可思议的词语了，但话虽如此，谁不希望至少有一次能让所有的事情都顺利……

"所长，您这么半天一个人嘟囔什么呢？"毯子的语气有些不快。

"哦，没什么，就是觉得这是个好兆头。刚刚正木先生儿子的代理人不是说要主动来见我吗？想必这次不用我们出力就会有收获。"

"都还不知道是好事还是坏事呢……我怎么觉得很可能不是什么好事呢？估计不是让我们别再查下去了就是捏造假的调查报告。"

"恳求也好，威胁也罢，或许从他的口中可以听到些能让人接受的解释，毕竟寻找前世凶手这个委托实在莫名其妙。"

茶畑喝了一口有点温的麦茶，打开平时爱用的扇子，啪嗒啪嗒地扇着。扇面上写着"道法自然"几个大字，是出自宫城县盐灶市出身的将棋十六世名人中原大师之手。

"阿哲去哪儿了？"

"去六本木见天眼院净明了。"毯子边说边用批判的眼神瞥了看起来很闲的茶畑一眼，"网上对天眼院占卜结果的评价是一边倒，都说很准。"

"就是冷读术[6]。一边观察咨询者的反应，一边巧妙地引诱对方说话，从而套出情报。最关键的是，当事人不会发觉其实所有信息都是出自自己之口，还真的会相信占卜师是通过千里眼看透了一切——是

---

[6] Cold Reading，指在没有事前准备的情况下为初次见面的人算命。也指没有做过事先调查，就能当场利用心理和语言的特殊技巧骗人。

一种肮脏的手段。"

"所长，您在面对委托人的时候，采取的几乎也是同样的手法吧？"

毯子的吐槽比平时还要辛辣，果然是因为工资迟迟没发吧。

"我使用的是能顺利从委托人口中套出有用信息的技巧，可不是为了骗人。"

茶畑是用最真挚的声音说出来的，但毯子似乎并没有深受感动的意思。

"啊，有邮件，是小冢原锐一发来的，附着原稿。没想到居然花了两天时间，我这就打印出来。"

已经十五岁高龄的打印机发出吭哧吭哧的声音准备开始打印。

"不过话说回来，派阿哲去没问题吗？他看着是不太像黑社会成员，可也不像会去找占卜师咨询的那种有头有脸的人物吧？"

"也不是啊，只要换上稳重的衣服，尽量不要盯着对方看，看起来就是个普通人。他的形象不差、悟性也高，应该没问题。"

毯子似乎对阿哲很满意。

"哦？你觉得他适合干侦探这行？"

"是的，我觉得只要他不再当混混，愿意做正行，就可以雇他来我们这儿。"

就算阿哲愿意，也不是那么轻易就能脱身的。当然，如果他的老大不是那个怪物而是普通的混混，由茶畑出面介入倒是也没什么。

"监视和跟踪这种工作，一般不都是两人一组吗？现在每次都是找人帮忙，要是身边有一个可以信赖的助手，对事务所来说也比较好吧？"

"像辽太那样的？"

听到茶畑这样反问，毯子少有的说不出话来了。

"真不知道您是怎么转到北川身上的，我觉得他挺靠得住的。"

"你在看人这方面还差得远啊。"

"那所长您看人就很准吗？"

听这话的语气，仿佛在说，你不是也没想到北川辽太会失踪吗？

"我见过很多年轻人，不单单是见过而已，还曾经带过。所以不是我吹，我连他们在想什么都知道。"

"带过？所长您吗？在之前的侦探事务所里？"毯子毫不掩饰地露出了甚至有些失礼的吃惊表情。

"对。现在回想起来，那段经历也令人难以置信。"茶畑觉得毯子最近有点轻视自己的倾向，正好趁这个机会让她好好佩服一下自己，"侦探这行是3K之最，但不知为何，无论这行景气与否，总有人自愿投身于这项事业。或许在很大程度上是受到了电影、电视剧和侦探小说的影响吧，大部分新人都对这行怀揣着美丽的误解，然后在渐渐了解有多惨淡之后就辞职了。"

"我好像在哪里听过类似的例子。"

茶畑无视毯子的打岔，继续说："有一次，我接到了同时带两个新人去现场实习的命令。按理来说调查都是两人一组，不过当时似乎是按照两个新人顶一个人那么计算的。那两个人都是生手，根本派不上用场，而且可以说是完全相反。我的上司可能也是想赌一赌我能不能运用好那两个人吧。"

毯子在整理打印好的纸张，戳在桌子上发出咚咚声，然后用订书机装订好。看到她默默听的样子，似乎对故事的后续还是很感兴趣的。

"A 是个意志坚定的辣手神探迷，尤其偏爱钱德勒[7]。对 A 来说，侦探不是职业，而是生活方式。"

---

[7]雷蒙德·钱德勒（Raymond Thornton Chandler），美国推理小说作家。代表作《长眠不醒》《漫长的告别》。

"我只听过'诗人不是职业,而是生活方式'。"

总是有人在一旁指出原出处,很难把故事顺畅地讲下去。

"对 A 来说,侦探就是'行走于肮脏城市中的孤高骑士'。在 A 的心中,从侧面——斜上方俯视社会,冷酷地叼着烟在酒吧喝威士忌的侦探形象,是他唯一的目标。因此,他总是穿着博柏利的战壕大衣,戴着博尔萨利诺的礼帽,就像个挂着广告牌走街串巷的宣传员,这样的打扮实在是太扎眼了,根本不能执行跟踪的工作。"

"真有这种活在自己世界里的新人吗?"毯子对此抱着怀疑态度,"而且只要让他别再那么穿不就行了吗?"

"说了,可是不管怎么说,唯独在这件事上他就是不肯妥协。"

在毯子再次插嘴前,茶畑继续说:"而 B 是个侦探迷,准确地说,应该是窃听狂。再说直白一点,就是喜欢高科技设备的色狼。他总是肿着眼泡、面色苍白,但只要开始戴上耳机窃听他人的隐私,他就会忘记自己悲惨的人生,完全沉浸其中。"

"人渣。"

"所以理所当然的,A 和 B 从第一次见面起,就互相看对方不顺眼、彼此嫌弃,但也不是单纯的互相轻蔑,而是无论如何都无法理解对方的存在。我认为,引起问题的根源就在于此。"

茶畑看着远处,继续说道:"那天的工作内容是调查被怀疑出轨的妻子的品行。可由于团队合作精神太差了,所以大部分跟踪工作都必须由我一个人完成。如此一来,后援工作就自然而然地落到了势同水火的那两个人身上。就算不情愿,他们共同行动的时间还是因此变长了。你猜当时发生了什么?"

"不知道,想不出来。"

"人生就是一个接着一个的意料之外的谜团,且大部分都绝不会得到解决，但单单那个时候，让我亲眼看到了完全出乎预料的结局，那就是……"

此时响起了敲门声。

"请进。"

茶畑话音刚落，门就开了，走进来一个四十出头、上班族打扮的男性。来人看起来忠厚老实，在流行清爽夏日穿搭的当下，依旧穿着做工精良的藏蓝色西装外套，规规矩矩地系着朴素的领带。

"打扰了，我刚刚跟您通过电话，我是荣工程的有本。"

二人交换名片。这位有本康弘担任着荣工程总务部总务课长的职位。在走了一遍接待流程坐下后，毬子适时端上了麦茶。

"之前在电话里，您说您是正木荣进先生的代理人。"

"是的，我今日登门造访，不是以公司职员的身份，而是以个人名义前来。不过要说的内容还是与公司的未来有关，所以也很难划清这其中的关系。"

从有本的态度和说话方式来看，他很善于交涉。既然是总务课长，应该也负责制定如何防止有人在股东大会上捣乱的对策吧。

"在那之前我想请问一下，您是怎么知道敝所的呢？"

听到茶畑这么问，有本露出了有些抱歉的笑容。

"说出来实在是不好意思，实际上，所有进入过会长室的客人，我们都会一一对其身份进行核对。如果不知道对方的身份，万一发生了什么事就很难应对了，一切都是出于安全方面的考虑，还希望您能够理解。"

说是核对，若是不跟踪的话，又怎么知道对方的身份呢？外行应该不行，很可能是雇用了其他侦探。没想到总务课长还有做这种事的权限，这毫无疑问反映出了除会长以外的高层的意向。

"明白了。那么，您找我有什么事？"

"首先是会长委托的内容,您肯定不会告诉我吧?"

"那是当然,我们是有保密义务的。"

"这一点我想到了。"

有本拿出手帕,擦了擦额头上的汗。他应该没想到事务所的空调这么不管用吧,要怪就去怪毯子。

"那么,我就说说我的推测吧。"有本将身体前倾开口道,"会长怀疑三个月前发生的事——情报泄露一事,是身边的人干的。所以会长肯定是委托茶畑先生把那个人找出来。"

茶畑没有回答。肯定没错了,妖精的恩赐这就来了。

"可以以这件事为前提说说吗?"

"您可以说,但我不能回答。"茶畑心口不一,态度冷淡地回答,"还有,关于情报泄露一事,应该只有高层才知晓吧?有本先生是从哪里得知的呢?"

试试看吓唬吓唬他,冷读术的诀窍就是不要被动进入防守,而是要主动进攻。

"我……好歹坐在总务课长的位置上。关于企业并购一事,从初期开始就一直负责推进准备工作。"有本似乎有些心虚。

"可是,关于情报泄露的具体情况,您并不是全部都清楚,对吗?"

"这个,或许是的。"

有本已经开始相信茶畑比自己掌握的信息要多了。

将手上的碎片拼凑在一起,渐渐能够看清事情的全貌。变更遗嘱、怀疑身边有叛徒、企业并购以及三个月前的情报泄露事件。

"会长说无论如何都想搞清楚事情的真相。"茶畑平静地说道。

"真相?"

"杀死会长的人是谁,以及,为什么要杀了他。"

听到这句话,有本被吓到了。

"杀死……会长是这么说的吗?不过这么说也没错,辜负会长的信任,剥夺荣工程向水商务综合企业蜕变的机会,这与杀了他无异,我能够理解他的心情。"

"正木先生自认为是日本最初着眼于水商务未来性的经营者,而如今正当他迎来总结人生阶段的时候,身边却有人在背后捅了他一刀,他会感到愤怒也是理所当然的。"

"但很明显,那个人不是荣进先生。"有本努力想要重整旗鼓,"荣进先生现就职于双叶银行,虽然早晚会回归敝社,但至少现在他对内部机密一无所知。"

"果真如此吗?"茶畑假装用怀疑的眼神看着有本,"关于企业并购一事,双叶银行也参与其中吧?而且他可以通过有本先生等人,也就是荣进派的各位拿到情报,我说得对吗?"

"请等一下,此次企业并购的金融顾问的确是由双叶银行担任,但荣进先生所在的是国际部门,与这件事毫无关联。而且情报已然泄露的时候,连我都不知道收购价是多少。"

看来不是普通的合并,而是敌对企业的收购计划。这件事应该轻易就能查清。

"有本先生不知道,但高层的人应该很清楚吧?"

"您指谁?"

这次没套出什么来。

"总而言之,我不能告诉您我现在正在调查什么,也无法回答您的推测是否准确。"茶畑冷漠地将有本晾在了一边。

"这些我非常清楚。我此次前来,只是想告诉您,荣进先生是无辜的。另外还想问问您,如果查到了真相,能否也将结果告知我们呢?"

"不行。再怎么说，委托人也是正木荣之介会长。"

"这是当然，但我们绝不会将您告知的内容泄露出去，也不会让会长蒙受损失。如果您愿意行这个方便，会有五百万日元的谢礼奉上。"

虽然前提条件是必须查明真相，但又是一笔不小的数目啊！

"刚刚我已经说过了，那是违反侦探职业道德的行为。"

"您不必现在就给出答复，待查明真相后，如果您认为告诉我们也无妨的话，请务必联系我。那么，感谢您今天腾出宝贵的时间，我就先告辞了。"有本似乎担心会被彻底拒绝，说着便准备起身离开。

"请稍等一下。既然您说想知道情报，那么能否回答我的问题呢？"

茶畑并没有明确表示会接受这场交易，但在有本看来，这是一个好兆头，所以表情明显变得明朗起来。

"什么问题？"

"刚刚您说，会对所有进入会长室的访客的身份进行核对，对吗？那么其中应该有一位名叫天眼院净明的占卜师。"

有本的表情又明显暗淡下来，就像有调光按钮的灯一样，简单明了。

"是有一位，这个该怎么说呢，会长喜欢占吉卜凶，就是消遣解闷的，占卜绝对不会左右经营上的判断……"

"那么，他是怎么认识占卜师的？据我了解，会长可是个极端的理性主义者。"

"的确。会长从去年年底开始被失眠所扰，也看过神经科和精神内科。"

"也就是说，不是普通的失眠吗？"

"如果只是普通的失眠，吃安眠药就能解决了，问题是做的都是噩梦。会长没有说梦的内容，但据说每次做的都是同一个梦。"

梦到的肯定是那个所谓的前世记忆。茶畑都有点想直接告诉他，根据梦的内容编写的小说就放在旁边了。

"会长非常在意梦的内容，神经科和精神内科无法让他不再做噩梦。于是，会长在咨询了对梦这方面比较了解的心理专家后，专家介绍了天眼院净明先生。"

是个喜欢新时代运动的心理专家吗？单是没有往奇怪的宗教方向引或许就已经很不错了。

"那么，那位天眼院对会长说了什么？"

"这个我就不清楚了。不过会长在那之后就平静了下来，不知道占卜师是否也有安神剂的效用……"

有本明显表现出了不愿意再继续这个话题的态度。

"在有本先生看来，那位天眼院净明是个怎样的人？"

有本想了一会儿："占卜的本事是真是假，我无从判断，所以也很难断言他是一个怎样的人，毕竟我只是瞥见而已。但，他给我一种与常人不同的感觉。"

"与常人不同？"

"那人的眼睛……说锐利不太准确，就好像能看穿一切似的。不过也可能是我的错觉。"

# 第三章

茶畑来到了约好的咖啡厅，因为提前到了一会儿，便从挎包里把之前打印的原稿拿了出来，往混合咖啡里放入砂糖和鲜奶油后，一边搅拌，一边低头看着手里的原稿。

接下这份工作的人应该很清楚这不是真正写小说的工作，但不知道是出于什么讲究，唯独标题和作者名字用了行体，发送给地方史学家的复印件已经提前把作者名删掉了。

最初看内容的时候就觉得这篇文章的写法与时代小说有所不同，但或许这就是小冢原锐一这位作家的文风吧。

除此之外，还有令人在意的点——

*夺水之夜*

*小冢原锐一*

灯芯草叽叽作响，纸灯笼的光隐约照亮这群聚集在一起的男人们的脸。所有人的头发都肆意生长，脏兮兮没有打理过的胡子从消瘦的脸颊一直覆盖到喉咙，凝视着某样东西的眼睛发出野兽一般的光芒。铺着木板的房间里弥漫着从陷入绝境的人类身上散发出来的酸腐味，和秋刀鱼油在灯碟里燃烧后散发出来的呛人臭味掺杂在一起，让人喘不过气。

松吉把衣襟披在腰带上，盘腿坐在黑亮房间里的末席，无所事事地蜷缩着身子。算下来他今年已经满二十一岁了，出席集会还是会紧张，连自己的想法都说不出口，更不可能知道该如何让面临生死存亡的松滨村走出困境。因此，他一直低着头，把注意力放在地板与沁出汗水的腿肚子贴在一起时那黏糊糊的触感上。

"到了这步田地，也只能这么干了。不管怎么着，都要把水引过来。"

打破沉默的是村里年轻一辈的头头藤兵卫。在村长和其他管事人在场的情况下，他也能大方说出自己的言论。松吉不禁想，他也就比我大两岁而已。

"话是这么说，可咱们要是那么干了，石田村那帮人可不会默不作声。"

房子的主人、村长平左卫门抱着胳膊用呻吟一般的声音告诫着。灰白的发髻和鬓角处蓬乱的毛发粘在挂着汗珠的宽额头上，他紧闭双目，似乎陷入了苦思。

"那有什么的，这些谁不知道。"藤兵卫敞开野良着⑧的前襟，里出外进的牙齿泛着光，怒目圆睁地反驳道。

平日里要是敢对村长这么不客气，肯定不会被轻饶，但现在是非常时期，没人出来指责他。

"你们就甘心让石田村独占水源吗？"

"欺人太甚了！"

同是年轻一辈的五助等人瞪着眼睛，喷着唾沫星子支持藤兵卫。一群男人挤在一起，让原本就闷热的房间温度更上一层楼。

"水是老天爷的恩赐。"

"石田村无权建堤坝拦河！"

"这么无法无天，老天爷是不会原谅他们的！"

年轻人们受到刺激，情绪越来越激愤，气氛逐渐变得危险起来。

---

⑧野良着：旧时日本农夫、渔民在户外劳作时的工作服。

松吉抓挠着被豹脚蚊咬过的地方，也感觉到正有一股怒气从心底往上涌。大家同样都是平头百姓，就只是住在上游而已，凭什么掌握着下游村子的生杀大权，如今居然还见死不救。

"各位，各位，请少安毋躁。"

压制住当场众人气势的是感音寺的住持——净心和尚。他原本是武士出身，体格健壮，颧骨和宽下巴会让人联想到螃蟹，在村民中有很高的威望。若是放在平时，百姓们肯定会对他言听计从，但现在形势不同了。

"请各位好好想一想，要想从境川引水，就只能毁掉石田村的堤坝。石田村的水灾是越来越严重，每年都会死人，好不容易才建起了那座堤坝，要是行这等违背道义之事，后果不堪设想啊！"

诵经练出来的浑厚嗓音殷切地劝说着众人，可众人非但不听，反而怒不可遏地提出反驳。

"那个堤坝就是诈骗！他们拦河的时候可是答应得好好的，说会用导水管像以前一样放水过来。结果雨水多的时候还好，一到旱季，就会一脸假装不知道的样子不给我们放水，这不是诈骗是什么！"

"大和尚，再这样下去，村子就完了。田里的稻子都会枯死，到时候家里所有人，包括孩子，都会没粮食吃。"家里孩子多的六助，眨巴着凹陷的眼睛，带着哭腔说道。

"距离稻子枯萎应该还有一段时间吧？昨天晚上刮起了东南风，想必过了两天就会下雨。只要下一场骤雨，田里的稻子就能缓过来。"平左卫门勉强插上话，想安抚众人的情绪。

"会有那种好事吗？"

百姓们冷笑着嚷嚷道。堵在后面的几个人融入几近漆黑的暗处，唯独眼睛和牙齿发着光，简直就像潜藏在他们内心的魔物的模样。想到此处,在这炎炎夏日的夜晚,松吉还是忍不住打了个冷战。

"村长,你怎么说?该不会让俺们就这么等着不知道会不会下的雨然后一起饿死吧?"连平时老实巴交的三郎兵卫也颤抖着嘴唇,面带怒气地质问道。

"好吧,我再去一趟石田村,和石田村的人好好谈谈,只要把道理讲清楚,他们应该就能够理解。"

净心和尚也在一旁拼命劝说众人,但收效甚微。

"没用的,去几次都一样!"

"那些人根本不会听俺们说什么。"

"就是一群心肠狠毒的家伙!"

"去给他们点儿教训!"

"各位等一下,要是演变成夺水之争,传入官府耳中事情就大了啊!"

讽刺的是,净心和尚的话成了让所有人彻底下定决心的最后开关。

"哦哦!去夺水!去夺水!"

"大闹一番!"

"是等着稻子枯萎,全村人一起逃难,还是跟石田村的人大干一场啊?"五助大叫着问众人。

"去肯定是要去的,但不是去打架,是去引水。"

藤兵卫像要收拾这个混乱局面一般站起来说出这样的宣言后,所有人都发出了欢呼。这也是这场集会得出的最终结论。


茶畑看到这里抬起了头。小说的内容准确地描写出了正木荣之介所说的"前世体验"。小说的主视角——年轻人松吉,就是正木先生的前世。

可是,在正木先生的记忆里并没有出现"松吉"这个名字,其他登场人物像平左卫门、藤兵卫、净心和尚这些也都没有，应该是小冢原随便起的。毕竟没有名字没法儿写小说，所以这也是没办法的事。

相比之下，更让人在意的是角色们那极有特点的方言，感觉有些加工过头了。正木先生在委托时回想起的那几个单词都精妙地运用在了小说中，但正木先生没有提及的方言，在文章中却也随处可见。不知作者是出于怎样的考虑，为了让对话更贴近现实吗？

方言是断定位置的重要线索，所以就算掺入很少一部分捏造的词汇，都有可能误导结论……

端着咖啡杯的手突然停在了半空，茶畑露出苦笑。

我究竟在担心什么？

自己刚刚的想法简直就像把正木先生的前世当真了一样。不过，要是不以"前世存在"为前提展开行动，也无法继续调查，所以这也是无可奈何吧。

此时，一位中年男性进入咖啡厅，环视了一周后，朝着茶畑的方向走来。

"您是给我打电话的人吧？不好意思，我迟到了。"

茶畑看了看表，刚好就是约定的时间。

"哪里，冒昧提出这样的请求，真是不好意思。"

男子名为土桥充，是一位地方史学家。自国立大学历史专业毕业后，做了中学教师，后来还坐到了校长的职位，之后便退休了。眼下享受着悠然自得的生活，并一心扑在毕生的事业——地方历史的研究上。

茶畑从情报商送来的名单中选中了他。只见眼前的人戴着一副有些年头的黑框眼镜，白发梳得一丝不苟，脖子上系着波洛领带，给人的印象非常忠厚老实。

"不知寄给您的原稿，您看过了没有？"

"看了，拿到就看了。"土桥先生点了点头。这时女服务生走了过来，他礼貌地点了一杯抹茶欧蕾。然后继续说："对话很有特点，从文风上来看，文章的作者应该属于黏液质。要是畅销的时代小说和历史小说的话，应该会写得更爽快一些，让读者看着轻松。"

"果然如此吗？我也是这么认为的。"茶畑真心表示赞同。

"这篇的风格让我想起小冢原锐一的文章了。"

茶畑差点把刚喝进嘴里的咖啡喷出来："不好意思，呛到了……小冢原？是您认识的小说家吗？"

"不，并不认识。只看过一本他写的小说，名字是叫《刑场之露》吧。后来就没怎么听到他的名字了，也不清楚他现在是否还活跃在文坛。"

"这样啊。"

毕竟专业和兴趣都是历史，会博览各种类型的时代小说也不奇怪，只是没想到连这么冷门的作家的作品他都会看。

"不过，我认为这应该不是小冢原本人的作品。"

"哦？您是从哪里看出来的呢？"

"虽然只看过一本他的作品，但他并不是那种能够描述出如此浓郁地方色彩的作家。《刑场之露》是一部连续短篇集，都是以江户为背景的故事，而这篇却是以播磨为舞台。"

"播磨……请问具体是哪里？"

"现在的兵库县西南部地区，大概就是从神户到姬路一带。"

土桥先生用吸管喝了一口服务生送来的抹茶欧蕾。

"原来如此，您是从登场人物的对话中看出来的吗？"

"是的，广义的关西腔，大家一看都能明白是什么意思，但这篇文章中到处都是播磨方言，像是'bechonai''dannai''gaiyou''nandoiya''dokusyoi''gouwaku'这些。"

除去"gaiyou"外,都是正木先生提过的。如此看来,范围基本可以确定了。

"能看出具体是播磨国的哪里吗?"

"从方言无法断定。因为这可能涉及邻接的地域——摄津、但马和丹波这几个地方,所以接下来只能根据内容缩小范围了……"土桥先生透过眼镜向茶畑投去了锐利的目光,不免令人有些意外。

"关于那位失踪的小说家,您确定他是根据真实发生的事件为蓝本创作的这篇故事吗?"

茶畑心想,问到关键了,于是重重地点了点头。必须让对方相信这个谎言。"是的,我确定。从和他关系亲密的人口中得知,他为了创作新作品,打算调查江户时代发生的事件。"

"江户时代?"土桥先生身体前倾。

茶畑心道糟糕,马上补救:"也可能不是江户时代。提供情报的人对历史不甚了解,所以说得很含糊。"

听罢,土桥先生点了点头:"这样啊,江户时代历时虽然比较长,但如果能确定就是那个时期,调查起来会容易些。"

"请问,关于这个夺水事件,这类的事件例子很多吗?"

之前还期待着,问地方史学家这种问题,会马上得到具体是哪个事件的答案呢。

"在日本历史中,水源之争的事件可谓数不胜数。具体是从什么时候开始的不清楚,但在部分地区,一直持续到了昭和时代呢。"

"是这样啊。"

昭和时代还会发生争夺水源的事?真是难以想象。

"在干旱期破坏上游堤坝是比较典型的做法。不过只是播磨周边的话,数量应该没那么多,而且文章里出现了'境川'这个名字。"

"啊，那是……"

小冢原擅自起的名字，应该没什么参考价值吧。

"原本是位于边界的河川的意思，所以日本境内有很多叫这个名字的河流。播磨与摄津的国境处，也有一条名为境川的小河，但并没有发生过水源之争的记录。石田村和松滨村实际上也不存在。"

"文章里的固有名词应该都是虚构的。虽然是以现实事件为基础进行创作，但还是会以杜撰的形式表现。"

"看来是的，不过这样一来就更难查了……"土桥先生面露难色，抱着胳膊。

看来也就到这里了。茶畑有些气馁，虽然从一开始就不相信什么前世，但考虑到报酬，还真希望那是真实存在的。

就在这个时候，咖啡厅微弱的音乐传入耳中。《独自一人》(*On My Own*)，是八十年代由伯特·巴卡拉克（Burt Bacharach）作曲、帕蒂·拉贝尔（Patti LaBelle）和迈克尔·麦克唐纳（Michael McDonald）合唱的一首大火的叙事曲，歌唱了离别之际的恋人都要重新变回孤零零一人的悲伤之情。

接着曲子又和上次一样，切换成了《我们都是孤独的》。

虽然不知道原因，但茶畑觉得这不是偶然。

那天发生的事在脑中闪过。2011年3月11日，从那天起，一切都发生了剧变。那个人就像只是轻轻擦肩而过，然后便不再回头。只剩孤独的自己，像断了线的风筝，不得不逃离故乡。

搭朋友的车从南三陆町前往气仙沼线的柳津站，在开往东京的电车上，茶畑一直听着这首曲子。或许是因为每次都会把"Amie"这声呼唤听成亚未吧。可为什么时至今日，还总是发生勾起那段回忆的事呢？

"不过，这只是我的猜测，这部作品的结局或许是一个很大的线索。"

土桥先生的话将茶畑拉回到现实。

"结局吗?"

那正是正木先生回想起来的前世记忆中,留下的最大谜团。谜团为什么会成为线索呢?

"如果这部分不是虚构的,那就说明农民在破坏堤坝前发生了大事,而那次水源之争的事态或许是因此瞬间升级。像这样特殊的事件,很大概率会以某种形式被记录下来。作者有可能是在偶然间发现了那份记录,从而激发了他的创作欲望。"

土桥先生的这番言论使茶畑重新燃起了希望,他提出报酬,拜托土桥先生调查那次水源之争的记录。原本就对此事感兴趣的土桥先生当即答应,之后便离开了。

只剩下自己之后,茶畑再次看起了原稿。前面集会结束后,众人又在村子里商量了几日,三天后,终于迎来了命运之夜。

松吉抬头仰望满天星斗,今晚是新月,格外迷人。悬挂在南边的那条朦胧而宽阔的天河特别惹眼。不知为何,他有种不好的预感,感觉今晚将是最后一次看到这样的美景了。

"小心点,河边的土稀松,容易打滑。"佳代一脸担心地说道。

她是隔壁家的女儿,今年刚满十五周岁,自出生就与松吉订下了婚约,现在已经出落得亭亭玉立,是松滨村有名的美人。村里很多年轻人都暗恋她,但不知为何,她对腼腆敦厚的松吉始终是一心一意。

"放心吧。"

松吉挤出笑容,转身走了。虽然心中有股难以形容的不安,但他还是强压下去了。

村子里的所有男人排成一列,手上拿什么的都有:锄头、铁锹,还有扛着畚箕的，走在漆黑的夜路上。后面跟着运送结实樟木的板车队，这些材料是用于搭建箱形暗渠的。所有人一路无言，甚至连在麻裹草履下沙沙作响的砂石都会触动众人的神经。

终于来到了境川附近，能听到微弱的溪流声。引向松滨村田中的支流，河底已经干裂，形成龟甲状的花纹，但石田村管理的堤坝内侧却还储存着充足的水。

"这群混蛋！看俺不给你们的堤坝开个大洞！"

藤兵卫用低沉但能听到的声音嘟囔着，周围响起了刻意压低的笑声。

"五助过来，松吉……还有竹吉。"藤兵卫边招手，边将这三人叫到身边，"你们分头去，看看有没有看守。"

"要是有，怎么办？"松吉的弟弟竹吉目光炯炯地询问道。

他今年才十七，性格与内向的哥哥形成鲜明的对比，从小就天不怕地不怕。

"什么都不做，直接回来。快去，千万不要被发现了啊！"

接到藤兵卫的命令，三人放下挖土的工具，拨开茂密的草丛爬上堤坝。

水边有很多蝮蛇出没，所以更要加倍小心。铃虫、蟋蟀、松虫、薮螽，各种虫鸣声不断。有人从旁边经过时会暂时停止鸣叫，但马上又会发出像摩擦钲一样清脆的声音。

在堤坝上窥探了一会儿，并没有发现看守，三人相互打手势，分别往不同的方向而去。

五助猫着腰去上方，竹吉去了下方，松吉决定下到河里确认周边和对岸的情况。

爬上来的时候胳膊肘被锋利的草划破了，痛痒难忍。松吉往伤口上吐了口唾沫，边揉边朝着堤坝下面走，他躲在树阴里缓慢前进，提防被看守发现。

下大雨涨水时，境川的水会溢出堤坝，变成一股浊流。但如今是干旱期，只剩一股极细的水流缓缓流淌着，就只能称之为浅滩了。在满天繁星之下，这股像墨汁一般流淌着的漆黑细流，还称得上哺育生命的甘露吗？

松吉快速观察左右，确认安全后开始一心朝着河岸的方向走。

突然，背后发出了踩踏小石子的沙沙声。就在松吉受到惊吓立在原地时，有人用左手捂住了他的嘴。那只手力气很大，骨节凸起，松吉根本没有抵抗的时间，右眼的余光就看到了一道光闪过。是镰刀，松吉刹那间凭直觉做出了判断。

下一个瞬间，镰刀陷入松吉的喉咙，利落地划开了他的脖子。捂住他嘴的手也随即松开。

刀伤特有的令人汗毛倒竖的骇人寒气传遍全身。滚烫的鲜血喷薄而出，像瀑布一般从喉咙流泻至胸口。同时，带有黏性的血从口中溢出，让人感觉像要溺死在这铁锈味和咸味中。

松吉想说话，舌头却像麻痹了一般动弹不得。呼出来的气体从喉咙的洞中泄出，断然不会经过嘴唇了。

身体慢慢倾斜，眼看着地面越来越近。在撞上去的前一秒，意识彻底被黑暗吞噬。

还以为是解谜小说呢，茶畑有些失望。他想起了很久以前读过的一本短篇小说，名叫《美女还是老虎？》。结局并没有像推理小说那样给出答案，也没有给出能够断定谁是犯人的有力线索，把真相交给了读者自己的想象力。如果正木先生相信这就是前世发生过的事，那么想知道真相的心情就不难理解了。

话说回来，杀害松吉的犯人到底是谁呢？茶畑喝着已经冷了的咖啡，开始思考这个答案。应该不是石田村的看守，就算在当时偷水是重罪，也不可能突然从背后偷偷靠近用镰刀割开别人的喉咙吧。那么，嫌疑人就是同村的人。可是在即将与其他村争抢水源的非常时期，应该比平时更团结才对啊，为什么一定要杀了松吉呢？

果然动机才是最大的问题。松滨村的人之中对松吉存有杀机的人会是……

茶畑回过神苦笑。

又来了，不知不觉，自己已经接受正木先生所说的前世是真实存在的这个前提了。受经济上的困难所迫，才无奈接下了这宗愚蠢案件的调查，可这个世界上不可能存在什么轮回转世啊！都怪小冢原锐一的文章写得太真实，都开始产生错觉了。

等一下。

这篇文章里写的故事如果不是正木先生的前世，那又是什么呢？

正木先生说这个故事是他"想起来"的，那么认为这只是他的幻想是最自然的吧。可是，如此详细的幻想，有可能突然凭空出现在脑海中吗？

只能想到一个合理的解释，那就是有人通过催眠等暗示的手段，把这个故事植入了正木先生脑中。

会做这种事的人，大概就只有那个叫天眼院净明的占卜师了。

占卜馆位于六本木某栋杂居大楼的二层。这里的生意似乎相当好，提前打电话预约了还要等一个小时。从被帘子隔成一小间一小间的等待室往外窥探得知，在他们等待期间，接待人员先后带进去了一对情侣和一位女性客人。应该是为了避免客人相互碰面才如此安排的吧。

茶畑回想着从阿哲那里听到的内容。

"那个人是有真本事的。"阿哲用让人感觉不舒服的声音小声说道。

"都说中了什么?"

"说我刚进入高中就辍学了。"

这个只要仔细观察就能猜出来吧。

"其他的呢?"

"有点不太想说……不是什么好事。"

从向来不甘示弱的阿哲困惑的样子来看,那个天眼院净明或许拥有相当高超的冷读术技巧。但再怎么说,也都是骗人的把戏。

"他也给你占卜前世了吧?都说了什么?"

"浪人……无名的浪人。"阿哲显得有些不高兴。

"你的前世是名人的可能性的确不高,然后呢?经历了怎样的一生?"

"说是被处死了。"

"处死?为什么?"

"不知道具体是因为什么,就是犯了罪,在河边被斩首了。还说意识很容易受到前世的影响,很可能会发生同样的悲剧,所以这辈子要尽量谨慎地活着。"

"怎么?很在意他说的那些话?"毯子差点笑出声来,"没想到你还挺敏感的。"

"可是……"阿哲紧皱眉头,"听了他的话之后,我好像也想起来了。"

"想起来了?想起被处死的事了吗?"

那不是和正木荣之介的情况一样吗?那个天眼院到底用了什么手段。

"也没看到什么,挺模糊的,就是被杀时的气氛……有很多人,手被绑在背后，被强迫排成一排跪在地上。"说这话的时候，阿哲的眼中浮现出恐惧的神色。

茶畑又仔细问了问面谈时的情况，有没有让他喝下掺有某种会让人产生幻觉的饮料，有没有中了催眠术的感觉，等等。不过就算真的有，也有可能会施加让他忘记一切的暗示。

"让您久等了。"

一个临时工模样的女性领着茶畑在狭窄的走廊上走了一会儿，来到门前先是敲了两下门，然后打开房门。房间很小，像审讯室。桌子后面坐着一个微胖的男人。名字那么日式，穿的却是印度风格的库尔塔衫。

"让您久等了。"

与天眼院净明的眼神接触的瞬间，茶畑想起了有本课长的话。

"那人的眼睛……说锐利不太准确，就好像能看穿一切似的。不过也可能是我的错觉。"

他说的没错，乍一看会不知道他在看哪里，眼神茫然，视线却像锥子一样扎在身上。

"原来如此，你是带着烦恼来到这里的啊。"

天眼院那胖乎乎的脸颊上挂着笑容说道。茶畑只想说，那不是废话吗？谁不是有烦恼才来找占卜师的，更何况，又有谁会没有烦恼呢？

"你的烦恼是恋爱方面的？不对。工作方面的？是的。"天眼院在桌子上双手交叉，直勾勾地看着茶畑，"职场的人际关系？不对。和升迁或薪水有关？也不对。情报或知识？是的，就是这个。你是为了得到某件事的情报而来，对吗？"

茶畑干咳了一声，点了点头。但还没等他开口问准备好的问题，天眼院再次张嘴了。

"你想知道的,是前世的事,对吗?"

"嗯,差不多吧。"

这么说也没错。

"你总是想知道很多事,这原本就是你的性格。这样的性格也与你现在的工作性质有关。而你真正想知道的,完全可以归结为一个问题,也就是前世是否真的存在。"

茶畑皱了皱眉头。虽然没有猜出自己的工作是侦探,但很接近。就如同自己知道天眼院净明的存在一样,对方也察觉到自己的存在了吗?为了腐蚀像正木先生那样的经营者,有效地利用侦探一点也不奇怪。

"你似乎对我的力量——千里眼,持怀疑态度。你无须否认,但我要告诉你的是,我能看到你的前世。"

"我的前世什么样?"

茶畑准备先看看他有什么本事。

"是老百姓。勤劳,在村子里比较有威望。与心爱的女性结婚生子,度过了还算幸福的一生。"

说完,天眼院闭上了嘴。这是什么意思?莫非这样就结束了?就这么几句话就把我打发了?

"就这些吗?"

听到茶畑的追问,天眼院露出了布袋和尚一样的笑容,说:"你曾经应该是记得的。"

终于要开始催眠了?茶畑做好了准备:"我并没有想起前世的记忆啊!"

"我说的是曾经。"天眼院用同样的语调继续说,"在你很小的时候……应该是两三岁之前,你还保有前世的记忆。但你的父母总说那是幻想,于是你便将记忆压制了下去。"

有一种突然想起什么似的感觉在茶畑全身游走。

"如何？是不是渐渐想起来了？"

这种神奇的感觉究竟是什么？莫非我小时候真的有前世的记忆？

很快茶畑就反应过来，在心中苦笑。已经提高警惕了，却还是在不知不觉之间被天眼院净明牵着鼻子走。看来，一般的手段还真对付不了这家伙。

冷静，不要被暗示迷惑。这个男人应该就是个专业的骗子，对催眠术或许也颇有心得，他说的话不要全盘接受。茶畑重新往后坐了坐，调整好气息。

"不好意思，我什么都没想起来。就算小时候有前世的记忆，现在也什么都不记得了，所以无法作答。"

"是吗？"天眼院富态的脸上露出了酒窝，"但不管你愿不愿意，早晚都会想起来的。你周围星星的位置是这么说的。"

"星星的位置？是什么？"

"所有人都在按照自己的意识活着，但同时也受到星星散发出来的强大磁场的影响。任何人都无法逃脱。"

"距离地球最近的星星也在几光年之外吧？磁场居然强大到可以影响到身处地球的我们？"

"一颗恒星并不能决定一切，宇宙的法则时时刻刻都在根据全宇宙星星的位置变化着，而我们在诞生的瞬间就会接受那强烈的洗礼。星宿这个词你应该听说过吧？也可以称之为命运。"

天眼院没有动摇。

"那么，我的星星的位置显示了怎样的命运呢？"

"能够读出三个明显的信号：一、你正在接近觉醒，这个命运无论如何都无法避免；二、这是来自过去的信息——十年前，你的命运迎来了巨大的转折点，但你时至今日依然没能整理好那时的心情。"

胸口传来一阵刺痛。他不可能知道那件事，十年这个时间肯定是他瞎猜的。

或许，这也是共时性现象。是该面对和解决过去一直逃避的事情了吧。

天眼院目不转睛地看着茶畑的反应。

"最后一个信号显示，你的周边徘徊着非常暴力的气息。"

"意思是说，我有可能会成为暴力的受害者吗？"

"受害者与加害者原本就只有一线之隔。或许是指你身边会有事件发生。只是希望你能记住，对他人施加暴力或残忍手段是宇宙中最不可取的愚蠢行为。待你觉醒之后，自然会明白其中的意思。"

完全不得要领。看来继续深究星星、命运一类的，也得不到什么有用的情报了。茶畑转换了方向。

"明白了。还是说说前世的事吧。前世真的存在吗？"

"当然。"天眼院重重地点了点头，"我们的灵魂并非几十年就会消失的脆弱之物，会通过不断的轮回转世提高德行，前往新的舞台。我们一直都在前往新舞台的路上。"

"照这么说……如果真的有转世一说，就会产生几个疑问。"

"尽管问吧。"

"我听闻，占卜前世的时候，得到的结果大多是前世是个名人。像织田信长啦，卑弥呼啦，天草四郎啦。但从概率出发，这种可能性应该是不存在的吧？"

说完茶畑才发现，天眼院从来没这么说过。他对正木荣之介说，前世是普通的百姓，阿哲则是无名的浪人。

"你说的没错。"这话似乎正中天眼院的下怀，只见他得意地笑着，"那些占卜师只是在迎合客人而已。听到自己的前世是教科书上的人物，任谁都会感到开心。可实际上很少有这种情况。迄今为止，我透过灵视看过很多人的前世，却从未见过名人的身影。"

"是这样啊，我明白了。那么，下一个问题。据说在前世有瓜葛的人到了今生会自然而然地靠拢，这一点从概率来看，也很奇怪吧？"

这次天眼院摇了摇头："这一点是毫无疑问的，的确有这样的倾向。"

"可是，概率上……"

"转世这一现象不能单单用概率阐述。"天眼院的声音不大，却有直达意识的力量。

"刚刚已经说过，我们的命运受到星星的指引。我们自身的意识更会对自己的行动造成影响，而前世的因缘就附着在潜意识的深层。它们会相互作用，拉近关系深厚的人们之间的距离。必须要注意的是，不仅限于良好的关系，一定要小心那些被不好的因缘牵引过来的人。"

茶畑一下子就想到了丹野。如果真是如此，那自己在前世就和那个男人结下了孽缘吗？

"原来如此，可是……"

"人的意识中蕴含着无法估量的强大力量。如果大部分人相信会好起来，那么实现的可能性就会提高，对吗？若是反过来，世界上大部分人认定我们的文明会灭亡，世界或许就真的会被诱导至那个方向。"

天眼院几乎没有换气，低声朗诵般地继续说："几乎所有人都有前世的记忆。就算小的时候记得，随着成长，记忆也会变得模糊，最终消失在黑暗之中。但那只会发生在意识的表层，实际上前世一直都在潜意识的深处盘旋着。它会左右人的决断，对人格的形成也会造成影响。其中尤为可怕的是，前世因为死于非命，而在心中留下深深伤疤的情况。因为一旦留下心理阴影，不是一两次转世就能够克服得了的。"

天眼院的声音似乎蕴含着深入意识并令其麻痹的力量。

这是催眠术……不，是洗脑。不要被他骗了。茶畑努力保持着内心的平衡。正木先生和阿哲肯定是在这番话术的攻击下，相信了那些荒唐无稽的故事。

天眼院问茶畑："你认为，像刚刚所说，在前世受伤、内心留下伤痕的人们，今生在那个伤痕的引导下见面了，会发生什么呢？"

"不知道……"

"很可能会发生和前世一样的事。前世的杀人者与被害者见面后，很可能会再次发生杀人案。因此，一定要警惕不好的因缘。"

说起来，阿哲也说过类似的话，说意识很容易受到前世的影响一类的。教会会编写特定的故事来抓住人心，而恐惧或许就是为了让宗教性质的暗示发挥效力的工具。

"假设轮回转世是存在的，那我还有一点想不通。"茶畑舔了舔嘴唇，"数量对不上。"

"数量？"

"就是人类的数量。几百年前世界人口还不到二十亿，但时至今日已经超过七十亿了，不是吗？史前时代应该只有几百万人，而在更早之前，人类根本就不存在。轮回转世的灵魂数量是怎么增加到这么多的呢？"

天眼院净明沉默良久后说："对人来说，有些事，不知道比较幸福。"

"这是什么意思？"

"宇宙的法则有时非常无情，在人类眼中是异样的、难以理解的。想要知晓一切就相当于欲要成神。人恪守本分活着才是最幸福的。"

看来是戳中他的痛处了。一说到轮回转世，人们最初都会质疑，他应该准备一个更有说服力的答案。

"像我这样已经觉醒的人类对这个答案也只是略知皮毛。不过我是在尽量控制自己不要再探究下去。因为一旦知晓——回想起来，就再也无法保持清醒了。"

他在说什么鬼话啊？找借口也找个好点儿的啊！

但与此同时，茶畑感觉到心底深处的某个东西打了个冷战。天眼院的话就好像碰到了琴弦。那究竟是什么？

茶畑回想起了过去看过的小说，弗雷德里克·布朗（Fredric Brown）的《来，发疯吧》(*Come and Go Mad*)。抱有幻想的主人公为了调查，假装发疯进入精神病院。在那里他得知了制约这个宇宙的可怕秘密。

"我们都是孤独的。"

天眼院轻声说出的这句话，令茶畑愕然。

"在这片冰冷的宇宙中一直保持清醒，对神来说都是极其困难的事情。"

"到底是什么意思？"

茶畑感觉到自己的声音在颤抖。

共时性现象。在酒店的咖啡厅和与地方史学家见面的咖啡厅里听到的音乐——柏兹·史盖兹的《我们都是孤独的》……这个男人不可能连这个都知道。自己从不曾与人提起过这件事，只在心中思考过，就算二十四小时不间断监视自己，也不可能有人知道。

"马上就要一个小时了，是不是该进入正题了？你是为正木荣之介先生的事来的吧？"

天眼院一副若无其事的语气。茶畑再次受到打击，但比刚才稍微轻一点。

"原来你从一开始就知道啊，怪不得给我占卜的前世那么随便……那个一生过得还算幸福的百姓。"

"我所说的一切都是真的。那就是通过灵视看到的情形。"天眼院平心静气地说道。

"那些都无所谓。我只想知道，你给正木先生植入的幻想。"茶畑烦躁地打断了他的话。

"我从未植入过什么。"

"那么细致的幻想，不可能平白无故产生。你究竟有什么目的？"

"正木先生回想起来的就是前世的光景。"

"如果单纯只是有钱人的消遣，没人会去深究。可若是把其他事联系起来，就相当可疑了。一件是调查荣工程发生的情报泄露事件的犯人，另外一件就是正木先生的遗产继承。"

茶畑抛出手上掌握的信息，观察对方的表情，但天眼院没有做出任何明显的反应。

"现世发生的事件，我不会参与。而且，顺序是不是反了？"

"反了？什么意思？"

"正木先生的意识被你刚刚说的情报泄露所束缚，他才会受其影响，回想起事情的根源——前世发生过的事件。"天眼院看了看表，露出微笑，"已经一个小时了，后面还有人在等，今天就到此为止吧。"

茶畑正打算回事务所时，手机响了。是毯子打来的。

"什么事？"

"所长，您现在人在哪里？"毯子的声音听起来很紧张。

"在新宿车站，这就回去。"

"您别回事务所了。"

茶畑瞬间语塞："这是什么意思？是，工资是还没发，但你身为雇员，没权力不让我回去吧。"

"他们知道事务所的地址了。"

"知道地址？谁？"

"追查北川下落的中南美人。"

茶畑赶紧巡视了一下周围，压低声音说："他们是怎么找过来的？"

"大日向先生打来电话，说接到了外国人的委托，让他调查北川的工作地点。他为我们争取到了两个小时时间，两个小时后才会向那些人报告事务所的名字。"

大日向直人是同行，手上有一家大型事务所，茶畑侦探事务所有一半工作是从大日向那里转接过来的。

"你现在在哪儿？"

"刚刚关了事务所离开。现金、贵重物品、账簿一类的都放到包里带出来了。"

"好。"

"要找专业人士帮我们连夜逃跑吗？"

茶畑想了想，空调是租房的时候房间自带的，要带走的就只有桌子、破沙发和冰箱。哪样东西丢了都不觉得可惜。

"不，不用，没什么大不了的。房租也别给了，那样可以降低被发现的风险。联系阿哲了吗？"

"刚刚给他手机打电话留言了。"

"先给他打的？"顺序错了吧？茶畑有些不悦。

"因为预计是阿哲会先回到事务所。不过所长也挺关心阿哲的嘛。"

"笨蛋，要是我们突然消失，阿哲却不知道是怎么回事，丹野会以为我跑了。"

毯子的声音瞬间冷淡了下来："哦，是吗？原来是为了保全自己啊。"

就在这时，手机发出嗡嗡嗡的声音。

"有电话打进来，等一下。"

是阿哲打来的。

"什么事？桑田的留言听了吗？"

"刚刚才听到。在听到留言之前我已经回到事务所了，看到有个可疑的家伙正在用工具撬门。"

听到阿哲喘着粗气，茶畑有种不好的预感。

"可疑的人？外国人吗？"

"看着像拉美人。我大吼一声问他在干什么，他冲着我就过来了。"

茶畑都想抱住脑袋了。

"然后呢？"

"我把他打到不能动了。然后看事务所的门锁着，就想打电话问问，这才看到有留言。接下来怎么办？"

"不能动了？你该不会把他杀了吧？"

"放心吧，我没往死里打。"

"好吧，先找个地方会合。"

本想约在平时常去的那家酒店的咖啡厅，但又一想，那里距离事务所太近了。现在最安全的地方是哪里？

"就到日本人道会的事务所会合吧。"

毕竟等于是在为丹野工作，关键时刻好歹要提供下避难所吧。

通知毯子会合地点后，茶畑关了手机。

这时，茶畑突然想起天眼院净明的那句话："你的周边徘徊着暴力的气息。"

肯定是歪打正着，不过茶畑此刻深切感受到，"暴力是最不可取的愚蠢行为"这句话说得还是挺对的。

那个外国人看到阿哲的脸了，肯定不会就此善罢甘休。

# 第四章

从JR新大久保站出来步行十五分钟左右,就会看到一栋废墟一般的大楼,这里的气氛与韩国城的繁华可谓格格不入。

电梯处贴着"故障中"的字条,楼内是简易装修,脚下的地板革随处可见剥落的痕迹。爬上楼梯,在站一个人都显得拥挤的楼梯平台旁边的门上,贴着一块写着"特定非营利活动法人 日本人道会"的廉价塑料牌子。

敲门后没有回应。按动把手,门没有任何抵抗地开了。

办公室里空无一人,只有并排放着的三张办公桌和一部电话。

里间传出水流声。卫生间的门开了,只见一个腋下夹着报纸、正在提裤子的寒酸中年男人走了出来,就像小品里演的那样呆立在原地。

"你哪位?"男人用警惕的眼神看着茶畑。

"我姓茶畑,和阿哲约好在这里会合。"

"没听过。"男人吐出这几个字,"我忙着呢,快滚。"

"看起来的确是挺忙的。"茶畑更好奇在这个什么都没有的地方,他都是怎么打发时间的。

"不用管我,你继续工作吧。"说罢,便坐在了最靠边的办公桌旁的椅子上。

"你知道这里是什么地方吗?"

从男人的语气中可以听出,他虽然出声恫吓,但心里不确定该不该采取强硬的态度。

"这里不是日本人道会的办公室吗?"

"喂，你知道我只要打一个电话……"

"我还以为和仁道会的事务所是分开的，看来并不是。"

这里是 NPO 的注册地址，但如今看来，这栋看似简陋随时会被拆除的大楼，同时也是他们筹备的据点啊。而这个男人，不是组内最没用的底层人员，就是用低廉的薪水雇来的无业游民。

"仁道会"和"人道会"发音相同，所以他并不明白茶畑刚刚说的话的意思。

"喂！听没听见？只要我给事务所打一个电话……"

"之前我就在想，黑社会的事务所会做些什么工作？"

男人有些诧异："你是什么人？"

"很久以前和丹野是同学关系。"

这次的名字有效果，男人畏缩了。

"同学？哦……"男人语塞，看来是不知道该问什么。

门外响起了敲门声。

"打搅了。"

来人是毯子，怀里抱着一个鼓鼓囊囊的手提旅行包，看起来很重。

"就是这里吗，所长？"得到茶畑的肯定后，并没有露出笑容，反而一脸不悦。

"很宽敞吧。"

"比我们事务所更像要连夜逃跑的状态。"

毯子无视一旁愕然而立的男人说道。大概是瞬间就判断出，那个人不是什么重要人物了吧。

"我先把东西拿出来，包都要被撑破了。"

毯子打开手提旅行包，取出旧笔记本电脑、小型打印机和座机一一摆在桌子上。真是可悲啊，这就是茶畑侦探事务所的所有贵重物品了。

"座机办了停机。"

"好,反正重要的联系都会打手机。"

存折也是以个人名义开通的,就算事务所突然搬家也不会影响业务。越来越像游牧民了。

"可再怎么说也不应该搬到这种地方吧?"毽子皱着眉环顾全屋。

"喂,你们两个太过分了吧!怎么擅自……"男人似乎终于下定了决心,大吼道。

就在他怒吼时,事务所的门开了。

"哟。"

阿哲走了进来,连看都没男人一眼。男人则在看到阿哲的脸的下一秒闭上了嘴。

"没被跟踪吧?"

面对茶畑的询问,阿哲摇了摇头。脸上有被打的痕迹,手上破了皮。通话时听他描述得很轻松,看来实际上还是经历了一场激战啊。

"放心吧。对了,跑到这种破地方,接下来打算怎么办?"

既然你早知道是这么个破地方就应该提前告诉我们啊!

"阿哲,你的伤没事吧?"毽子担心地问道。

"这哪算得上什么伤啊,不过被我揍的那家伙估计要两个月才能痊愈了。"阿哲骄傲地说着,就像对母亲报告战果的熊孩子。

"你之前在电话里说,是个拉美人?"

"长得像何塞和戈麦斯⑨那样的家伙。"

听起来回答得很随便,但相信阿哲还是有一定观察力的。

茶畑转问毽子:"大日向怎么说的?关于委托他调查辽太的工作地

---

⑨均为棒球运动员。

点的人。"

"就是我之前在电话里说的,就只说是外国人。"

茶畑拿出手机打给大日向直人。

不是所有侦探都会就职于涵盖从业务接待到调查等所有事务的大型事务所,有的只做调查这类零星的工作,也有只做外包的自由侦探。大日向经营的是只接业务的事务所,调查工作则全都外包出去。

"是一群相当不好惹的家伙。"面对茶畑的质问,大日向边叹气,边给出了这个答案,"北川辽太的事我记得很清楚,所以没转给别人调查,暂时会由我这边接手。"

然后顶着一副已经得出调查结果的嘴脸朝客户伸手要钱,这很符合大日向的作风。

"不好惹这件事我已经从别人那儿听说了,具体是怎样的一群人?"

"你要是想知道更多,就得花钱了。"

"你应该很清楚我没钱吧?既然之前都免费提醒了,就别藏着掖着了。"

大日向沉默了一会儿,大概觉得反正也不能立即拿到钱,还不如卖个人情划算。开口道:"洛斯·艾克赛斯,最近刚刚来到日本的墨西哥贩毒组织。"

听说过这个名字,曾和军队交战,杀了整座城市的居民,完全是另外一个世界的人。

"从墨西哥不远万里跑到日本来干什么?"

"自然是想在日本贩卖毒品吧……我只能说这么多了。"

大日向显然不想牵扯进去。

"等等,那些家伙为什么要找辽太?"

"原委我也不清楚,不过听说北川辽太拿着他们的钱跑了。就这样吧。"

看来是说着说着突然害怕了,大日向挂断了电话。

"真是服了。"茶畑挠了挠脑袋。对手是自己无论如何都对付不了的家伙,更重要的是一点真实感都没有。

就在这时,手机响了,是陌生号码。

"喂?"

"我是土桥。刚刚给事务所打电话没打通。"

是那个地方史学家的声音。

"哦哦,您好。"

"关于小说里提到的抢夺水源,我找到事件的原型了。"土桥先生的声音听起来很开心,"果然是发生在播磨国,就是现在的兵库县XX市附近。因为一直干旱,上游的村子和下游的村子之间上演了一场相当惨烈的水源之争。"

"您是怎么判断出那次事件就是原型的?"

"很明显……因为名字很像。小说里出现的是石田村和松滨村,而现实中是栗田村和黑松村。"

茶畑将名字记在笔记本上。"嗯,的确,都取了一个字。"

"不单单是取了一个字,连意思都一样,那个石田和栗田。"

根据土桥先生的极力主张,栗田的栗在这里指的不是植物的栗,而是小石头的意思。

"黑松也是如此,红松是生长在内陆的松树,而黑松非常耐潮,所以生长在海岸附近。"

这么一说,的确和松滨的意思相通。

"还有境川。现在名字变了不容易察觉,但在江户时代以前,流经栗田村和黑松村的河就叫逆井川⑩。"

土桥先生以很快的语速继续说："还有登场人物的名字也是如此。松吉的原型是皆川清吉，竹吉叫皆川弥吉，松吉的未婚妻佳代其实是登代，籐兵卫是藤兵卫，等等几乎都是一样的。平左卫门是孙左右卫门，感音寺的住持净心和尚，原本是咸音寺的净智和尚。"

土桥先生貌似察觉到光说可能会糊涂，于是把每个字的写法都作了说明。

"请您等一下，这些人不都是无名的百姓吗？您是怎么知道得这么清楚的？"

"因为留下了相当详细的资料。天正年间逆井川发生的水源之争，在几起同类事件中相当有名。所以我很快就想起来了。"

如果是这样的话，那么天眼院净明也能轻易查到。

"那么，松吉……呃，清吉对吧，是谁杀了他？"

"问题就在这里。根据现存资料中的记载，凶手是栗田村的看守，嗯……没写名字。黑松村的百姓震怒，这才导致了那场激战的发生。可是小说里并没有讲明犯人的身份，甚至让人感觉并不是看守干的。大概是作者想给出新的解释吧。"

不知为何，土桥先生滔滔不绝的声音听起来好像在很远的地方。感觉有哪里不太对劲，但又说不出是哪里不对劲。在谢过土桥先生，结束对话后，茶畑才终于想明白到底是哪里不对劲。

小说中登场人物的名字、村子的名字、河的名字，正木先生全都不记得，那些名字都是小冢原锐一捏造出来的啊。

可为什么会和实际发生过的事件中的名字如此相似？

---

⑩ "境川"的"境"读作sakai，"逆井"也读作sakai。

也许是小冢原在看过毯子整理的梦的内容后，立即就发现说的是曾发生在逆井川的那起事件了？可他一句都没有提过，这一点很奇怪。

看来还是有必要直接问问小冢原。

茶畑做了奇妙的梦。

梦里自己在一个漆黑的房间里，不对，地上铺的不是榻榻米，而是木板。

是供很多人聚集在一起高谈阔论的地方。所有人都一副被逼无奈的样子，房间中充满了呛人的臭气。一般都会说那是肾上腺素散发出来的刺鼻气味，而实际上是分泌自大汗腺、久久不会散去的强烈汗臭味。

梦中的自己被某人的话语激怒，大声反驳。心中只有一个念头，那就是无论如何，都要诱导结论朝着自己想要的方向走。

而现场的空气也正如自己计划的那般，渐渐发生了变化。伙伴们敏感地对自己的发言做出了反应。继续煽动他们吧。生气是真的生气，而内心深处却在窃喜。

场景改变。

来到了比刚刚宽阔得多的地方。夜风徐徐，潺潺的流水声夹杂着虫鸣。

缓慢前进，迈着盯上猎物的肉食动物般的步伐。

前面有一个自己熟知的人。他先是战战兢兢地左右张望，然后朝着河流的方向走去。自己跟了上去。手上还拿着镰刀。

场景又变了。

眼前有一个人，是个女人。这次手握镰刀的不是自己，而是那个女人，她正在朝着自己缓慢接近。

又变成了另外一个场景。

这次是白天的河边。一大帮人被强迫坐在地上。双手反绑，动弹不得。其中大部分像乞丐一样瘦得不成样子，还有几个浪人打扮的男人。一群用带子绑起衣袖的武士手持日本刀，站在他们背后。

然后慢慢挥下白刃。

看着眼前发生的这一切的自己，同时感受到了无尽的恐惧与满足。

茶畑惊醒，全身都被汗水浸透。

刚刚的梦是什么？

"所长，您还好吧？您刚刚做噩梦了。"

听到毯子担心的询问，茶畑感觉她并不是真的在担心自己的身体，而是在担心万一病倒了会给她添麻烦。

"没事，就是梦到和你约会了。"

茶畑站起身，走向小小的洗碗池，接了杯自来水一饮而尽。水管上没接着净水器这类奢侈的东西，估计内部也都是锈迹吧，味道真难喝。即便如此，心情还是稍微平复下来了。

已经在这间事务所栖身三天了。打个盹儿都会做噩梦惊醒，看来压力比预想的还要大。

话说回来，刚刚的梦到底是怎么回事？

"桑田，还没联系上小冢原吗？"

"打了好几次电话了，一直是电话留言。"毯子皱着眉头。

什么情况？小冢原又没被墨西哥人盯上，没必要逃跑吧。

茶畑坐在办公椅上，抱着胳膊。

刚刚的梦应该是受到正木先生梦到的内容的影响。奇怪的是，视角不同。不是松吉——清吉的视角，而是当时在场参与讨论的另外一个人的。

而那个人或许就是杀害清吉的犯人。

茶畑摇了摇头。

怎么可能，为什么那个人会是我啊？

天眼院净明的话在耳边响起。

"前世的因缘就附着在潜意识的深层。它们会相互作用，拉近关系深厚的人们之间的距离。必须要注意的是，不仅限于良好的关系，一定要小心那些被不好的因缘牵引过来的人。"

"你认为，像刚刚所说，在前世受伤、内心留下伤痕的人们，今生在那个伤痕的引导下见面了，会发生什么呢？"

"很可能会发生和前世一样的事。前世的杀人者与被害者见面后，很可能会再次发生杀人案。因此，一定要警惕不好的因缘。"

正木先生的前世是清吉，自己是杀害清吉的犯人。而且与此次调查相关的很多人，都是受到前世因缘的影响，被牵引而来的精神伙伴……

谁会相信这么荒唐的事情。

"请用。"

矢田——之前在事务所负责接听电话的中年男人，贴心地冲了一杯速溶咖啡端给茶畑。

一想到或许这个男人也是当时出席讨论的某个人，茶畑的脸上泛起冷笑。他这副尊容倒还真挺像的。

突然，茶畑想起阿哲说的话，他的前世是浪人，在河边被砍掉了脑袋。

刚刚梦中出现的莫非就是阿哲？

这栋木质结构的公寓，楼龄恐怕已经超过五十年了。这里离车站很近，但入口位于只能勉强通过一个人的狭窄小巷里面。三面都是紧贴着公寓建起来的杂居大楼等建筑物，简直就像身处谷底，虽说几乎照不到阳光，可风也同样吹不进来，所以特别闷热。

小冢原的房间位于一层的最里侧，门上没有贴门牌，贴的是用蓝色圆珠笔写下的"小冢原"的纸条。从门上收件箱里传单的量来看，他已经好几天没回来了。茶畑不禁想对跑到这种地方发传单的工作人员表示敬意。

敲了敲门，果然没人回应。

门是廉价的茶色三合板做的，锁芯在门把手上，和那种完全没有防盗作用的室内锁差不多。

查探了一下周围的情况，没有人。

茶畑脱下一只鞋，用脚跟快速踹向门把手。只是这么一踹，销子就凹下去了。

进入房间，关上门。入眼是一间带厨房的一居室。

因为不想在房间里留下足迹，茶畑不穿鞋子往里走。六张榻榻米大小的房间深处，有张放着电脑的矮桌。所有墙面都被自制的书架挡得严严实实，还有很多放不下的书落在地板上，堆起了好几座小山。

旁边还有一部在当下可以称得上是古董的传真电话机，上面的留言按钮频繁地闪动着。听了一下，一大半是毯子的留言，让他尽快回电话。还有几通无声留言，因为是陌生号码，所以不清楚是谁打来的，也有可能全都是毯子。

小冢原究竟去哪儿了？

茶畑为了寻找线索，调查了矮桌周围。

不愧是专门写时代小说的，书籍和打印出来的纸张都是资料。试着查找其中有没有与"天正年间逆井川水源之争"相关的资料，结果并没有关联。

打开电脑，开机画面是令人怀念的 Windows XP。

幸运的是并没有设置密码。查看了一下最近使用的文件，几乎都是文档，写到一半的小说、大纲汇总和整理好的资料一类，其中之一便是《夺水之夜》。又找了找有没有相关内容的笔记，依然是没有发现。

茶畑准备再看看电脑里保存的所有文档，结果被数量吓到了。

标题的数量就有好几百，就算其中大部分是短篇小说，假设一篇长篇小说是 1MB，不算大纲和资料，数据量也足足超过了上百本书。打开几个文件看了看，都是以江户为背景的时代小说。

为防遗漏，又输入"夺水"和"水源之争"这两个关键词进行了搜索，搜出来的还是只有《夺水之夜》这一篇。

茶畑陷入了沉思。《夺水之夜》中登场的村子和人名等等这些固有名词，肯定都是根据"天正年间逆井川水源之争"这起事件起的。如果小冢原锐一是在看过毯子发来的原稿后发现了两者的相似，应该会存有与"逆井川"相关的资料才对啊。

接下来打开了邮件软件。

保存的大部分都是出版社委托代笔工作的邮件，也有毯子发来的。只有一封很奇怪。


小冢原锐一先生

觉醒指的是回想起尚未出生时的本来面目。

相信你已经隐约察觉到了吧，这是一把双刃剑。觉醒分几个阶段，想起一切——解脱，并不等于一定会幸福。你在得知某个陌生人的前世后，向觉醒迈进了一步。以我个人来说，我强烈建议你就停留在这个阶段。你在得知前世存在后，应该已经确信了来世的存在。对于死亡的恐惧减少，甚至已经感觉微不足道了吧。那么，何必还要追求更多呢？

好奇心有时候是会害死人的。有些事情不知道比较幸福。

但求知是人类的业。如果你无论如何都想知道前路之上有什么，无法抑制那股冲动的话，或许我们该见一面。

为了不会步上篠原先生的后尘。

邮件的最后附有新宿区的住址和电话号码，以及贺茂礼子这个名字。茶畑本想记在笔记本上，但转念一想，直接将邮件内容打印了出来。

接着又找到已发送的邮件，小冢原锐一最初发出的邮件的内容，其奇妙程度完全不输那封回信。

贺茂礼子女士

请原谅我冒昧写这样一封邮件给您。我是一个站在觉醒入口的束手无策之人。具体的情况本想当面阐明，但请允许我在这里先简单地说明一下。自从得知某个陌生人想起来的前世的内容后，我自己也开始想起了前世的种种，而且正在极其鲜明地复苏。已经无法以错觉来解释，更无法忘怀。

于是，我想起了贺茂老师您。不知您是否记得，我的朋友篠原曾在数年前拜访过您，并从您那里得到了忠告。

您劝他千万不要去凝视。制约这个宇宙的根本原理绝不是人能够从正面去凝视的东西。

遗憾的是，他并没有听从您的忠告，他昼夜不眠地思考人生究竟是什么，结果精神受损，最终选择了自杀这条道路。

再这样下去，感觉我也会步上篠原的后尘。请您帮助我扫去心中的迷惘，走上正确的觉醒之路吧。

茶畑犹豫了一下，还是查看了未读邮件。都是一些骚扰邮件，为了不留下痕迹，便全部删掉了。

看来小冢原是去见这个叫贺茂礼子的人了。

到底是什么人？从对话的走向来看，应该是天眼院净明的同类。

茶畑又回想起了天眼院的话。

"对人来说，有些事，不知道比较幸福。宇宙的法则有时非常无情，在人类眼中是异样的、难以理解的。想要知晓一切就相当于欲要成神。人恪守本分活着才是最幸福的。"

这两个人莫非是一丘之貉？不然也太巧了吧。虽然不知道这话是在警告什么，但总感觉就是让他不要再查下去了。

回到日本人道会的事务所，一个茶畑在这个世界上最不想见到的人正在那里等着他。

"哟，情况怎么样啊？"坐在桌子上的丹野冷笑着看向茶畑。

"还行吧。"茶畑尽量掩饰着内心的失落。

"喂喂，没事吧你？还有三个礼拜就到支付五百万的日子了。"

"我会尽全力的。"

茶畑看向毯子想要寻求帮助，毯子则是一副"不关我的事"的态度，移开了视线。矢田也在事务所，但他连靠近丹野的勇气都没有，缩在角落里。

"好吧。我相信你关键时刻还是很靠谱的。"

丹野一反常态,心情很好的样子。这样的态度反而让身边的人感觉更恐怖。一想到不知道什么事就会惹他不高兴,魂都要吓飞了。

"话说,怎么突然搬到我们事务所来了?这是吹的什么风啊?"

"出了点事,和墨西哥人发生了冲突。"

"洛斯·艾克赛斯吗?"丹野眯着眼睛,给叼在嘴里的烟点火。真不愧是混黑社会的,这方面的消息就是灵通。

"对。"

"我听说,跟小口借了一千万不还的那个叫北川的,拿着那些家伙的钱跑了。"丹野就像猫科猛兽一样,嗓子发出咕噜咕噜的声音笑着。

茶畑嘟囔着:"还不止如此呢,连我们保险柜里的钱也顺走了。"

"呼哈哈,真是个不落空的小子啊!"

机会难得,茶畑决定提出一直存于心中的那个疑问。

"话说回来,小口为什么要借给辽太一千万那么大的数目啊?"

"哼,不知道其中原因的大概也就只有你这个雇主了。"

"怎么回事?"

"北川其实是洛斯·艾克赛斯在日本的业务尖兵,所以小口是相信他的背景,才借钱给他的。"

"那些家伙在日本有什么业务啊?"

"这还用问?当然是毒品了。"

"可是,辽太怎么可能胜任这么重要的工作?"

"因为他朋友多,在开拓合法香草销路这方面展现出了不俗的手腕。所以他们就试着让他夹带可卡因运进来。"

"真是难以置信……他还只是个小鬼啊。"

"可也不能因为他是个小鬼就饶了他啊。"丹野的表情没变,声音却带着一丝阴险,"好不容易培养起来的香草客户,一股脑儿都被抢走了,搞得我这边的买卖也跟着完蛋。那些家伙打算以富裕层为中心贩卖可卡因,不过早晚会把手伸到白粉这边。要干也行,但必须和我们签订代理合同。"

"你该不会……"

茶畑倒吸了一口凉气。丹野在眼前摆了摆手。

"什么都没做啦。我手下的年轻人只是教训了他一下,提醒他要是再敢帮那些墨西哥佬,对他没好处。要是他继续那么不识相,恐怕早就在东京海底峡谷的深处龙宫城里了吧。"

原来这就是北川辽太突然失踪的理由。被仁道会和洛斯·艾克赛斯夹在中间,除了逃还能怎么办。其中大部分原因就在这家伙身上,茶畑瞥了丹野一眼。可就算知道,又能怎么样呢?

"对了,阿茶,这里的房租……"丹野满面笑容。

"啊?饶了我吧。"

听到茶畑发出悲鸣,丹野大方地摇了摇头:"我知道,我不是那么贪得无厌的人。只不过这里对外怎么说也是日本人道会的事务所,必须像个事务所的样子,现在在这里的那个白痴还不如招财猫管用呢。所以要是有人来,你能帮着应对一下,就不收你房租了。"

虽然这是理所当然的,但茶畑还是松了口气,同时为这样的自己感到丢人。

"还有,要是墨西哥佬再找麻烦,你就跟阿哲说,我觉得差不多该给他们亮黄牌了。"

利用黑帮对抗虽然也会惹上麻烦,但好歹算是有了一个强力的后盾,茶畑感觉安心多了。

"对了,刚才那位小姐说,你正在调查某个人的前世?"

茶畑瞪了毯子一眼，怪她不该多嘴，毯子依然不看他。

"你别误会，不是那种荒唐无稽的事，该怎么说呢……"

"你在说什么啊？前世怎么就荒唐无稽了？"

"啊？"茶畑目瞪口呆。

"我不是跟你说过，曾经有一瞬间感觉到了前世吗？"

"我不记得啊。"

"啊？是吗？可我的确说过啊。算了，那是小学六年级的时候，我还是个纯真无邪的少年，有个高中生突然跑来说让我给他当小弟。当我敲碎他膝盖的时候，突然感到有些迷茫。我没想杀了他，但到底做到什么地步呢？然后就在我不知道第几次举起木刀的时候，看到了一幕宏大的幻象。"

"什么样的幻象？"虽然这段话让人很想吐槽点什么，但茶畑决定无视，并询问道。

"过去的我，不是现在的我的另外一个我，以不同的身份，像当时一样高举着武器从头上挥下去的样子。"

"你的意思是，在前世你也做了相同的事？"

"对。就像照镜子一样，同时看到了一百多个人。可不是敲碎膝盖那种小儿科的画面，大部分是砍掉脑袋，或是把脑袋砸碎一类的。其中还有蒙古军的指挥官和欧洲的骑士团长模样的人。看到那个的时候，我的心情愉悦极了。"

"愉悦极了……"

如果真的有神，真想问问他，为什么要让这样的怪物心情愉悦啊！

"所谓人类的'业'吧？我当时就想，反正同样的事都干了几万年了，现在不管做什么都无所谓了吧。而且就算这辈子死了，也不代表一切就结束了，对吧？那件事对我的影响真的很大。"

如此看来，这位绝对不会退缩的、最危险的斗鸡博弈选手就是在那个时候被创造出来的。原本残暴程度就已经超出了正常范畴，还完全不怕死地冲过来，对方也就只有逃的份了。

"对了，你不是也说过自己有前世的记忆吗？"

茶畑被吓了一跳："我真的说过那种话？"

"肯定说过，我对自己的记忆力很有自信，你说自己小时候曾经记得前世的事。"

丹野说得很肯定。他虽然是个凶残的疯子，但绝不会编造无意义的谎言。

"我说的是曾经。在你很小的时候……应该是两三岁之前，你还保有前世的记忆。但你的父母总说那是幻想，于是你便将记忆压制了下去。"

茶畑回想着天眼院净明的话，拨打了一个手机通讯录里没有的号码。等了一会儿，对方接听了。

"喂。"是姐姐阿绿的声音。

"喂，我是彻朗。"

阿绿沉默了一瞬，"你怎么想起给我打电话了？"

"想问点事，妈妈在吗？"

"她住院了。"

"哦……那我打给医院，能在电话里说吗？"

"不行，她现在老年痴呆挺严重的，就算你亲自去见，大概也无法回答你的问题。"

茶畑叹了口气。在自己没尽孝道期间，妈妈的病情居然已经这么严重了。

"那个，姐姐。如果你还记得的话，希望你能回答我。"

"什么事？"

"我小时候说过有前世记忆这种话吗？"

阿绿的语气很吃惊："你要问的就是这个？"

"我知道这很怪，但很重要，告诉我吧。"

"好像说过。"

"两三岁的时候？"

"好像是……你能不能回来一趟？有很多事要和你商量。"

"好。我当时都说了些什么？"

"说了些什么？"

茶畑似乎看到了阿绿紧锁眉头的样子。

"我记得前世的什么？"

"你突然问我，我也想不起来，都过去那么久了。"

"你再想想……有没有说过争夺水源一类的？"

"那是什么？"

"江户时代或是那之前，两个村子之间争夺水源。然后一个男人被镰刀割破喉咙死了。"

"那么可怕的事情我怎么知道，你三岁的时候我也才只有八岁啊。"

阿绿的声音显得有些紧张。或许是在担心茶畑的精神状态。

"我没事。就是出于某种理由正在调查以前的事。"

听上去算不上是解释，但或许觉得茶畑的语气很正常，阿绿也恢复了冷静。

"以前的事啊……那个时候你还小，而且你说话本来就颠三倒四的。不过我记得你说过自己以前是渔夫。"

"渔夫？"

"对，看浦岛太郎绘本的时候，你说你曾经打扮成那样去捕鱼。"

茶畑很失望。那或许是前世的某个场景，但没想到会这么无用。

"对了，前段时间我见到早坂先生了。"阿绿迅速改变了话题。

"咦？亚未的……"

"对，亚未的父亲。他很担心你，说不知道你现在过得怎么样。"

当时所有人都很难过，自己却在亚未的葬礼结束后，逃也似的离开了家乡。心中虽然内疚，也只能沉默以对。

"七周年忌辰的时候，他挺想让你来的，可是那个时候根本就联系不上你。"

"嗯，那个时候事多、工作忙，我也没办法。"

"所以啊——"

东北方言里的"所以啊"并不是"所以那又如何"的意思，而是"就是说啊"的意思，表示赞同。可茶畑反而更自责了。

"亚未为什么会去海边呢？"事情已经过去了那么久，茶畑并没有想要旧事重提的意思，可不知道为什么就说了出来。

"是啊，为什么呢？"阿绿也沉默了。

"当时她已经把幼儿园里的小朋友都送到安全的地方避难去了吧？那她为什么还要特意去海边呢？"

"早坂先生也是这么说，到现在也想不明白是为什么。不过当时还有其他人说要去看看海边的情况，结果被海啸吞没了。"

"但是亚未不是会做那种蠢事的人啊！"

"所以啊——"

"肯定是有什么理由，虽说就算搞清楚原因亚未也回不来了，可我就是无法接受。"

2011年3月11日，下午两点四十六分，东日本发生了大地震。

三分钟后，南三陆町发布了避难指令。因行动迅速，下午刚过三点便完成了避难，幼儿园的小朋友们都安然无恙。

但令人不解的是，就在那之后，亚未不顾周围人的劝阻，折返了回去。

海啸登陆南三陆町是在地震发生后的第三十九分钟，下午三点二十五分，沿岸的建筑物均被摧毁。志津川医院是政府指定的海啸避难大楼，而巨浪的高度直逼志津川医院的顶层，比三层的防灾对策厅的大楼高出了两米之多，因此出现了众多遇难者，直到最后一刻还在防灾无线电里呼吁避难的女性职员大部分也牺牲了。

亚未的遗体在志津川湾被发现，推测她是在海岸附近被海啸吞没，之后又被回流冲到了那里。可她为什么要从安全的高地跑去海边呢？时至今日也没有合理的解释。

"总之，你回来一趟吧，去扫墓，把你现在的心情告诉亚未，怎么样？"

"啊，嗯……"

茶畑嘴上是答应了，但近期并没有回乡的打算。一个是还没有做好心理准备，二是不把这边的问题处理完根本走不开。

"谢谢，我会再打电话给你。"

想要结束通话的时候，阿绿又开口了。

"早坂先生说来着。"

"什么？"

"他说亚未是不是去找你了。"

茶畑没明白这句话的意思。

"去找我？去海边？"

"他说除此之外，想不出亚未为什么不顾周围人的反对，执意要迎着海啸跑去海边的方向。"

"怎么可能，我当时不可能在海边啊？姐姐应该也知道吧？那个时候我人在仙台！"

"别这么大声。"阿绿情绪悲伤地低声说。

"对不起……可是，早坂先生为什么要那么说呢？"

"不要责怪早坂先生。亚未的死对他的打击很大，到现在都没走出来。"阿绿提醒着茶畑，"是不是那个意思啊？当时你经常说要去看雀鱼。"

"那还早着呢，那个时候产卵都还没结束呢！"

"所以啊——"

"总而言之，你能不能告诉早坂先生一声，是他误会了？"

"你亲口跟他说呗，那样早坂先生也会接受的……等一下。"

拉开抽屉的声音，阿绿似乎去拿电话本了。接着对着电话读出了早坂先生的电话号码。

"有时间我会考虑的。"

挂断电话后，茶畑才发觉自己陷入了混乱。

人生就是一个接着一个得不到解决的谜团。

恐怕永远也不会知道亚未那天为什么要去海边了。

而且，为什么会觉得是去见我……

不行，现在不能被陈年旧事绊住。必须集中精力解决眼前的问题，亚未的事等所有事情解决之后，再慢慢考虑吧。

打完这通电话后得知的结果非常简单。小时候的自己似乎是有前世的记忆，但与那次水源之争毫无关系。

那么，天眼院净明为什么会知道自己曾经有前世的记忆呢？

归根结底，转世轮回这个现象真的存在吗？

茶畑感觉脖颈发凉，不应该再继续查下去了——内心深处发出了某种警告。

继续查下去会很危险。

就像贺茂礼子在邮件中写的那样，有些事情不知道比较幸福。就连天眼院净明那个骗子不是也说过类似的话吗？

但，茶畑很清楚，现在已经不能回头了。要想脱离如今的经营困境，就只能完成正木先生的委托。而且，不能就此半途而废。如果他是那种容易放弃的人，就不会干侦探这行了。

## 第五章

　　穿过拔弁天大道⑪，进入新宿七丁目后就能看到那栋房子。
　　"就是这里吗？"毯子握着粉色丰田 Passo 的方向盘，语气中带着怒气，"这里走两步就到了吧！"
　　的确，这个距离可以从位于新大久保的日本人道会的事务所徒步抵达。
　　"嗯，不过万一有情况，可能需要马上进行跟踪。你到附近等我一会儿吧。"
　　"好歹是正经的侦探事务所，不要总是用秘书的车，买辆二手车或事故车……"
　　茶畑将毯子的话当耳边风，下了车。地址是对的，可怎么看都只是普通的住宅。名牌上写着"R.KAMO"，与"贺茂礼子"的名字一致，但完全不像自称通灵者的人会住的地方。
　　刚按下门铃对讲机的按钮，另一头便传出了女性的声音。
　　"请进。"
　　茶畑本想说明来意，下一个瞬间又觉得有点麻烦，于是决定按照对方的意思，直接进去。
　　门没锁。玄关没有物品，收拾得很干净。
　　茶畑说了声"打搅了"，脱掉鞋子，穿上看起来应该是为客人准备的拖鞋。

---
⑪东京新宿区的道路名之一。

铺着木板的狭窄走廊的尽头，是一扇华丽的木质房门，应该就是这间了。

敲门后，屋内传出刚刚那位女性的声音："请进。"

打开房门，这间屋子似乎经常焚香，味道很好闻。

"请问是贺茂礼子女士吗？敝姓茶畑。"

茶畑说着眼睛往里看，一时呆住了。桌子后面坐着一位中年女性，她的长相虽说不上丑陋，却有一种说不出的怪异。

"我来此，是有事请教，想要占用您一点时间。当然，我会照价支付咨询费。"

"请坐。"

贺茂礼子指向沙发。茶畑没有说话，坐在了沙发上。

"你想问什么呢？"贺茂礼子坐在椅子上，心不在焉地望着空中问道。

"您认识小冢原锐一先生吧？"

贺茂礼子露出微笑，没有回答。

"我知道您认识他，我看过小冢原先生给您发的邮件了，还有您的回信……我想问的是，小冢原先生如今身在何处。"

"你是侦探吧。"贺茂礼子歪着头，"原本你的好奇心就很旺盛，但并不是喜欢才从事这份工作的。你对自己的技术还算有自信，但经济方面却并没有得到好的回报。"

开始了，冷读术。从状况完全可以推测出侦探身份，从装束也可以对经济状况做出某种程度的判断。

要是以为这种程度就能骗到我，那就大错特错了。因为类似的话术我早就在天眼院净明那里领教过了。茶畑心道。

"您对我进行了灵视吗？"茶畑故意装出很惊讶的样子。

"不用假装惊讶了。"

贺茂礼子从椅子上起身,慢慢走过来,坐到了茶畑对面的沙发上。她的脸细长,眼睛却很大,显得一点也不协调,让茶畑不禁想到了哥布林。

"人必须睁着眼睛活下去,不盯着脚下就会摔跤。目光放远,预测未来,制定目标也是很重要的,但……"

贺茂礼子直勾勾地盯着茶畑,那双大眼睛眨也不眨地就么盯着。茶畑下意识移开了视线。

"不要凝视天空的深幽,那凝视的眼睛将被火焰灼焚。"

"您在说什么?"

"金子光晴的诗歌,《灯台》的一节。出色的诗人凭直觉便能屡次三番探寻到真相。"

贺茂礼子用平静的眼神看着茶畑。茶畑不明白,这个怪异的四十岁女人的双眸,为什么给自己这么大的压迫感。

"在这个世界上,有些东西是绝不能去凝视的。以前的人们将其视作神的领域,节制自己,不去靠近,不去思索。而认为任何事情都能够用科学解释的现代人,则会进行无用的探索,最后得知不该得知的真相。"

"得知真相后,会怎么样?"

茶畑想用不输贺茂礼子的眼神用力瞪着她,却没能成功。

"每个人的情况不同,大部分会不省人事。"

茶畑突然想起,天眼院净明也说过类似的话。

"像您这样的人——通灵者,看来都有横向联系啊。"

贺茂礼子轻轻地摇了摇头:"那个人并非通灵者。"

"那个人?"茶畑装作完全不知情的样子,皱着眉。

"他曾经来见过我一次,直觉准得异于常人的骗子,这样的形容应该是最贴切的。他自称通灵者,占卜人们的前世,从而骗取金钱。但这种行为非常危险。那个人也曾在机缘巧合之下窥探到了深渊,可以说几乎已经觉醒了。"

"觉醒不是好事吗?"

"人生、宇宙,都不过是我们正在做的梦。梦醒了,一切都会烟消云散。"贺茂礼子的眼睛就像两颗巨大的水晶球闪烁着光芒。

"那么我想请问,那个人变成什么样了呢?"茶畑想要虚张声势,努力用挖苦的语气问道。

"在他即将跌下深渊之时,我帮了他一把。一般的人肯定不行,但那个人是个天生的骗子,所以才有办法补救。"

"为什么骗子就有办法补救呢?"

"真正的骗子,在面对自己的时候也能说谎。即便几乎已经想起了所有事情,也能装作不知道。"

贺茂礼子露出满意的笑容。不知她是不是甜食吃多了,牙齿釉质腐蚀,只剩下很小的三角形,每颗都很尖锐,看起来更像小鬼了。

"我不知道那个女人是个骗子。"茶畑摆出若无其事的表情,这么说是想要试探对方。

"净明看起来并不像女人。"

"咦?"茶畑心里咯噔一下。

贺茂礼子没有理会他,继续说:"他给你的建议大部分是正确的,只不过几乎都是从我这里现学现卖。有些事不知道比较幸福、恪守本分活着才是最幸福的。"

她真的看穿了我的心思吗?茶畑很震惊,但还是决定抛出事实。

"您救下的那位净明先生,想要诓骗一位老人,而那位老人正是我的委托人。他在听了净明先生关于前世的言论后,对此深信不疑。"

"那个男人并不具备他口中所说的天眼之力,所以根本无法看到他人的前世。"

听到"天眼之力"这个词时,茶畑很吃惊。这个女人果然认识那个男人。

"那么,那位老人所谓的回想起来的前世,又是什么?"

"就是他回想起来的前世。"贺茂礼子冷冰冰地说道。

"您的意思是说,根本没有天眼院净明介入的余地吗?"

茶畑这么问只是为了确认,却似乎第一次戳中了贺茂礼子的痛处。

"嗯……果然还是有影响的吧。"贺茂礼子像狐獴一样舒展背脊,然后盯着天花板。

"人的意识会相互影响。虽然一直欺骗自己,让自己不要想起来,但只差一步就要觉醒的净明的意识,也让那位老人的意识产生了变化。"

茶畑意识到问到点子上了,赶紧追问:"如此的话,您也有间接责任吧?您明知天眼院净明是个骗子,如果您当初没救他,就不会有人被骗了。"

"那我问你,假设你救了一个险些溺水的人,且知晓那个人性格粗暴。如果那个人今后会去抢劫,那也是你的责任吗?"

面对如此尖锐的反问,茶畑没有还击之力。

"不是……"

贺茂礼子的表情稍微温柔了一些。从哥布林变成尤达[12]了。

"我来回答你最初的问题吧。小冢原锐一先生的确来找过我,我劝

---

[12] 电影《星球大战》中的角色。

他不要再继续追究前世了,但他并没有接受我的建议。"

"他现在人在哪里?"

"大概是去他改写的那篇小说的舞台——前世那个村子的所在地了吧。"

原来如此,再怎么说他也曾是个小说家,想要去看看现场也是很自然的想法。只是得知这个消息,这一趟就没白来。

"你见到小冢原先生后,麻烦帮我转告一句话。"

"您请讲。"

"那不是你该在意的前世,对你来说,更加重要的前世还有很多。"贺茂礼子身体前倾,低声说,"能帮我转达到吗?"

"我明白了。"

什么意思?茶畑反复回味口信的内容,怎么也想不明白。

支付了三十分钟的咨询费后,茶畑又想起了一个疑问:"天眼院净明说'我们都是孤独的',还说'在这片冰冷的宇宙中一直保持清醒,对神来说都是极其困难的事情'。究竟是什么意思?"

贺茂礼子没有回答,大大的眼睛泛着不可思议的光芒。

茶畑感觉到脊背发凉。

就算继续这么大眼瞪小眼的,也永远不会得到答案。茶畑决定放弃,离开了贺茂礼子的家。走着回到事务所,正在喝冰咖啡的时候,接到了毯子的电话。他这才终于想起,毯子还一直在车里待命呢。

走下阪神电车[13],夏天的炎炎烈日打在身上。周围的住宅区内,有战前就存在的住宅和四成等待出售的新建住宅、低层公馆。

---

[13]经营大阪与神户间铁道路线的私铁公司"阪神电气铁道",简称"阪神电铁"或"阪神电车"。

茶畑看着地图走着。要是毯子在,就可以用智能手机马上确认现在所在的位置了,但他是个彻底的模拟制式脑,与那种高科技无缘。

发生水源之争的逆井川现在改了名字。站在堤坝上,河边的风吹在浑身是汗的身上,真是舒服极了。

在水源之争的现场——栗田村和黑松村旧址上走了一会儿。现在这一带都被划入了市区,只留下了栗田町和黑松町这两个地名。

小冢原锐一大概也来这里走过,但考虑到中间相差的时间,能见到他的可能性几乎为零。茶畑再次问自己到底在干什么,得到的只有"无论如何都想来"这一个答案。迄今为止从来没进行过如此没有意义的调查。当然,从委托人正木先生的角度来说,还是有为了确认前世的梦的舞台这个大义名分在的。

从河里偷偷引水的地方也不存在了。唯一的收获是在黑松町公园里发现的石碑,石碑上刻着"黑松义民碑"几个字,上面记录了水源之争的始末,内容正如土桥先生所述。

末尾记录着一串因丰臣的奉行下达的判决而被斩首的"义民们"的名字。茶畑决定先拍下来。

想必小冢原在看过正木先生前世的梦之后,马上就联想到这起事件了吧。或许他之前就构思着把这件事改编成小说,所以早就查过文献,才能那么快给主要登场人物起好名字。

这么想没有任何奇怪的地方,可为什么要做到如此考究呢?

茶畑越来越不明白自己在想什么了。

难得来一趟,茶畑去市图书馆查了查逆井川水源之争的资料,在县史中并没有新的发现,不过还是将资料复印了一份。

刚把县史放回书架,就被一个看起来等得不耐烦的男人拿走了。

这种书平时不会有人抢着看吧。茶畑有些在意,便跟了上去。

男人的身高不算矮，体格瘦弱，肩膀都瘦得凸起来了，整个人看上去很虚弱。戴着黑框眼镜，身穿茶色 Polo 衫。只见他回到座位，把县史放在了已经摆满资料的桌子上。翻开的笔记本上，写着各种各样的文字，字写得很漂亮。看到"逆井川""夺水""斩首"几个关键词后，茶畑安静地盯着后面的桌子。

肯定没错，这个人就是小冢原锐一。

因为没找到近照，茶畑身上带的是把《刑场之露》封面上的作者近照放大后的照片，而且连能有这张照片都可以说是奇迹了。

小冢原参照各类书籍，边看边往笔记本上记录。茶畑本以为自己也有在图书馆查东西的技术，不过现在看来，与历史有关的资料有别的查法。

观察了一会儿小冢原的情况，茶畑下定了决心。继续监视跟踪下去也不一定能有什么成果，所以他决定开门见山，从座位上起身，坐到了小冢原旁边。

"您是小冢原先生吧？"

"咦？您是哪位？"

"敝姓茶畑。之前通过桑田毯子小姐介绍，拜托过您改写文章的工作。"

"啊，那个啊……可是，您是怎么知道我在这里的？"

小冢原的声音有点大，周围传来多声干咳，还有人投来责备的目光。

"能到外面去说吗？如果不介意的话，喝杯茶怎么样？"

茶畑把小冢原带离图书馆，走进了马路对面的咖啡厅。

"刚刚我偶然看到了您在笔记本上写下的文字，您是在调查逆井川水源之争的事吗？"

"啊，嗯。"

小冢原有些警惕，抬眼看着茶畑。因为他戴着黑框眼镜，眼睛看起来特别有神。

"您改写的那篇小说我看过了，真不愧是专业人士啊！简直身临其境，牛。"

"应该是'了不起[14]'。"

"咦？"

"日语里没有'牛'这个说法。"

虽是个无名作家，但还是非常讲究。

"不好意思。是这样的，我想问您一些事。请问小冢原先生以前就知道这场水源之争吗？"

"不知道。"小冢原的回答出乎意料，很明确地否定了，"虽然我是写时代小说的，不过大部分讲的都是发生在江户的故事，对农村没什么兴趣。"

"那，您是什么时候发现那个故事就是逆井川事件的呢？"

"就是前不久，把原稿发送给贵所之后。"

茶畑皱起眉。小冢原应该没理由撒谎。

"这就有些奇怪了。"

"奇怪？哪里奇怪？"

没想到小冢原这个人这么没耐性，已经开始吹胡子瞪眼了，反问的语气很强硬。

"就是登场人物和村子的名字啊，都是在实际存在的名字的基础上进行了加工吧？栗田村改成了石田村，黑松村改成了松滨村，清吉改松吉，登代改佳代……"

---

[14]原文"半端ない"是省略后的新兴说法，并不是标准的日语。

服务员送来了咖啡。小冢原往咖啡里放入砂糖后搅拌，半天没有说话。

"您大概不会相信。"过了一会儿，用与刚刚截然不同的软弱声音说，"看了那篇笔记……就是桑田小姐写的蓝本后，我做了一个梦。"

"梦？是怎样的梦？"

本以为好不容易回归了现实世界，话题又开始往非现实的方向走了。

"那上面描写的画面基本都梦到了。虽然听不太懂他们口中的方言，但不知为何，意思都能明白，文字是后来查过之后添进去的，只是固有名词有很多想不起来了。所以我大概凭着印象写下了那篇原稿中出现的名字。"

茶畑喝着冰咖啡思忖着。的确是难以置信，可正木先生也是做梦看到的，如果不相信做了同样一个梦的小冢原的话，那未免有些不公平。

"那么，小冢原先生觉得那个梦是什么呢？"

"我猜测，应该是我在前世的亲身经历。"

这次回答得很痛快。

"我查过方言了，结果都是对的。人物的名字也如刚刚您所说，都与实际存在过的人物的名字酷似。最主要的是，做梦时那种真实感，我到现在都忘不了。"小冢原的语气很兴奋，"最初做那个梦的人肯定也在前世有过同样的经历，除此之外，我想不到其他答案。"

又来了。这样岂不是进一步朝着前世是实际存在的、精神伙伴会在今生再会这个超自然的方向走了吗？

"那我想请问，小冢原先生是其中的哪位呢？"

茶畑只是顺着他的话问，小冢原的表情却暗淡了下去。

"唯独这点有些奇怪。"

到目前为止所有的点都非常奇怪，还有其他什么奇怪的点吗？

"主视角是松吉。也就是说,我只可能是松吉,我始终都在透过松吉的眼睛去看、去感受、去思考。"

"这的确……很奇怪。"

根据正木先生的描述,很明显他就是松吉。现在又突然出现了另外一个松吉,简直就像隶属于同一个剧团的两名对比鲜明但同时又是竞争对手的美少女要争夺主演宝座的桥段。

"按您的话说,您是松吉,而最初做这个梦的人是登场人物中的另外一个人?"

"不,应该不是。"小冢原的眉毛撇成八字形,"在最后松吉被杀的场景中,登场的只有松吉和犯人两个人,而且看不到犯人的样子。所以如果不是松吉的视角,根本不可能描述出那个场景。"

光是听到这些内容,脑袋就疼了。

"因此,我想重新把事情的原委捋一遍,才来到这里。想着能不能找到解开那个谜团的线索,可结果是什么都没找到。"

茶畑放弃继续思考了。原本这件事就必须建立在"前世存在"这一假说成立的基础上才能说得清楚。为了查下去,他也只得暂时接受。可即便如此,还是产生了矛盾。是不是从一开始就应该认定前世不存在?

"对了,贺茂礼子女士有话让我带给您。"

听到茶畑这么说,小冢原呆住了:"您是怎么知道她的?"

"这个,很复杂,就是所谓的蛇有蛇路吧。"

茶畑是不可能说"因为我潜入了你的公寓,看了你的邮件"这种话的。

"她让我转达,'那不是你该在意的前世,对你来说更加重要的前世还有很多'。"

"不该在意？或许吧。还有很多？"

小冢原眉头紧锁。二人均陷入了沉默。

茶烟之前就在想，如果前世是捏造的，那怎么才能解释这一切呢？最后只想到一点，但这个想法的荒唐无稽程度毫不逊色于前者，于是立即被驱赶到了意识的黑暗角落中。

之后，茶烟又针对原稿中的疑点进行了确认，但小冢原始终很在意贺茂礼子的那些话，心思已经不在这里了。

小冢原低头思考着离开后，茶烟也把原稿收进了手提包。正当他打算离开咖啡厅的时候，突然想起了什么，取出手机。

经过训练，他已经能做到只要听过一次的号码，不用记下来也会留在记忆里。拨通阿绿说过的号码，对方很快就接听了。

"喂？"

令人怀念的声音。大概是因为是不认识的号码，对方的声音有些警惕。

"是早坂先生吗？很久没问候您了。那个，我是……"

茶烟还没说出名字，对方就有了反应。

"啊！是彻朗吗？好久没你的消息了！"早坂弘用完全感觉不出心存芥蒂的声音，开心地大叫道。

"你终于给我打电话了！听你姐姐说接到了你的电话，我就想着，你或许也会给我打。"

"对不起，一直没跟您联系。"

"这是什么话，你也有自己的顾虑吧……那件事已经过了快十年了，真是难以置信啊！"

早坂弘非常感慨地叹了口气。突然失去最宝贝的独生女，心灵上的创伤还没有痊愈吧。茶烟的心也软了下来。

"最近，您还会去捕鱼吗？"

"哎呀，你不知道，"这里不是指真的不知道的意思，而是不行的意思，"这两年矶烧⑮严重。"

"这样啊。"

之前听闻过海胆导致的虫害很严重。

"瓦砾总算弄走，一部分地区应该有很多鱼已经回来了。"

我本应留在南三陆町，帮助大海恢复原貌，而我却默默舍弃故乡。茶畑的惭愧之情油然而生。

"哦，对了，潜水！那个项目复活了，有好多客人说想看翻车鱼呢。"

"那真是太好了。"

与亚未潜水时，看到的漆黑海底的景色历历在目。茶畑用左手揉了揉眼睛。

"彻朗，你也回来一趟吧。潜到南三陆的大海里，那些难过的、不好的事就都忘了。"

"嗯……"其他的事或许如此，唯独亚未的事反而会勾起回忆吧，"那个，我今天给您打电话，是想确认一些事。"

"嗯？什么事？"

"关于那天亚未去海边，是不是去见我……我听姐姐说，您是这么说的。"

"哦，对。"

"可是那天我去仙台了，商谈水族馆展览的事，这件事亚未应该也很清楚。"

---

⑮矶烧け。指浅海礁石地区藻类衰退，植被大量减少的情况。

"是啊,"早坂弘感叹着,"这一点我也想不明白。可是亚未她啊,之前说过奇怪的话。"

"奇怪的话?"

"对。从事发的几天前开始就经常说。你应该听过吧,什么'都配鲁'的?"

"Doppelganger(分身)?"

茶畑不禁在想,这么出乎预料的一个词,亏我能想到。

"对,就是那个,'都配鲁'什么的。"早坂弘开心地继续说着,"亚未说看见了,看见了自己。"

茶畑皱起眉头。以前就有看到自己的分身是死亡的前兆这样的说法。

"她是在哪里看到的?"

"嗯,说是在梦里……"

茶畑对这个答案感到很失望。

"可是,一般来说,不会在梦里看到自己的脸吧?"早坂弘似乎不满意茶畑的反应。

"那倒是……"

"而且,她还说,特别动人心魄,一点也不像在做梦,甚至分不清梦境与现实。"

茶畑听完一惊。莫非亚未也做了前世的梦?不,不对,前世的记忆里不应该出现自己的脸。

"彻朗,这其实不是亚未的梦,而是你的梦。"

"啊?"

茶畑已经搞不懂对方在说什么了。

"她开始一直想不通,后来好像突然想通了,才说要去见你。"

"见我……是什么时候的事?"

"那天的早晨，说必须要去海边见你。"

到底是怎么回事？原本以为在电话里能把事情问清楚，结果更加扑朔迷离了。

看着眼前直到昨天为止还存在的日本人道会办公室，茶畑呆住了。本就好似废墟的建筑的一角，被烧得惨不忍睹，变成了真真正正的废墟。应该是才刚灭火不久，警戒带围起来的周边还很潮湿，仿佛还能隐约看到飘起的烟雾。

茶畑突然反应过来，在手提包里寻找手机。发生了这么大的事，为什么没人联系我？难道毯子她……

答案很快揭晓了，原来手机一直没开机。之前关机是因为想在新干线上好好睡一觉。

拨通毯子的号码，立马就接通了。

"所长！您之前都在干什么啊？"

毯子相当生气，差点儿都要以为手机要因为她的怒气喷火了。

"抱歉，之前关机了，不是故意的。"

"您在说什么啊！现在谁还有工夫管那个啊！"

"嗯，我现在就在大楼前。起火的原因是什么？"

"故意放火，大概，不过还有更大的事。"

毯子突然没声了，原来是换了另外一个人接听。

"阿茶，阿哲不见了。"是丹野那沙哑的嗓音。

"不见了？什么意思？着火的时候下落不明了吗？"

"不，不是，这都要怪你。"

压力导致胃有种往下坠的感觉。

"怪我？为什么要怪我？"

"有几个长得像印卡帝国后裔的家伙在火灾发生前,一直在那一带晃悠。"

如果是墨西哥人,不应该是印卡,应该是阿兹特克人吧。茶畑没有多嘴,继续听着。

"阿哲大概是被绑架了,此时此刻恐怕已经不在人世了吧。"丹野故意叹了口气,"事情是因你的雇员而起,而你身为雇主,有义务保护阿哲的安全。"

茶畑无话可说。他自认算是身经百战了,但这种体验还是头一遭。愤怒与悲伤、恐惧与担心一股脑儿涌了上来,他不知道该做出怎样的反应。对于经常发生对抗的暴力团伙来说,应该司空见惯了吧。

"阿哲的奠仪,五百万。加上之前说好的五百万,一共是一千万,按时拿来。"

"都发生这种事了,你脑子里想的就只有钱吗!"茶畑激动地怒吼着。周围的行人和看热闹的人都被吓到了,往后退去。

"而且奠仪是什么意思?阿哲不是你的小弟吗?他被绑架了,你也不管?一点儿去救他的想法都没有吗?"

这次听到了重重的叹息声。

"怎么可能?只要他还活着,我肯定会进行交涉,把他带回来。可是,到了那些家伙手上,能活命的可能性几乎为零啊。"

听到丹野的解释,茶畑重新意识到,这就是现实。虽然时间不长,但经过这段时间一起工作,他们已经是交心的伙伴了,偶尔觉得阿哲就像自己的弟弟或以前的自己。他是混黑社会的,可他还年轻,还有未来啊。

"这件事一定会做个了断,我保证。阿茶,你应该知道我是什么人吧?"

"嗯……"

"所以，你要做的就是准备好钱，否则我先拿你祭旗。"

电话"噗"的一声挂断了。

茶畑立在原地良久。

自那之后过了数日，无事发生，日子过得很平稳。

茶畑侦探事务所彻底拒接新的委托，进入了开店休业状态。本打算将毯子解雇，以防牵连她。结果反遭到毯子的威胁，要求必须先把尚未支付的工资支付了才行。没办法，最后决定暂时栖身于大日向的事务所，做些杂活抵房租，同时完成正木先生的委托。

茶畑接到正木荣之介的联系，前去做中间报告。这一天是阿哲下落不明后的第五天。

"今天那位小姐没一起来吗？"

正木有些遗憾地问道。看来上次毯子给他留下了很深的印象。

"是的，她正在调查与此次事件有关的情报。"

实际上，毯子正在大日向事务所里，给外包的侦探事务所打电话分派工作。她做事雷厉风行，深得大日向喜欢，甚至提出要挖走她呢。

"关于此次中间报告，到目前为止得到的结论是，正木先生您做的梦应该与天正年间实际发生的某起事件有关。"

茶畑对发生在逆井川的水源之争一事进行了说明，正木全程聚精会神地听。在拿出于当地拍摄的照片后，正木很激动。

"就是这里……看上去变了不少，但的确就是这处河滩，我就是在这里被杀的。"

这听着不像正常人能说的话从正木的嘴里说出来就莫名有了说服力，真是奇怪。

"关于犯人具体是谁，暂时还没有查到，不过是栗田村看守这个可能性很低。"

"嗯，我也是这么认为的。"正木抱着胳膊。

或许是因为太兴奋了吧，他看起来比平时更有精神："是身边的人干的。或许就是骨肉至亲，就算不是，也应该是同村的人。"

听正木的口气，好像不是在说四百几十年前的事，而是对现今生活着的人存有质疑。

"关于这一点，请允许我提出一个疑问。"

"什么疑问？"

"会长您是不是认为，当年的犯人已经轮回转世到今生了？"

正木用锐利的目光看着茶畑："为什么要问这个？"

"因为我猜测，您的确想查出几百年前的犯人，但您更想知道那人是不是今生背叛您的人。"

正木沉默了一会儿，嘴角露出了微笑："没错。我之前就想到了，凭你的洞察力肯定会察觉。"

"我也看了几本轮回转世相关的书籍，上面说前世结下因缘的人，到了今生也会受到灵魂的牵引聚到一起。莫非会长您是在怀疑，前世杀害您的凶手就在接班候选人之中，并且在今生将企业并购这项机密泄露了出去？"

听到这话，正木露出了惊讶之色："你已经调查到这么多了吗？我很想夸你一句名不虚传，但看来，你还在调查与委托内容无关的信息啊。"

"非常抱歉。只是如果提前给调查划了范围，就会成为枷锁，很多时候会导致最终无法找出真相。"

正木站起身走向窗边，透过百叶窗看着外面的景色。

"机密泄露一事,特别任务组已经在查了,不能让你插手。"

"这点我明白,我只是想知道会长您的动机。"

用力过猛的话,有可能会丢掉这份工作,所以不能像平时一样说得那么含糊不清。

"你说的没错。我的确对前世感兴趣,但更想知道那个时候的犯人会不会再给我一刀,这毕竟是会影响到接班人选的问题。"

"我明白了。"

如此一来,更不能提交一份模棱两可的报告了。

"实际上,我今天叫你来,除了想听一听中间报告外,还有其他理由。"

"是什么呢?"

正木转过身,看着茶畑。

"我又做梦了……又想起来了。"

"是那件事之前的事吗?"

松吉……不,皆川清吉已经在河边被杀了,应该不会再想起那之后的事了。

"不是。"正木摇摇头,"时代应该隔得不是很远,但绝对不是同一个人。我想起了在另外一个前世发生的事。"

"另一个前世……也是在梦里看到的吗?"

"是的,很鲜明,与之前梦到的那个夺水的梦不相上下,与普通的梦有根本上的不同。所以在醒来后,我立即确认了那是我的另外一个前世。"

正木的目光依然锐利,没人会怀疑他的判断力。茶畑打断正木,打开录音机。

"您都记得些什么呢?"

"当时是两军交战,一切都很混乱,真的很可怕。"正木舔了舔嘴唇,继续说,"最初梦到的是晚上,淅淅沥沥下着小雨,偶尔会停一阵,断断续续一直下。我是一名持枪步兵,左肩扛着一把火绳枪。当时处于不知道什么时候会开战的状态,所以总是提心吊胆的,最担心的就是火药会被雨水淋湿。因为前段时间就发生过雨势突然变强,弄湿一部分火药的事,那次被班长骂得很惨。万一所有火药都不能用了,还怎么打仗?装火药的容器——火药壶和装药口都是用油纸包好,放在背囊状的弹药箱的抽屉里的,但即便如此,依然要小心防止接触雨水和飞沫。火绳枪就直接放在皮囊中,但上面的火绳要一直点着火,偶尔动作大点,也要注意有没有熄灭。"

正木说得很快。茶畑决定暂时不插嘴,默默听下去。

"战场的右手边是块高地,最近的地方有一座小山。左手边有一条大河,是好几条河流汇合的隘路,我们所处的位置应该是在河的上游。先发动攻击的是敌方,突然就向我们开枪,而且还放火烧了附近的村子。火焰照亮了下着雨的漆黑夜空,村民的悲鸣从远处传来,实在是太恐怖了,吓得我腿都在抖。我不禁在心中祈祷,反正早晚都有这么一遭,不如快点开战吧。"

"战斗迟迟没有打响吗?"

"嗯,两军交战最有威力的就是火枪,可刚刚也说过了,火药被淋湿了,敌人很擅长打夜战,所以我们这边很害怕……好像叫什么众,名字想不起来了。"正木把手放在额头上。

"擅长打夜战,具体是怎么个擅长法呢?"

"夜视能力很好,据说他们不需要火把也能在漆黑的夜晚满山跑,而我方没有火把肯定不行。在这样的状态下,如果开枪互射,我们就会被动挨打,因此大人也非常慎重。"

"还能想起那位大人的名字吗？"

嘴上虽然提出这样的疑问，内心依然觉得很荒唐。不过感觉相较于上次的夺水，非现实感变弱了。

"名字是完全想不起来，好像是个相当有能力的名君，对他非常尊敬的那种心情还记得。还有就是……旗指物⑯上的花纹，我记得是淡蓝色的。"正木端起茶杯喝了口茶。

如果是大名人，数量倒是不多，只是光凭淡蓝色的纹章，就能确定是哪一个吗？

"步兵的名字您还记得吗？"

"队友都称呼我为'孙'，其他还有叫'熊'和'竹'的。"

昵称算不上线索。而且即便知道全名，侍大将一类的身份可能还好一些，要想找到能够证明区区一名步兵存在过的确凿证据，几乎是不可能的吧。

"明白了，后来发生了什么？"

"天亮之后两军依然对峙，第二天也是从早晨就开始下雨。"

看来是在梦中度过了相当长的一段时间，中途没有跳跃和遗漏，这一点与一般的梦有根本上的区别。

"当时的气温如何，冷还是热？"

"晚上有点凉，但算不上冷，应该是初夏……或者还处于梅雨季节。我记得那里到处都是水，湿答答的，嘴上却逞强地说着'dannaiwa'。"

"'dannaiwa'？"

茶畑听过这个词。在小冢原写的《夺水之夜》中，佳代就提醒过松吉，说河边容易打滑，让他小心，松吉回了句"放心吧（dannaiwa）"。

---

⑯两军交战时士兵们插在背后的旗子，方便区分敌我。

"我记得上次的梦中也出现过这个词，如此看来，应该还是发生在播州的事吧？"

正木抱着胳膊想了一会儿，说："应该是在关西地区。我并不了解关西各个地方腔调的微妙差别，但重音感觉有点不太一样。"

"除此之外，还记得与队友之间的对话内容吗？"

"嗯……觉得下雨很烦的时候会说'愁人啊'。我，就是'孙'，说自己的村子在'大海（umi）'边上，那里属于大人的领国内，所以距离交战的地方不远。其他队友也是被从附近召集来的，都说快点打完仗，'monromai'——想回去的意思。"

虽然录着音，茶畑还是把关键内容用笔记了下来。关西地区靠近"大海"的应该就是濑户内海一带了吧，具体在哪个位置交战尚不明确，但日本海感觉有点太远了，应该也不是纪伊半岛。

"那最后开战了吗？"

"嗯，敌人的先锋占领了附近的村子，不过那个村子有东西两道大门，构造类似于城郭，易守难攻。我们的军队从东侧的大门进攻，敌人开门迎击。接下来就是乱战，真正的战斗是在移动到河边后展开的。"

"那个'孙'怎么样了？"

"和队友一起发挥自己擅长的射击技术，狙击敌人。"

正木半眯着眼，仔细回想着当时的情况。

"用火绳枪射击，要花很多时间和工序，简直急死人。要先把火药从火药壶倒进枪筒里，从上方放入三匁[17]五分的铅弹，接着用细长的铁棍——通条——把子弹捅到枪身里捣实；掀开火口盖往引药锅里撒入

---

[17]日本古代衡量单位。1匁=3.759克。

少量火药,然后暂时盖上火口盖;之后把点着火的火绳固定在火绳夹上,再把火口盖打开。完成这一系列操作,举起枪,枪托贴上右脸脸颊,瞄准,扣下扳机后,火源掉入引药锅,火会顺着下面的小孔一路游走,点燃枪身内部的火药,将子弹射出。伴随着震耳欲聋的轰鸣声,枪口会蹿出白色的烟雾和晃眼的火柱。子弹的威力也是相当大,一旦命中甚至能把人的脑袋打飞。"

正木用"你相信吗"的目光看向茶畑,说:"我可以发誓,在此之前,我对火绳枪一窍不通。"

茶畑点了点头:"后来你们干掉了很多敌人吗?"

"没有,事情并没有那么顺利。"正木的表情变得阴沉,"原本打一枪就很耗费时间了,再加上下雨,火药都潮了,很多都是臭弹。后来,我们还被敌人的步兵队盯上。对方的火枪队也受到了雨的影响,但盯上我们的是弓兵和步兵。"

正木似乎彻底将感情投射到了"孙"的身上,愤恨地继续说:"我本以为弓箭根本不如火枪,但在实战中,竟然却是可怕的对手。子弹的轨道接近于直线,箭矢则是画着抛物线从天而降,相当难躲。在射程和精准度方面也完全不亚于火绳枪,况且当天还下着雨。我们的人虽然都披着防水布,但弓箭淋湿一点也不会受到影响。他们就是看准这点,朝我们射出雨点般的箭矢。"

正木话锋一转:"我穿的是轻装。按照规定必须全副武装,可当时下着雨,还要背着沉重的火绳枪和火药壶,我为了行军的时候稍微轻松一点,并没有遵守规定。虽然为了遮挡雨水戴着斗笠,但我连腹当和笼手都没穿,就在胴服外面套了一件蓑衣。"

正木的声音变得沉重。

"不过,就算当时穿着甲胄,估计结果也是一样的吧。那简直就是导弹，好几支箭矢旋转着下降，发出呜呜的声响朝我袭来。一支扎进左大腿，射穿了骨头，一支打在火绳枪上偏离了路线，可接下来的三支都连续射中了。其中两支分别贯穿了我胸口正中央的位置和肠子，另外一支射穿了脖颈。"

正木似乎回想起了当时承受的痛苦，眼睛睁得很大，浑身颤抖。

"那种痛苦……根本就不是能用疼来形容的，而且一时半会儿还死不了。相比之下，被镰刀划开喉咙还痛快点。"

和上次一样，这或许是能够证明正木看到的并不是普通梦境的有力旁证。

因为痛觉一般没有亲身体会过，是无法想象出来的。

## 第六章

回到位于饭田桥的大日向的事务所，茶畑感觉到了一丝异样。

"出什么事了？"

茶畑问正在整理资料的毯子，却没有得到回应。她的眼睛肿肿的，好像刚哭过。

"茶畑，你来一下。"个子很高的大日向直人朝茶畑招了招手。他原本就长了一张胃部抽痛的脸，此时的表情比平时更沉重。

进入大日向的房间，这个房间其实就是用分隔板隔出的大房间的一角。

茶畑低声问："到底出什么事了？"

"你看看这个，是刚才新闻里播的。"

大日向拿起桌子上的遥控器，按下电视和DVD录放机的按钮。

画面中显示出以大海为背景，站在草坪上的女性主播的身影。

"驾照上的信息显示，植田哲浩，本名文哲浩，二十二岁。据警方透露，这是一起尸体遗弃事件，死者可能死于谋杀，现在正对现场周边进行细致的走访。以上来自台场转播。"

大日向关掉录像。看来是在看电视的时候偶然看到，然后慌忙录下的，关键的情形并不清楚。

"是阿哲吗？"

大日向点点头："今早有人在台场的晓码头公园发现了他的遗体，而且被分尸了。"

茶畑还是受到了冲击。之前听了丹野的话，他已经做好了心理准备，知道阿哲或许已经不在人世了……

"是洛斯·艾克赛斯的人干的吗？"

大日向把食指放在嘴唇上："不要大声说那个名字。"

"是他们干的，对吧？"

大日向没说话，坐在艾龙办公椅上，抱住胳膊，跷起二郎腿，开始不停地抖腿。大号的皮鞋在那里动来动去，看着碍眼。

"所以我不是警告过你了吗，那些家伙不好惹。"大日向带着哭腔嘟囔着。

"不好惹？我看是完全疯了吧。"茶畑难以忍受地说道。

"什么意思？"

"我说的不对吗？究竟是为了什么一定要杀了阿哲啊？而且虽说只是底层成员，但他好歹是仁道会的成员啊！就算他们不知道，做了这样的事，仁道会也不会轻饶了他们。"

大日向小声嘟囔了一句："他们应该是知道的。"

"什么？"

"他们当然知道阿哲是仁道会的成员了啊，在被抓去审问的时候，他本人就会头一个说出来。"

"结果还是杀了他？"

"那些家伙根本没把日本的暴力团伙放在眼里。"

大日向用同情的目光看着茶畑："你害怕丹野吧？我也怕，可墨西哥人不怕。像他那样的狠角色，人家那边多得是。"

"可是，暴力团伙是个巨大的组织，就算是黑手党，来到不占地利优势的外国，也不会正面挑起事端吧？"

"暴力团伙也受到暴力团伙对策法的管束，如果不是什么大事，是不可能发动全面战争。而且日本的暴力团伙，只要肯花钱就都能解决。所以在墨西哥人眼里，就算事情搞砸了，最后只要花钱，就能搞定了。"

茶畑突然想起，丹野要求他支付阿哲"奠仪"的事。

"实际上，就在刚刚，我打电话问过一课的刑警了。关于遗体的情况，说是头部和四肢被碎成了五块，而且所有断面都有生理反应。"

"生理反应？也就是说，胳膊和腿都是活生生切下来的？"

不但精神上遭受了打击，茶畑感觉现在的自己已经面如土色了。

"这有什么奇怪的。在墨西哥，经常会发现被砍断四肢的遗体，都是曾经抵抗贩毒组织的警察和律师的。而且这么做并不是为了方便丢弃，而是为了让被害者体验最大程度的痛苦。"

茶畑有点反胃，赶紧停止想象。突然，他又想起了天眼院净明说过的话。

"对他人施加暴力或残忍手段，是宇宙中最不可取的愚蠢行为。"

虽然是从一个神棍嘴里说出来的，但他说的没错。但凡能稍微体会到他人的痛苦，就做不出这么残忍的事。只要不是天生的疯子，那就是闭上眼睛，麻痹了内心吧。

大家都忘了……

茶畑对自己突然冒出的想法感到诧异。忘了……忘了什么？

"总而言之，既然已经演变成这样，我就不能继续留你们了。抱歉，能不能今天之内就离开？"大日向说这话的时候躲避着茶畑的眼睛。

"我明白，不会继续给你添麻烦了。"茶畑刚要走出房间，又回过头，"就当是给我饯行，把你知道的关于洛斯·艾克赛斯的信息都告诉我。"

大日向叹了口气，说："我也没什么可说的，只知道他们是众多贩毒组织中最凶、最坏的一派。创始人是一个名叫赫苏斯·桑切斯的男人,他曾在军队的特殊部队待过,常年与警察和对立组织相互厮杀。艾克赛斯就是'X'的复数形式的读音,取自桑切斯在特殊部队时的代号。"

"他们来日本做什么?"

"应该是为了打开毒品销路吧。"

大日向的语气听起来就像在说药品的市场调查。

"北美市场已经处于饱和状态,而包括日本在内的亚洲却还有很多成长空间。"

"我倒是觉得在日本,毒品的流通量不会突然增加。"

"也不是。治安的恶化与北美如出一辙,扣押的毒品量正在增加,走私进来的量恐怕是扣押的几十倍吧。"大日向说出令人毛骨悚然的分析,"表面经济一旦崩坏,无论是哪个国家,地下经济的占比都会飞跃式增长,日本应该也不例外。所以有的人会产生越早加入获利越多的想法也就不奇怪。"

茶畑沉默了。该怎么和如此巨大的敌人交锋呢?

"日本这边带头的叫什么?"

大日向一开始没有回答,最后还是小声说了出来:"埃斯特班·杜瓦特。墨西哥商社的日本法人社长,官方有登记。他是桑切斯的左膀右臂,据传他参与了上千谋起杀案,但因为他在本国一次都没有被起诉过,所以入境时并没有遭到拒绝。"

"我曾是你的调查对象吗?"

"什么?"大日向用吃惊的眼神看着茶畑。

"那个埃斯特班·杜瓦特,你不是从哪里承接了调查工作吗?后来中间不知道出了什么问题,就没有继续。"

大日向没有回答,沉默就等于承认。

"我马上离开,多谢你的关照。"

茶畑走出大日向的房间。

必须做出决定了。是等着被墨西哥人拧下胳膊和腿,还是逃,然后被丹野追到天涯海角呢?

流浪的侦探事务所最终来到了位于上板桥的一间两室的公寓。

茶畑搬出自己的公寓,终于实现了零通勤。住在江古田的毯子坐车过来不方便,但开车的话比之前在新宿还要近。不过最后决定还是让她在家工作,工作上的事则尽量通过电话和邮件解决。

茶畑打算尽快解决正木会长的委托、把完成委托的报酬一千万支付给丹野,然后再逃到某处的乡下。虽然这样等于是在做白工,很愚蠢,但什么都不如保命要紧。一想到阿哲,茶畑就觉得自己还能活着已经是个奇迹了。

水源之争的资料大部分被烧掉了,茶畑只得重新整理要点。

首先,将小冢原那篇小说中登场的人物的名字都替换成实际存在过的人们的名字。

主视角,也就是主人公松吉修改为皆川清吉。他的未婚妻佳代改成登代。弟弟竹吉改成皆川弥吉。年轻人的头头儿籐兵卫改成藤兵卫……

正木的前世是清吉,通过梦到的内容就能明确做出判断。

可是,这里就已经出现了一个问题。

在看过正木的梦的内容后,小冢原也做了一个可以认定为前世记忆的梦。

而他在梦中的视角也是松吉……不对,是清吉。也就是说,正木和小冢原的前世是同一个人。

就算承认有前世的存在，这里也解释不通啊！

突然，茶畑回想起自己曾问过天眼院净明的问题。

"假设轮回转世是存在的，那我还有一点想不通——数量对不上。"

"数量？"

"就是人类的数量。几百年前世界人口还不到二十亿，但时至今日已经超过七十亿了，不是吗？史前时代应该只有几百万人，而在更早之前，人类根本就不存在。轮回转世的灵魂数量是怎么增加到这么多的呢？"

针对这个问题，天眼院只说了一些唬人的话糊弄自己。什么有些事人不知道比较幸福、宇宙的法则在人类眼中是异样的、觉醒的人类隐约知道答案、一旦想起来就无法保持清醒……

不过现在回想起来，那个男人似乎真的知道些什么。

假设在转世的时候，人格分裂了呢？原本是一个人，在来世变成了两个人。如果这么假设的话，就能解释人类的数量对不上这个问题了。

正木和小冢原是同一个人，都是清吉的转世，矛盾便消失了。

不对，等一下。茶畑摇了摇头。

把这些如此荒唐无稽的假设堆砌在一起，那当然是什么事都能解释得通了。

归根结底，自己还无法百分百相信轮回转世的存在。既然假设轮回转世存在、但却产生了矛盾，那就应该考虑其他原因，不是吗？

其实在茶畑心中一直有另外一个想法。

假设，贺茂礼子或天眼院净明拥有某种能力，那么所谓的"轮回转世"就能说得通了。问题是，这个假设和轮回转世到底哪个更具真实性。

还有一句很令人在意的话，当时天眼院净明是这么说的。

"我们都是孤独的。在这片冰冷的宇宙中一直保持清醒，对神来说都是极其困难的事情。"

那句话究竟是什么意思？询问贺茂礼子的时候，她的反应也很奇怪。她大大的眼睛里闪烁着不可思议的光芒，完全没有想要回答的意思……

茶畑把柏兹·史盖兹的 CD 塞进陈旧的机器中。

已经不知道听过多少遍的旋律响起。

*We're All Alone*。

一般都会把这个题目翻译成情歌里经常会出现的"只有我们两个人相依"，但不知道为什么，现在总觉得意思其实是"我们都是孤独的"。

茶畑发出自嘲的笑声。

我在想些什么啊，不过是偶然听到的一首曲子而已，莫非其中还能蕴含着神的启示不成。居然想借助共时性现象的力量，看来是被逼入绝境的前兆啊。

就在这个时候，手机响了，是毯子打来的。

"所长，关于正木先生的第二个梦，土桥先生和小冢原先生都回邮件了。"

毯子直接开始说正事。自阿哲出事以后，她说话越来越商务化了。

"嗯，怎么说的？"

"两个人给出了同样的答案——'孙'参与的是山崎合战。"

这么快就知道了。茶畑很兴奋，既然两个人的答案一致，那应该就是了。

"山崎合战是谁跟谁打来着？"

"明智光秀和丰臣秀吉。明智光秀在本能寺杀了织田信长后，原本正在攻打毛利氏的丰臣秀吉仅用一周时间就杀了个回马枪，两军在前往京都的入口处——山崎交战。"

经毯子这么一提醒，好像是在哪里听过，不过记得不是很清楚了。

"那，判断正木先生看到的前世就是山崎合战的根据是什么？"

"首先是地形。以正木先生的视角出发，右手边是山，左手边是河，右手边的山是有名的天王山，被秀吉堵在这里也是光秀的败因之一。左手边的大河是淀川，汇入那里的是小泉川。"

"原来如此。"

"梅雨季很长，一直在下雨这一点也与史料相符。还留有明智方的火药被淋湿的记载。"

电话那头传来了毯子翻笔记本的声音。

"还有，担任丰臣方先锋的是'摄津众'。土桥先生确认过了，的确有摄津众不需要照明也能够爬山的记载。另外，隶属摄津众的高山队进入了大山崎的村子。村子外围有围墙，只有东西两道黑门作为出入口。明智方进攻东侧的黑门，挑衅对手，高山队打开门迎击，这些几乎都是史实。还有，正木先生说，大人的家纹是淡蓝色，猜测是土岐水色桔梗。据传，明智氏原本是源氏血脉的土岐氏一族。"

材料这么齐全，应该是没错了。茶畑看着自己写下的笔记，再次确认了正木的梦。

"有件事我想确认一下，'孙'说自己家是'大海'附近的村子，说的是哪里的海啊？"

毯子轻轻笑出了声："关于那个'大海（umi）'，其实是近江方言，指琵琶湖。"

"原来是这样！这下就对上了，茶畑感叹着。山崎是前往京都的入口，距离滋贺县应该没多远。

"那基本可以确定了。看来和第一个梦没什么关系。"

这个前世即便得到了证实，还是不得不确认水源之争那件事。

"也不能说绝对没有关系。"不知为何，毯子的声音突然变得有些含糊不清。

"有关联吗？那可是个好消息，具体是什么关联？"茶畑精神振奋地询问。

"山崎合战发生在天正十年，也就是西历1582年。而发生在播磨国的逆井川水源之争一事尘埃落定是在天正二十年，即西历1592年。"

"有什么问题吗？"

毯子对茶畑的迟钝感到气愤："不明白吗？我们假设，正木先生的前世'孙'在山崎合战中战死后，便立即转世了。可即便是这样，在水源之争结束的天正二十年，他也应该才刚满十岁而已。"

听到这里，茶畑张着的嘴合不上了。

"发生水源之争的时候，松吉，也就是清吉，已经二十一岁了。就算多少有些不准，那也不可能相差十岁吧。所以怎么算都对不上。"

挂断电话后，茶畑花时间研磨了咖啡豆。把滤纸放在沥干架上，倒入磨好的粉末，慢慢旋转着倒水。原本想借着这个时间稍微整理一下混乱的大脑，可越想就越是往迷宫里钻。

首先，是正木先生回想起来的两个前世。

无论怎么想，光是只隔了十年这一点就产生了根本的矛盾。退一万步讲，这两个前世之中也必定有一个是假的。

可就算有一个是假的，另一个是真的的可能性也会无限降低。

茶畑把咖啡倒进马克杯，坐下继续思考。

如果两个都是假的，也就是说，不考虑前世，而当作单纯的故事的话，又该怎么解释呢？像天眼院净明和贺茂礼子那样的人，或许能在催眠状态下将故事植入，然后再让本人产生是自己回忆起来的错觉。

是出于什么目的要做这么麻烦的事情？不过考虑到正木先生是一位了不起的资产家，也有可能是某个骗取金钱计划的一环。

等一下。

假设水源之争与山崎合战这两个故事是同时植入的，那也不对啊！故事的作者从一开始就应该很清楚这两个时代的间隔只有十年，会连这么明显的矛盾都没发现吗？

不对，这也不太可能。捏造两个故事是一项费力的工作，如果真是想骗取大量金钱，应该会更加小心谨慎。

而且根本没必要让两个前世的时间这么近。

因为过于专注，连好不容易冲好的咖啡的味道都品尝不出来了。

无论如何开动脑筋，都得不出结论，茶畑决定考虑考虑现实问题。

该怎么做才能得到正木先生许诺的那一千万报酬呢？

很简单，找出第一个前世，即逆井川的水源之争事件中杀害清吉的凶手。只要把这个搞清楚，就完全可以无视与第二个前世之间的关系。

但，前世的存在变得如此不可信，这样的结论也不能说是准确的。

丹野张张嘴，要支付给他的钱就一下从五百万变成了一千万，如果拿不到正木先生的一千万，就真的要小命不保了。

这个时候，之前荣工程的有本总务课长提出的那五百万突然显得魅力四射。

只要尽快查明企业并购的相关情报泄露事件的真相，再把结果告诉他就行了。可最难的也就在这里——如果由正木先生正式委托调查此事，公司方面自然会给予方便，否则区区一介侦探，不可能窥探到企业的内部机密。

即便侥幸得到情报，再稍微故弄玄虚一番，或许可以与有本交涉，但最好还是当成在买彩票，成功的概率很低。

糟糕，越想越觉得只有跑路这一个办法了。

再有就是找到北川辽太，把钱要回来，但这也很难办到。

首先，只要洛斯·艾克赛斯的人还在寻找辽太，追查期间就很有可能会撞见，到时候就会和阿哲一样丢了性命。走访太危险，不行。所以能做的就是顺其自然了。

其次，之前已经把手上的线索又整理了一遍，还是无法捕捉到辽太的行踪。

虽然他曾是茶畑手下的雇员，但重新梳理后才发现，关于他的情报少得令人吃惊。

对简历也进行了核实，可以说完全没有能够用来追踪他下落的信息。

一般来说，这种情况会去拜访他的父母和兄弟姐妹，但辽太没有老家。他是个孤儿，在孤儿院长大，学校的老师同学、关系亲近的朋友、恋人，这些都没有。

他到底跑到哪儿去了啊……

再从头捋一遍吧。

辽太生于东京、长于东京，如果跑到人生地不熟的外地，生活上会遇到很多困难。相比之下，藏匿于东京的喧嚣之中则会安全得多，年轻机警又不介意犯罪的人想找工作也很容易。

当然，他肯定不能像之前一样大摇大摆地在涉谷周边活动，辽太比谁都清楚洛斯·艾克赛斯可不是那么好对付的。更何况还出了阿哲这档子事，他应该比之前更加警惕了。

或许他正想着要不要整个容、从流浪汉那里买个户籍，彻底变成另外一个人……不过暂时应该不会有什么动作，会继续销声匿迹一段时间。

最有可能就是被朋友或者女人藏匿了起来。

接下来才棘手，涉谷的帮派之间很团结，不会将同伴的情报说给外人听，毕竟连洛斯·艾克赛斯的人都还没找到线索。

总结到最后，自己手里掌握的情报也就只有辽太的手机号码。当然，肯定早就作废了。之前问过情报商，确认了申请号码时的地址，同样是已知的公寓地址，也早已退租。

之后又委托情报商调查是否有以北川辽太的名义开通的其他手机号码，结果也没有查到。他在做药物生意的时候，用的应该是以他人名义开通的太空卡。

我这样算哪门子寻人高手啊？茶畑自嘲。

这样和轻易放弃寻找辽太下落、愚蠢地向丹野求助的那个作风老派的高利贷小口又有什么区别？

茶畑突然意识到了什么。

等一下，小口为什么会借给无依无靠、并且还是个罪犯的年轻人这么大一笔数目？就算辽太有洛斯·艾克赛斯这个靠山，也不是借给他一千万的理由，毕竟一点小岔子都可能让钱打水漂。

能够想到的解释只有一个。

小口金融的事务所位于锦丝町站南口。只看门面的话，实在应该列入恶性借贷公司的范畴，但实际上这里已经受到了都知事的认可，有正规的贷款行业登记代码，所以并不是非法高利贷。

茶畑提前打过电话，说自己是一个偷偷瞒着老婆赌博欠下债务的公务员。在借贷公司看来，这种人可是大客户，于是被奉为座上宾般地带到了接待室。

"您今天想借多少呢？"眼前这个染着金发、头发立得笔直，穿着并不相称的西服的年轻人，用流畅得让人觉得有些不自然的商务口吻询问茶畑。

"你们社长在吗？"茶畑不再扮演初次进入借贷公司事务所、战战兢兢的公务员，开门见山地问道。

男人瞬间变了脸。

"什么？你是什么人？"

"我是小口社长的朋友。要是不肯帮我转达，倒霉的可是你。"

"朋友？你叫什么名字？"

"丹野美智夫。"

"丹野先生是吗？"男人狠狠地瞪了茶畑一眼，走出了接待室。

二十秒后，接待室的门开了，小口繁惊慌失措地走进来。和上次见到他时一样，穿着竖条纹双排扣西服。他刚刚似乎在理发，此时的头型看起来就像个留着鬓角的木匠师傅，而且是刚泡完澡，气色特别好。

"啊！是你……"

看到茶畑的瞬间，脸色从粉红变成了熟透的柿子的颜色。都有点担心他的血压了。

"小口同学，好久不见。请坐。"

"居然敢耍我！"小口咆哮着，"你休想就这么回去！"

与此同时，小口背后传来了嘈杂的声音。

"我也没想就这么回去。"茶畑平静地盯着对方的眼睛,"让我来告诉你,要是我就这么走了,你会是什么下场吧——我会给洛斯·艾克赛斯的人打电话,告诉他们,'骗走你们钱的北川辽太的靠山是小口繁'。你借钱给辽太是事实,解释这件事的时候,你肯定会汗珠子直冒吧?要是流点汗就能解决还好,就怕知道你是被冤枉的时候,双手双脚已经不在你身上了。"

小口哑口无言。

"如果不想变成那样,你就只有两个选择。一是现在就杀了我,把尸体处理掉。二嘛……"

"你以为我下不了手吗?"

真打算杀人的人,会面色苍白。而小口的脸就像煮熟的章鱼,他的威吓与张开颈部皮膜的伞蜥没什么两样。

"我只是想跟你单独谈谈。要是听着不顺耳,你再杀了我也不迟,对吗?所以能不能让这里的人都先离开一会儿?就是打搅你做生意了,不好意思。"

"你究竟想说什么?"

之前竭尽全力想要吓唬住茶畑,但在问出这句话的那一刻,小口就输了。

"当然是北川辽太的事了。只要找到他,我们就都有救了,对吗?对你来说,应该也有一听的价值。"

小口犹豫了一会儿,最后还是打开接待室的门,大声吼道:"你们,都先去外面休息!"

接着坐到茶畑对面,抱住胳膊,用斗牛犬般的表情瞪着茶畑:"你想说什么?说来我听听!"

茶畑把食指放在嘴唇上,观察了一下事务所内的情况。刚才的那个年轻人和其他办事人员都按照小口的指示出去了。

"Are we all alone now？"

"什么？"

"现在真的只有我们两个人？"

"啧，你这家伙真让人不舒服。对，除了我之外没人听你说话了，可以说了吧？北川辽太到底什么情况？"

茶畑身体前倾，没有任何准备动作地朝着毫无防备、抱着胳膊的小口的脸上来了一记右直拳。

小口连同他坐着的椅子翻倒在地。

茶畑迅速走近，把椅子挪开。坐在小口身上，左右勾拳有节奏地不停落下。小口脸上那两坨气色良好的肉不停摇晃，鼻血四溅。

"住、住手……你……住！"

小口用胳膊护着脸，拼命叫嚷，茶畑则毫不在意地继续手上的动作。

突然，大脑的某个角落回荡着天眼院净明的声音。

"对他人施加暴力或残忍手段是宇宙中最不可取的愚蠢行为。"

开什么玩笑！有什么可悲哀的，为什么要听一个骗子的教诲！大概是越想越生气，手上的力道也越来越大。

"知道为什么挨打吗？"

见小口被打得有些恍惚，茶畑露出"我还能继续打，但看你有点可怜，所以暂时不打了"的表情问道。

自小学四年级与丹野成为同班同学之后，茶畑就经常在混凝土墙上练习正拳，如今他的铁拳几乎已经感觉不到疼痛，但连续挥拳的胳膊累了，需要两三分钟才能恢复。看来身体在不知不觉间变得迟钝了啊。

"我怎么、知道。你这样、太过分了。"小口眼泪直流地抱怨。

"是吗，把北川辽太的借据拿来给我看。"

"我倒想问问你，你知不知道我们是谁罩的？"

反手一记重拳让小口闭上了嘴。

"去你的房间，借据应该在那里吧？"

茶畑扶起小口，逼着他走。必须尽快解决，那些工作人员随时可能会回来。

小口的社长室在构造上和正木会长的房间有些相似，但大小只有后者的四分之一，所有家具也是少个一两位数的便宜货。

"打开保险箱。"

可怜兮兮地转过头的小口的脸肿得很严重，就像在十二个回合的世界级比赛中一直挨打的拳击手的脸。

不过他已经学乖了，知道不说什么都会挨打。默默开始转动放在墙角的橱柜式大型保险箱上的刻度盘。往右转五次，十五。往左转三次，二十七……茶畑将开锁的顺序记了下来，稍后小口应该会立即修改密码，但万一他一时疏忽忘记了，以后很有可能会用得着。

"把北川辽太的借据和一整套文件都拿出来。"

小口从大型保险箱里取出放在透明文件夹中的文件。令人意外的是，整理得相当整齐。

茶畑看了看文件内容。

"果然如此。"

茶畑用充满怒气的眼神瞪着小口，原以为他会退缩，大概是因为视线受阻，小口居然没什么反应。

"辽太的还款日期不是还没到吗？而且利息是提前扣除的，一次都没有延期支付过。"

之前是自己疏忽了，居然连借据都没看。原本茶畑就没打算支付这笔钱，后来由于丹野的介入，才被迫答应支付五百万。

"可、可是，我收到消息，北川跑了。只要是干这行的，肯定就都会想着马上把钱收回来啊！"小口用肿起来的嘴含糊不清地抗辩道。

"所以就威胁从未参与过借款的善良的职场上司吗？"

茶畑踢向呆立在那里的小口的膝盖。瞬间，小口的膝盖挺得笔直，痛苦地张着嘴，用笨拙的动作护住膝盖。

"到这里还能理解，问题是这个。"茶畑翻开抵押权设定契约书。

"这是什么？不是设定了辽太名下公寓的抵押权吗？这不是有充足的借钱担保吗？就算辽太逃了，有这个在手，你就不该找来那条疯狗从我这里敲一笔了吧？"

"银行是一抵，不知道会不会拍卖……啊！"

茶畑又给了膝盖一脚，小口忍受不了蹲了下去。

"不过我之前都不知道他名下还有公寓。"

是以本人名义购买的，应该能轻松查到地址。

"这个我拿走了。既然要付五百万给丹野的人是我，那这个就属于我。要是拿自己有抵押权说事、做出一些鲁莽之举，你的胳膊和腿就会成为洛斯·艾克赛斯的抵押品。"

茶畑把文件塞回透明文件夹。小口扶着桌子角晃晃悠悠地站了起来，下意识地想要咬牙，但因为疼痛捂住了嘴。

"再提醒你一句，要是敢报警或是找黑社会的人报复，导致我不能支付丹野的那五百万，就相当于是你给丹野造成了损失。你应该很清楚吧？"

小口没有说话。茶畑假装折返，实际上是在原地转了一圈，狠狠地给了小口两腿之间一脚。

分售公寓位于从涉谷站步行勉强能够抵达的范围内。入口是自动门，等了一会儿，终于等来了一个送快递的人走了进去，茶畑也赶紧跟了进去。

契约书上显示，北川辽太的房子在四层。下了电梯，周围很安静，没有人。

401室门上没有名牌，其他房间也是一样，但似乎不全是空房。茶畑把同一层的四间房子的门铃对讲机都按了一遍，住在这里的也许都是白天要出去工作的人，哪家都没有动静。靠在门上听了听，确认不是假装不在后，又看了看钥匙孔，选了一间容易撬开的房子。虽说有所谓的侦探七道具，但如今这个社会，哪怕只是携带特殊开锁工具，都会被扭送到警察局。插片和单钩虽然经过了伪装，可单是放在包里就会让人担惊受怕。

茶畑选择了403室。现在也能偶尔见到的老式圆形单闩锁销子很容易对上，然后转动圆筒就能打开。茶畑戴上塑胶手套，进入了房间。

403室的住户似乎是位女性，只是现在没有多余的时间进行观察。从里面把门锁上、小心不留下脚印的同时，穿过地板上散乱放着生活用品的一居室，推开阳台的纱窗。房间的主人回来后发现纱窗的锁扣开着或许会觉得奇怪，但应该会以为是自己忘了锁。

两户人家的阳台之间隔着一堵硅酸钙板隔墙，发生火灾时可以打破穿过去，不过现在可不能那么干，会留下小偷入室盗窃的痕迹。

确认了一下没有人从周围的建筑物往这边看后，茶畑跨过栏杆，迅速转移到隔壁房间的阳台上。又如此这般重复一遍，这才来到了401室的阳台。

之前还在想，如果纱窗锁着，就得敲碎玻璃了，幸运的是这边是开着的。茶畑进入安静的室内，脱下鞋子。

内部结构和403室一样，都是一居室，不过大小已经超过了十张榻榻米。这套房子的担保价值应该在三千万左右吧。

茶畑一边用手机录下房间中的情况，一边查看。

房间里没有什么值钱的东西，引人注目的是一整面墙的玻璃展示柜，里面放着无数手办。有看起来像动漫女主角的人偶，其余大部分是机器人。

把这些都卖了应该能值不少钱，不过要是运走的途中有人报警，就算解释说自己只是债权回收而不是小偷，警察也不会相信的。

看着这些手办，可以断定，北川辽太对自己的藏品很是执着。当初不得不逃跑的时候，他肯定是哭着把它们留在这里的吧。

接下来，为了寻找能够显示辽太下落的线索，茶畑把整个家搜了个遍，结果信件、日记和其他有可能派上用场的文件是一件都没找到。

都摸到这里了，要还是没有任何收获，那小口不是白挨打了？

打开桌子抽屉，很幸运地发现了玄关门的备用钥匙。有了这个，下次就不用翻阳台，可以直接大摇大摆地走玄关了。

又环视了房间一圈，茶畑突然把目光放在了那台五十英寸的液晶电视上，还有蓝光录放机。二手家电卖不了多少钱，但录放机上红色的录像预约指示灯引起了他的注意。

茶畑找出电视遥控器，调出"预约节目一览"。

电视画面中显示的是四天后的日期和节目标题。节目标题看着有些莫名其妙，大概是某部动漫的名字吧。

点开节目表，无线电视台的节目只显示到八天后。也就是说，这个预约录制是在四天前甚至更近的几天内设置的。

这说明辽太很有可能回来过，也许他就藏匿在距离这里不远的地方。

# 第七章

　　茶畑举着双筒望远镜，心想，终于让我找到了。

　　几个从梅赛德斯 SUV 上下来的冷酷外国人进入视野。其中有穿西装的，也有穿 Polo 衫和 T 恤的，个个都是胸膛厚实、肌肉发达。

　　最后走下来的是一个中年男性，身穿猎装夹克，看起来没有什么教养。身高普通、体格健壮、腹部突出、前额秃顶、胡须浓密，仿佛某个墨西哥偏僻乡村的杂货店老板，唯有猛禽般锐利的眼神表明了他的身份。

　　这个人就是埃斯特班·杜瓦特。

　　洛斯·艾克赛斯的大头目是个虐杀过大量生命的公认的疯子，更是活生生切断阿哲四肢的恶魔。

　　茶畑恨不能手上的双筒望远镜变成狙击枪，那样就能直接把那个混蛋的脑袋轰飞了，届时他身边那些保镖肯定会乱作一团吧。

　　在这里停留太长时间很危险，放下双筒望远镜、换上了有望远镜头的照相机，拍下几张照片后茶畑便准备撤退。

　　那几个男人走进了六本木某栋大楼中，里面入驻着一家名为"吉娃娃贸易株式会社"的名字很可爱的企业。看来，这里就是他们在日本散播可卡因的据点了。

　　必须好好想想该怎么有效地利用这个情报。

　　向警方告密也不会有什么结果。

　　除此之外，还能用的棋子就是丹野了。他是个要面子的人，得知阿哲仇人的所在，不可能不采取任何行动。

如果丹野能杀了这个杜瓦特，肯定会很痛快；万一丹野被对方杀了，就不需要支付那一千万了。这种结果也不算坏。

无论如何，一定要慎重地拟定一个计划。

回上板桥公寓的途中，手机响了。是"抛呀，抛呀，抛手球[18]"的旋律。毯子打来的。

"所长，刚才有刑警来找过我了。"

按下接听键的同时，毯子就直奔主题。

"是为了阿哲的事，警方查到他曾在我们这里工作过，怀疑是否与事务所搬离有关。"

"知道了。我的住所呢？"

"没说。我告诉他们事务所处于休业状态，所长下落不明。"

"模范回答。"

不过除此之外，也没什么可说的了。

"还有一件事，或许不是什么值得特意报告的事情……"

毯子从来没有这样吞吞吐吐过。

"什么事？"

"我做了梦。"

光这一句话就能大概猜到梦到的是什么内容了。

"与前世有关的梦吗？"

"是的，应该是那个水源之争的故事的一部分。"毯子的声音有些苦恼，"梦里我手握镰刀，逼近某人。"

茶畑一惊，突然想起同样的画面自己也梦到过。是在入住位于新

---

[18]日本童谣《鞠与大人》（毬と殿さま）的歌词。讲述了纪州的某位大人在上京述职归途的路上，一个手鞠球飞到了轿子里，大人就把球带回了纪州，谁知到了纪州后，球居然变成了橘子。

大久保的日本人道会的事务所两天后。只不过自己的立场完全相反，是被别人逼近的那个。

"后来呢？"

"我责问着那个人什么，好像认为那个人杀了我的未婚夫。"

"未婚夫？"

"大概指的是清吉。"

就猜到是这样。也就是说，毯子是佳代……不对，是登代。

"接着呢？你逼近的那个人是谁？"

感觉毯子先是屏住了呼吸，然后小声说道："藤兵卫，年轻人的头头儿。"

茶畑沉默了。

他试着再次回想起自己做的梦的内容，记忆已经变得模糊不清，细节的真实感消失了，但有些画面还记得很清楚。

我眼前有个手握镰刀的女人，她用镰刀指着我慢慢逼近。那个女人当时是在逼问我是不是杀了清吉吗？我不知道，但当时的气氛的确很紧张。

毯子看到的画面应该和我看到的一样，只是视角不同。也就是说，我的前世是藤兵卫？藤兵卫真的杀了清吉吗？

结合之前看到的内容，茶畑没有自信说自己是冤枉的。

当时是在一个夜风吹拂、能听到虫鸣和潺潺溪水声的地方，梦中的他手持镰刀，心怀不轨地偷偷接近前方的男人。

当然，茶畑没有看到杀人的场面，但至少到这里为止与正木先生看到的前世的梦是相符的。

"所长？喂？您怎么了？"毯子诧异地问道。

"没什么，后来呢？后来怎么样了？藤兵卫被逼问后说了什么吗？"

"没有，遗憾的是，梦到这里就结束了。不过这下就很清楚了，杀害清吉的人就是藤兵卫。"

"还不能断定吧？"在提出反问的同时，茶畑被一种奇妙的感觉包裹，难道我已经相信前世是存在的了吗？

"我觉得就是他，我……不，登代坚信藤兵卫就是犯人。不然她也不会拿着镰刀去质问对方。"

"是吗……有个问题想问你，你在见到正木先生的时候，感觉到什么了吗？"

"咦？这是什么意思？"毯子似乎觉得这个问题问得莫名其妙。

"正木先生是清吉的转世。如果你是登代的转世，你们两个在前世可是有婚约的。"

"所长……莫非，您这是吃醋了？"

茶畑张着的嘴好一会儿才闭上："我不是这个意思。"

"我知道，开玩笑的。"毯子思考了一会儿，"老实说，虽然也有一部分是出于年龄的原因吧，不过我对正木先生并没有过心动的感觉。要是问我除此之外还有什么特别的感觉的话，我的回答是NO。"

"这样啊。"

就算是早在前世便结下因缘的精神伙伴，也不会一见面就立即有感应啊！包括茶畑自己，在这层意义上对任何人也都没有感觉。

"不过，也许正木先生是有某种感觉的。"

毯子的话把险些走神的茶畑的注意力拉了回来。

"为什么会有这种想法？"

"怎么说呢，直觉吧。"毯子有些欲言又止，"其实，我还挺受年长男士欢迎的。"

我知道你是著名的 Silver Killer。茶畑不禁在心中暗忖。

"第一次见面的时候我就觉得，正木先生的态度尤其好，能够很明显地感觉到他对我有好感。"

茶畑恍然大悟。对啊，正木先生看毯子时，眼睛是桃心形的。虽然这并不能作为断定精神伙伴的证据。

挂断电话后，茶畑思考了一会儿。先把已经确定前世身份的人的名字写下来。

皆川清吉 →正木荣之介 / 小冢原锐一（？）

登代 →桑田毯子

藤兵卫 →茶畑彻朗

村中浪人 →阿哲

明显的疑点是，有两个人都认为自己是故事的主人公皆川清吉的转世，但这一点目前无法得出结论，所以暂时先不管。

第二个疑点，发生在四百多年前的水源之争中的主要人物，居然在转世后依然离得那么近。如果轮回转世是随机的，两个人邂逅的概率应当和彩票中奖差不多才对。

茶畑又想起了天眼院净明的话。

"前世的因缘就附着在潜意识的深层。它们会相互作用，拉近关系深厚的人们之间的距离。必须要注意的是，不仅限于良好的关系，一定要小心那些被不好的因缘牵引过来的人。"

茶畑摇了摇头。明知对方是骗子，怎么还总是依赖那种人的话。这一点时至今日也解释不清楚。

现在比较令人在意的是毯子刚刚说的那些话。正木先生对毯子有什么感觉呢？

或许应该再与正木先生见一面。杀害清吉的犯人也许就是藤兵卫，这个消息应该值得做一回报告。自己有可能是藤兵卫的转世这件事最好先不要说。

还有，正木先生的另一个前世参加的是山崎合战这件事，也想看看正木先生听了之后会有什么反应。

茶畑给正木打电话，预约了报告的时间。

然后也通知了一下这个世界上最不想听到的声音的主人。


"确定吗？"正木坐在自己的椅子上问道。

"还不敢确定，但杀害清吉的人是藤兵卫的可能性极高。"

坐在沙发上的茶畑，谨慎地选择措辞。

"针对您之前讲述的夺水之夜的梦——记忆，做了详细的分析，我个人认为，唯独藤兵卫的言行很不自然。身为年轻人的头头儿，他原本应该劝解那些情绪激动的年轻人。但很明显，他是在挑拨、煽动他们。"

"不是因为他年轻，血气方刚所致吗？"

茶畑摇了摇头。回想起了自己做的梦。在村长家的集会上，藤兵卫一直在按照自己的期望，冷静地诱导着讨论的方向。他是真的对上游村落截住河水的行为感到愤怒，但利用这一点煽动村民也是事实。

是的，藤兵卫在内心深处窃喜……

"我不这么认为。藤兵卫始终都在引导集会的讨论方向，诱导所有人选择强硬策略。全村的男人一同出动破坏堤坝的行为，也正中他的下怀。"

茶畑非常清楚藤兵卫的想法，他是个聪明人，就算说他是自己的前世，也不会觉得哪里不对。

"不仅如此，到了逆井川之后，他给清吉等三人下令，让他们分头侦察。确认有没有守卫只是借口，那样的行动基本没什么意义。所以我认为，这么做只是为了让清吉落单，制造杀他的机会。"

"是出于什么理由？一旦演变成水源之争，肯定会有人员伤亡，藤兵卫自己或许也会有危险吧？"

"有两个可能性。其一，借着这次争端，提升自己在村子里的地位。藤兵卫似乎是个很有野心的人，他或许已经无法忍受只是因为年长就能压自己一头的村长和其他管事人了，所以，无论如何，都要引起与栗田村之间的纷争。为此，他杀了清吉，把罪名推到栗田村守卫的身上，从而把事情搞大。"

"就为了这个？难以置信。"正木发出叹息。他所说的难以置信，并不是在怀疑茶畑的话，而是针对藤兵卫的心理状态。

"另外一个可能性就是，杀害清吉这件事本身才是他的目的。借着水源之争，就算清吉被杀，也不会怀疑到他身上。"

"为什么？藤兵卫为什么不惜做到这种地步也要杀了清吉？"

"这只是我的猜测，藤兵卫或许暗恋着登代。登代似乎是个大美人。"

茶畑回想起梦中见到的女子的模样。当时在那种情况下，她完全没有化妆，而且手握镰刀，怒目而视，却依然俊俏美丽。

"嗯，还有这类理由啊……但是，就算他没在水源之争中丧命，官府也必定会处罚吧？藤兵卫可是年轻人的头头儿，是主谋啊！"

"从结论上来说，藤兵卫并没有受到处罚。"

"没受处罚？真的吗？"正木睁大了双眼，就好像讨论的不是四百年前的事件，而是刚发生不久的不法行为。

"黑松町的公园里有一块'黑松义民碑'，上面记录着所有因丰臣奉行的裁定而被斩首的'义民们'的名字，其中并没有藤兵卫。"

正木沉默了。聪明如他应该已经隐约猜到这中间发生了什么，茶畑也基本把整件事情的始末搞清楚了。

是阿哲回想起来的前世给了茶畑提示。当时是无名浪人的阿哲，双手被绑在身后，跪在河边，最后被砍头。

也就是说，村子里养着那些浪人和乞丐，就是为了在出事的时候可以把他们推出去做替罪羊，而这次就派上了用场。

"原来如此，我明白了。"正木抱着胳膊点点头，怀疑之色已经从脸上消失，他毅然决然地说道，"你的分析应该是对的，我也一直在怀疑同村的人。凶手是藤兵卫的话，就能理解了。"

"这件事本来不该说给你听的，就是情报泄露的事，基本已经确认犯人的身份了，果然不出我所料。只是万万没想到，背叛我的男人居然是藤兵卫的转世。"

"啊？"茶畑由于过于惊愕，发出了非常傻的声音。

"还没跟你说，水源之争中登场的主要人物，就像受到吸引，都转世到了我的周围，我已经知道藤兵卫是哪个了。"

茶畑很害怕正木锐利的目光。是被看穿了吗？可是这也太奇怪了，再怎么说也不应该让一个毫无关系的侦探背上泄露情报这个黑锅吧？茶畑决定还是问清楚。

"请问……是哪位呢？"

正木轻轻一笑："正木武史，我的亲弟弟。"


走出荣工程的大楼，茶畑的思路彻底混乱了。

如果正木武史是藤卫兵，那自己梦到的又是什么？但正木荣之介的根据也有一定的说服力，他让所有嫌疑人都与天眼院净明会面，事先声明了天眼院不是占卜师而是心理专家。大概是担心如果拒绝就会被怀疑，所以虽然觉得不可信，所有人还是按照吩咐与天眼院见了面，然后就做了神奇的梦。

茶畑回想着从正木荣之介口中听到的前世与今生对照。

皆川清吉 →正木荣之介

登代 →正木世津子

皆川弥吉 →正木荣进

藤兵卫 →正木武史

前世的弟弟弥吉，到了今生转世成他的儿子荣进，而前世比自己年长两岁的年轻人的头头藤兵卫，今生成了他的弟弟武史，真是复杂啊。

最后茶畑随口问了一下正木对毯子的想法，结果并不是期待的那样。正木的确挺喜欢毯子，但与前世毫无关系。

有时候过于专注不是什么好事。当茶畑回过神来的时候，已经陷入了进退两难的状况。

"这位是茶畑先生吧？能不能占用你一点时间，跟我走一趟啊？"

一个高个子男人紧紧贴在茶畑的左侧。这个人的个子比丹野还要高，穿得很讲究，身上是西服专卖店HARUYAMA里会出售的藏蓝色西装，还系着雅致的细阵织[19]领带。但他那鲨鱼般的眼神，一看就不是什么正经人。

---

[19]京都西阵地区出品的织物的统称。

"什么事？"茶畑目测着对方下颚的距离，反问道。

"哇哦，真吓人。别着急动手，想打拳击还是找那边的墨西哥人吧，我身子弱得很，以前上体育课的时候经常请假。"

男人抬起插在西服口袋里的右手给茶畑看，口袋里似乎放着某样重得不自然的东西。

茶畑看向自己的右侧。一个长得像年轻时候的朱里奥·塞萨尔·查韦斯[20]，应该是墨西哥人的男人正咧着大嘴，露出洁白的牙齿看着自己笑。背后还有一个人，大概率也是墨西哥人。

"好，去哪儿？"

茶畑做好了心理准备。这三个人，他哪个都对付不了。而且这些家伙就算在拥挤的人群中也不会心慈手软，一旦他逃跑，他们就会毫不犹豫地开枪。

"很快就会有车来接，能不能麻烦你乖乖上车啊？那样我今天的任务就结束了。"男人松了口气似的露出笑容。

"你不跟我一起去吗？"

面对这个长相凶恶的混混儿，茶畑说出了真心话。

"抱歉啦，我只是个微不足道的临时工。"

"别这么说嘛，一起去帮忙翻译也好啊！"

"这个可来不了，我听不懂墨西哥人说的话。"

"普通的西班牙语就可以。"

"西班牙语？我看起来像那么有文化的人吗？"男人笑了。

一辆车窗上贴着黑色薄膜的旅行车停在眼前。

"保重啦。"

---

[20] Julio Cesar Chavez，墨西哥籍职业拳击手。

男人扭头就走了。茶畑这才发现,连这个专业的关西混混都惧怕洛斯·艾克赛斯。

茶畑被催促着上了旅行车后,左右两边各坐进一个墨西哥人。后面还坐着一个埃里克·莫拉莱斯[21]风格的帅哥,但他那双不会眨眼的眼睛,用"脑子不正常"来形容最恰当不过。

茶畑的眼睛虽然被蒙住了,但大概能猜出车在往哪个方向开——六本木的"吉娃娃贸易株式会社"。

旅行车终于开进大楼的地下停车场。几人在车上等了一会儿,等到没人了才把茶畑从车上拽下来。

穿过停车场,乘上电梯,很快就抵达了目标层,如此看来,应该是三层以内。如果现在所处的位置和"吉娃娃贸易株式会社"在同一栋楼里,那也不是同一楼层。

下了电梯又走了一会儿,这里就像洞窟一样,可以听到脚踩在地板上的回音。看来这层没有人租用。

被带进一间房间后,茶畑先是被按在椅子上,接着身体被绑住了。

"你给我小心点,否则不会对你客气!真的不会对你客气啊!劝你小心点!"

眼睛上的遮挡物被取下的同时,传来一阵发疯似的怒吼。

抬起头,眼前是一个瘦得像螳螂的墨西哥人在那里尖叫,这个男人应该是翻译。后面站着的那个人抱着胳膊、穿着猎装夹克,怎么看都像某个墨西哥偏僻乡村的杂货店老板的男人,就是世界上最可怕的犯罪组织的头目——埃斯特班·杜瓦特。

埃斯特班·杜瓦特开始用西班牙语滔滔不绝地说着什么,声音粗

---

[21] Erik Morales,墨西哥籍职业拳击手。

野且刻薄，像猛禽一样的眼睛眨也不眨。要是能听懂西班牙语，估计这会儿都该吓尿了。但翻译传达的内容却令人大跌眼镜。

"你！是不是觉得这里不是墨西哥，就不害怕了？到哪里都一样！我们的手伸得很长，可以绕地球几周，你逃也逃不掉。无论逃到哪里，洛斯·艾克赛斯都会找到你！"

为什么不雇一个像样点的翻译啊，茶畑叹了口气。

传达不出埃斯特班·杜瓦特的气势，肯定不是对方的本意，但在这种状况下，不能把自己的意思传达给对方，就相当可怕了。

埃斯特班·杜瓦特突然改变了态度，说话的语调很平静。虽然不知道说的是什么，但应该是在恳切地说服。要是无视他的好言相劝，不难想象会迎来多么可怕的后果。茶畑吞了口唾沫，等待着翻译。

"你快说，北川去哪儿了！否则你肯定会后悔的！"

啊？就这样？茶畑很沮丧，下意识地看了埃斯特班·杜瓦特一眼。埃斯特班·杜瓦特也有些质疑地瞥了翻译一眼。翻译用很快的语速说着西班牙语，解释自己的翻译是如何正确（大概）。

埃斯特班·杜瓦特有些不耐烦地摆了摆手，再次用平静的语气说着什么。他说的内容肯定很可怕，但茶畑依然很想知道他究竟在说些什么。

"把你知道的都说出来，不要说谎。要是不说，后果肯定不是你想要看到的那样！"

要想威胁人，应该还有更好的表达方式吧？茶畑知道不该笑，但还是忍不住扑哧笑出了声。

埃斯特班·杜瓦特的脸上露出惊愕的表情，迄今为止肯定没有一个男人敢在他面前笑。

"我没别的意思，你别误会，我不是在笑你。实在是因为这个人的翻译太烂了……"

说完之后才发现，接下来会把这些话翻译成西班牙语的正是这个翻译。

翻译瞪着茶畑，语速很快地用西班牙语叫喊着。埃斯特班·杜瓦特的表情眼看着变得越来越可怕。

这家伙在捏造些什么？茶畑忍不住了，开始放声大笑。

"你、你疯了，你都要死了还笑得出来？从来没有人敢嘲笑洛斯·艾克赛斯，一个都没有！可你为什么会笑成这样？"

快别说了，是打算笑死我吗？茶畑继续抖动身子笑着。

埃斯特班·杜瓦特深深地叹了口气。

"已经给过你机会了，你却发出了嘲笑，这是侮辱。敢侮辱我们就杀了你，不过就算你没侮辱，也会杀了你。"

最后一句话犯规了吧。茶畑笑出眼泪、全身痉挛地想，要是没有这句话，他或许就能停下来不笑了。

"够了，结束了，你死定了！一切都结束了，一切都完蛋了，一切都坏掉了，一切都腐烂了，全完了。这都怪你，因为你侮辱了我们，今天就是你的末日。本来可以活到明天的！"

笑得肚子都要抽筋了。如果这是一种拷问，那效果可以说相当好。

埃斯特班·杜瓦特拿起一把大砍刀，慢慢走近。

看到这一幕，茶畑立马不笑了。

我会和阿哲一个下场吗？

埃斯特班·杜瓦特小声说了几句什么。

"砍断手脚是个体力活，都怪你，我才不得不这么做，你打算怎么补偿我？"

茶畑张大嘴，振动着已经笑痛的腹肌，再次大笑出声。

事情到了这个地步，连埃斯特班·杜瓦特都掩饰不住自己的震惊了，脸上甚至露出了接近赞叹的表情。

"你很棒，我还是第一次见到这么勇敢的男人。可是……把你的手脚砍下来之后，你还笑得出来吗？"

就像在配合翻译的话，埃斯特班·杜瓦特把大砍刀架在茶畑的右胳膊上。

"等一下，"茶畑只用了零点一秒便恢复了严肃的表情，"我会把我知道的都说出来，想问什么就问吧。"

埃斯特班·杜瓦特露出明显不相信的表情，看来是完全不能理解茶畑的态度为什么会突然发生如此大的转变。他撤回大砍刀，用低沉的声音嘟囔了几句。

翻译用吃惊的语气说："一开始就这么说不就成了吗。"

我绝对不会笑了。茶畑绷紧嘴角，点点头。

"你叫什么？"

"茶畑彻朗。"

"茶电……特基？"

"chá，tiàn，che，làng。"

埃斯特班·杜瓦特摆了摆手，说了句什么。

"算了，就叫你茶比吧。"翻译模仿着雇主不耐烦的表情说道。

茶畑听不懂西班牙语，但隐约记得在英语中，"chubby"是小胖子的意思。

"你刚刚为什么要笑？必须先把这件事情搞清楚。"

这句话又有点戳中笑点，不过茶畑拼命做出严肃的表情，说："人在过于绝望的时候，就会想笑。我就是过于绝望了。"

埃斯特班·杜瓦特听着翻译的话，眼中闪烁着猜疑的光芒。

"我不这么认为。我见过无数陷入绝望的男人,从没有哪个笑过,而且你刚刚还笑得很开心。"

因为真的很好笑啊,我也没办法。

"日本人中偶尔会出现我这个类型的,大概墨西哥和美国没有吧。很久很久以前,有个叫织田信长的武士的头儿,遭到手下的背叛和袭击,死在了寺庙里。据说他当时就举着枪笑个不停,还有人说他其实是笑死的呢。"

茶畑也不知道自己在说什么,总之现在必须尽量争取时间。虽然就算再怎么拖延,都不会有人来救自己。

听着翻译努力翻译出来的语言,埃斯特班·杜瓦特皱起眉。

"我们在面对死亡时之所以会笑,是因为对日本人来说,死亡或许并不代表结束。当然,现在的人生肯定是结束了,但我们相信,还有下一段人生在等着我们。听说过轮回转世吗?我们会转世很多次,过另一段人生。其实……我就有前世的记忆。"

本以为对方会大喝一声让自己别在这里胡扯了,结果埃斯特班·杜瓦特似乎很感兴趣地问了句什么。

翻译睁大自己干瘦脸庞上的大眼睛,说:"是什么样的记忆?说出来听听。"

"前世,我是一个名叫藤兵卫的男人,是村里年轻人的领袖。这件事发生在四百多年以前,村子因为水源不足陷入了危机,为了争夺稀少的水源,眼看就要与邻村发生纷争。一旦开战,就会是一场血流成河的战斗。所以,我的职责应该是必须努力阻止战斗的发生。"

茶畑继续说着。不知道对方会在什么时候喊停,但在喊停之前,他决定一直说下去。最好用尽量脱离现实的话题拖延时间。

"可我没有,反而煽动了村里年轻人的怒火,设法促使本村与邻村之间发生争斗。"

"茶比,你为什么要那么做?"

看来,水源之争事件在埃斯特班·杜瓦特听来就是个血腥的童话故事,如果能勾起他的兴趣,这个水平很烂的翻译在转述时应该也会更尽心一点吧。

"理由有两个。一、我想掌握村里的权力。村子此前一直由以村长为中心的年长者支配着。"

茶畑突然有点担心"村长"这个词能不能准确翻译出来,但现在管不了那么多了,他闭上眼睛继续讲故事。

"我早就看不惯那些老家伙了,满脑子就只有守住自己的既得利益、坐享其成,一直压在想要创新的年轻人的头上。我想逼他们赶紧退休,却很难实现。他们手上有钱又有权,在日本还有必须尊重年长者的传统。"

埃斯特班·杜瓦特默默地听着翻译的话。

"所以,我无论如何都想让这场战斗打响。当时,武士们的战国时代刚刚结束,在战国时代,秩序被彻底推翻,名义上的权威被拉下马,真正拥有实力的人抬起头。我们效仿的就是那种做法。只要开始斗争,实际参加战斗的年轻人就会比那些高高在上、发号施令的老年人更有发言权,届时权力的天平就会倒向我们。"

埃斯特班·杜瓦特轻轻地点了点头,或许这个疯子在年轻的时候也有过同样的想法。

"第二个理由,是出于个人的原因。我喜欢村里的一个姑娘,但那个姑娘有未婚夫。她的未婚夫叫清吉,就是个呆子……是个笨蛋。我不明白,登代喜欢的为什么是清吉,而不是我。"

"登代?"

"哦，就是那个姑娘的名字。我一直觉得，只有我才能给登代幸福，要是嫁给那个一辈子都翻不了身的清吉，登代只会受苦。所以我下定决心，要找个机会杀了清吉。"

两个墨西哥人不知道为什么突然面露喜色，大概是很喜欢这类话题吧。

"深夜，村里的男人全体出动，朝着邻村堤坝所在的位置出发，为的是破坏堤坝，把水引到我们村。但我还有另外一个计划。我把清吉叫来，让他去侦察有没有邻村的看守。他就是个笨蛋，毫不怀疑地去了，连我就在背后偷偷跟着都没发现。到了河边，我从清吉身后慢慢接近，左手捂住他的嘴，右手用镰刀割断了他的喉咙。鲜血喷出，量大得惊人。由于我躲得及时，血并没有溅到我身上。"

埃斯特班·杜瓦特发出了愉快的笑声。茶畑短暂地领会到了《一千零一夜》中山鲁佐德（Scheherazade）的心情。至少在他喜欢故事期间，自己还能活命。

"干得漂亮，茶比。后来怎么样了？"

"幸运的是，我刚把清吉干掉，就遇到了邻村看守堤坝的人。我瞅准机会，把看守也杀了，然后再告诉其他人，我亲眼看到清吉被看守杀死。结果就是两个村子的人都被激怒，血战如我所愿地打响了。"

"你没被杀吗？"

"没有。包括从邻村赶来支援的人在内，两个村子一共死了十几个人，我却平安无事。后来，这次水源之争被当时拥有最大权力的人丰臣秀吉知道了。秀吉就是刚刚提到的信长曾经的手下。"

"笑死的那个男人吗？"

"对。秀吉手下的武士下达了判决，两个村子的主谋，各二十五人被判死刑。"

"那就是你被判了死刑？"

"没有，我和登代结婚，度过了漫长的幸福人生。"

"你不是领袖吗？茶比。"

"这种情况，在日本会受死刑的当然是替身了。"

茶畑低头看了看被绑在椅子上的自己，遗憾的是，现在没人代替自己。

"村子里有很多浪人和乞丐。村里一直养着他们，就是为了在出事时让他们做替罪羊。于是，他们就代替我们接受了死刑。我们也答应会照顾他们的家人，所以他们也愿意接受这场交易。浪人们被拖到河边，官府的人用刀砍下了他们的脑袋……"

脑中闪过画面。

是曾经梦到的场景。那里是一个强风拂吹、河流宽阔的岸边，一大群人正坐在小石子上，被五花大绑动弹不得，看起来很痛苦。每个人都瘦得跟乞丐一样，头发蓬乱，胡子拉碴。风中混杂着污垢和排泄物的异味。

其中，一个浪人打扮的男人很显眼。其他人不是表情痛苦地扭曲着，就是像丢了魂儿，只有他的表情始终很平静。有一个瞬间，视线险些接触，我慌忙移开了视线。

一群束起和服袖子、缠着头巾，手持日本刀的武士站在他们身后。

通知行刑时间已到的大鼓终于敲响，武士一齐默默地举起白刃，刀身在阳光的照射下闪闪发亮……

我感受到了无限的恐惧以及完全相反的安心。

这下我就安全了，我会好生安葬你们的遗骸，不要有留恋，成佛去吧。

茶畑感觉到一阵眩晕。他这才发现，不知不觉，他讲的已经不是故事，而是真正的前世记忆中的一切。

我的的确确就是藤兵卫。

我杀了清吉，杀了邻村的看守。

我让村里的浪人和乞丐代替我去死，自己活了下来。

"你怎么了，茶比？"

翻译传达着埃斯特班·杜瓦特的话，似乎是对突然陷入沉默的茶畑起了疑心。

"没事，虽说是前世，但我的确做了很过分的事。现在遇到这种事，大概就是报应吧。"

听了翻译的话，埃斯特班·杜瓦特大声笑了。

"你真是个有意思的男人，那是日本人的信仰吗？笑死人了。"

"你们也有信仰吧？墨西哥人不是信奉天主教吗？"

听到茶畑反问，埃斯特班·杜瓦特挑起眉毛。

"我们不是，我们信奉不太一样的神。"

"信奉什么？该不会是信奉金钱吧？还是毒品？"

"我们信奉死亡圣神。"

"那是什么？圣诞老人的亲戚吗？"

"死亡圣神在日语里……哦，就是死神。"翻译理所当然地解释道。

接着，埃斯特班·杜瓦特解开猎装夹克的扣子，撩起衬衫。大肚子上方有一个像用蓝色墨水画的人物刺青。刺青中的人身穿类似司祭斗篷的衣服，头戴宝冠，手握巨大镰刀，脸则是骷髅。

"这就是死亡圣神。"翻译骄傲地指着刺青，"在墨西哥很常见，有很多信徒。芬兰人信奉恶魔，波兰人向黑色玛利亚祈祷，而我们相信死亡圣神。"

这或许只是普通的当地信仰，但在这种状况下听到这些，只会让人切身体会到，自己是被最可怕的对手抓到了。

"来，在死亡圣神面前说实话。北川在哪儿？"

现在可得好好回答。

"我也在找他，是真的，他也欠我的钱。我是真的不知道他人在哪儿，但我已经找到线索了。"

埃斯特班·杜瓦特的态度和刚才截然不同，眼神变得锐利起来。眼前这个腹部突出的中年男人的样子真的很滑稽，但茶畑说什么也笑不出来了。

"北川在涉谷有间公寓，最近他回去过，或许还会回去。我可以带你们去。"

两个墨西哥人相互对视了一眼，发出冷笑。可能是在笑茶畑居然以为自己还能活着离开这里吧。

"还有，锦丝町有个叫小口金融的借贷公司，公司的负责人应该知道北川的事。涉谷的公寓就抵押在他那里，可能那个小口就是幕后黑手。不，肯定就是他。"

埃斯特班·杜瓦特说了两句什么。

"你，听懂问你的问题了吗？啊？我是在问你，北川在哪儿？"

刚刚还抱着能凭自己的三寸不烂之舌蒙混过关的幻想，现在不得不认清现实，对手没那么天真。

"在死亡圣神面前再问你一次，北川在哪儿？"

茶畑舔了舔嘴唇，说："我不知道他现在在哪儿，但给我点时间，我肯定会找到他。"

埃斯特班·杜瓦特叹了口气。

"没办法了，还是把你的胳膊和腿砍下来吧。身体变轻之后你就会说了。"

翻译的话还没说完，大砍刀又举到了眼前。

"是砍胳膊还是腿，你自己选。选哪个？"

走投无路了，看来只能放弃今生，赌来世了。

"也是这么对阿哲的吗？"

"阿哲？"

"被你们砍断胳膊和腿，杀死的年轻人。"

埃斯特班·杜瓦特放下衬衫，承认了似的竖起食指。

"是个挺有活力的小伙子，不过也只是最初而已。日本人不怕死，却受不住疼。"

"你们会遭报应的。"

"报应？"

"就是你们早晚也会有同样的下场。"

"不可能，死亡圣神会保佑我们。"

大砍刀的刀尖从茶畑的左臂上滑下，虽然看不到实际情形，但很快剧痛传来，鲜血也随之流出。

"怎么样？想起来了吗？北川在哪儿？"

"啊啊……想起来了，他现在在涉谷的公寓里，地址是……"

埃斯特班·杜瓦特摇动食指。

"不许撒谎。你说的公寓就是你刚刚提过的地方吧？北川不在那里，你刚才说的是真话。你好像很想带我们去那个地方，是不是有陷阱？"

"怎么可能？我怎么知道自己今天会被绑架，根本就没有时间设置陷阱啊？"

"话可不是这么说的，陷阱不就是应该在没事时就提前设置好的吗？我们就是这么做的。"

不要用你们的行为方式做判断基准！茶畑仰起头，万事休矣。

"没办法了，虽然很辛苦，也只能把你的胳膊和腿砍下来了。到那个时候，你就会想起真话了。"

接到埃斯特班·杜瓦特的命令，翻译拿起打包用的绳子，走到茶畑身边，用绳子紧紧地绑住左右腋下和大腿根部。应该是为了在砍断四肢时抑制血液流出吧。

埃斯特班·杜瓦特把大拇指放在大砍刀的刀刃上，似乎是在确认锋利程度。根据刚刚左臂被划时的感觉，这把刀的刀刃与菜刀完全相反，磨得就像剃刀一样锋利。

大刀正在一点一点靠近。

突然，门的对面传来"砰砰"两下冰冷的声响。

埃斯特班·杜瓦特露出不安的表情，与翻译对视了一眼后，大喊了两声，似乎是在喊："何塞？马可？"

门开了。率先走进来一个穿着藏蓝色西服、系着细针织领带的高个子男人，正是帮忙绑架茶畑的那个有着鲨鱼般眼神的关西混混。

"你来干什么？已经没你的事了吧，钱也给你了。"翻译怒不可遏地叫嚷着。

"对，结束了。这次来是为了另外一件事。"

关西混混举起手枪。西服口袋里装的果然是真家伙。

"你干了什么？何塞和马可怎么了？"

"明知故问。"关西混混撇嘴一笑。

从他身后又走进来一个男人，扁平苍白的脸，几乎看不到的眉毛以及看不出感情起伏的小眼睛。这还是茶畑第一次因为看到这张脸而欣喜。

"阿茶,这是什么游戏啊?莫非你实际上是个受虐狂?"丹野皱着眉,左手握着一柄收在白木刀鞘里的日本刀。

"怎么你们每个都把我的名字省略啊?好歹应该有个人叫对吧。"茶畑放下心来后,嘟囔着。

"喂,帮他解开。"

接到丹野的指示,关西混混解开了茶畑的绳子。

"别怪我,刚才只是工作。"

"如果这也是工作,那就两清了。"

茶畑摩挲着被绑过的手腕、脚腕、腋下和大腿根。刚刚被划开的伤口处的血流得更凶了。

"哎呀呀,你能行吗?我倒是带着创可贴呢。"

"在伤口靠上的位置帮我系个扣。"

茶畑从口袋里拿出手帕,用力按在伤口上。关西混混在靠上一点的位置用打包绳系了个结。

一直保持沉默的埃斯特班·杜瓦特突然发出野兽般的吼叫声。

"你们完蛋了……胆敢忤逆洛斯·艾克赛斯的大多数人,都没能像他们想的那样活得那么长。"

翻译用带着威吓的声音说着。这日语说得还不如刚才呢,看来越是威胁人的话,翻译出来就越奇怪。

丹野和关西混混愣在当场,然后同时放声大笑。

埃斯特班·杜瓦特看到二人完全出乎意料的反应,也是说不出话来,这下他终于搞清楚原因了,瞪着翻译。

"你就是埃斯特班·杜瓦特?"

丹野抽出白色刀鞘里的日本刀,架在肩膀上,慢慢靠近。

这次无须翻译出声,墨西哥人点了点头。

"是嘛，我家的阿哲受你照顾了啊。"丹野露出笑容，等着翻译转达。

"你是问那个年轻人吗？他一开始还挺有精神的，结果只是切掉一根手指就小便失禁昏了过去，你们不做疼痛忍耐训练的吗？"

丹野的笑容扩散到了整张脸上："哦，这个主意不错，以后我们也会开始训练。"

丹野就像对待老友一样拍了拍对方的肩膀。埃斯特班·杜瓦特也满面笑容地看着丹野。

"那就先让我看看示范吧？"

"丹野先生。刚刚的枪声外面能听到，这里不宜久留啊！"关西混混突然有些心神不宁。

"我可以先去趟医院吗？血一直止不住。"茶畑也要站起来走人。

"你们两个别说话，在旁边看着。"丹野的声音变了。

## 第八章

还算宽敞的事务所内,充斥着热气和令人窒息的血腥味。

埃斯特班·杜瓦特发出含糊不清的呻吟声。此时的他只穿着一条内裤,呈"大"字形被绑在拼在一起的两张办公桌上,嘴里塞着他自己的衬衫和手帕,无论再怎么喊叫,最大也只能发出使用电动剃须刀时会产生的音量。

丹野脱下麻料外套,在开襟衬衫外面套了一件类似鱼摊老板会穿的那种防水围裙。连这种东西都准备好了,证明他从一开始就做好了这样的打算。

"垃圾,这么钝的刀怎么用啊!"

丹野用嫌弃的眼神看着手上的大砍刀,直接丢掉地上。茶畑心想,刚才自己被划到的时候感觉已经很锋利了,如此看来仍达不到丹野的标准。

"要是有切金枪鱼的菜刀就好了,没办法,古泽。"

喊了一声关西混混的名字,丹野接过收在白木刀鞘里的日本刀,缓缓将其拔出。有着漂亮弧度、超过七十厘米的刀刃,在灯光下闪闪发亮。举着摄像机的茶畑感觉浑身的汗毛都竖起来了,生理上对日本刀的恐惧莫非与那些前世记忆有关?

"阿茶,拍好点儿。这把刀上虽然没有落款,但据传是备前长船派的刀匠兼光打造的。说老实话,用这么好的刀实在有些浪费,不过也算是国际亲善吧。"说着,丹野拿着刀转了转,确认刀刃的情况。

"又来了,丹野先生,您那把怎么看都是昭和之后打造的新刀……"

原本满面笑容的古泽在看到丹野的表情后闭上了嘴。

"喂。听见我刚才怎么介绍这把刀了吧？好好翻译给他听。什么都不知道的话，他还怎么感谢我啊。"

在丹野的催促下，翻译用颤抖的声音向埃斯特班·杜瓦特进行了说明。不知道他发出的"唔唔"声是不是在说"原来如此"。

"来比比谁的刀快吧。"

说罢，丹野用右手握住长刀的刀柄，左手放在刀背上，挨上埃斯特班·杜瓦特的大腿。就像厨师切刺身一样轻轻划下，一刀接着一刀。长着硬毛的皮肤像自然绽放一般裂开，鲜血随之流出。然后继续又划了几道平行的口子。

埃斯特班·杜瓦特发出微弱的悲鸣。

"刚刚我就在想，划这么多细细的线条是什么意思？"古泽提出疑问。

"啊？试探伤啊。"

"完全没看出来是试探啊？"

"就是剔骨。"

"那地方又没骨头。"

茶畑皱起眉。他以前也看过丹野"割皮"。人类的痛点大部分都分布在皮肤上，相较于一下切到深处，在皮肤上细细地划，更能给对方带来难以忍受的痛苦，而且还不用担心会失手杀了对方。

"糟糕，忘记带辣椒酱了。"丹野愤恨地嘟囔着。

"我倒是有这个。"古泽从口袋里掏出迷你瓶装威士忌，交给丹野。

"哦，正好给他消消毒。"

"爽吗？不过通常在受苦之后，就会有好事等着。再稍微忍耐一下，也许能直接通过血管喝醉哦？"

埃斯特班·杜瓦特用布满血丝的眼睛瞪着丹野。他满脸通红，太阳穴附近的静脉鼓起。依然没有丧失斗志。茶畑移开视线，心说早早放弃多好。

"喂喂，没事吧你？你血压原本就挺高的吧？"

丹野好像很担心似的说完，看了一眼翻译。翻译在埃斯特班·杜瓦特耳边嘀嘀咕咕说着。

"别担心，接下来我会慢慢给你放血，血压自然就会下来了。"丹野用沙哑的嗓音发出笑声。"其实呢，像这样仔细地切开皮肤是我的一贯做法。花上好几个小时，不切到肉，只断开皮。既优雅又颇具趣味，不是吗？不过，不太符合如今这个网络时代。拍成视频冲击力也不足。"

过去曾发现过几具这样的奇怪遗体，全身数百处伤痕，都是轻微伤，哪一处都不能称之为致命伤。死者都是在不同时期与丹野对着干的暴力团伙的干部。

"所以，今天我想挑战一种新的料理手法，这种手法有着日本料理的特色，会让人大饱眼福。新鲜度就是生命，没时间悠闲地玩耍了。喂，阿茶，再往前点，好好拍。"

在拍这么危险的视频过程中，居然叫了那么多次别人的名字。之后他会把声音消掉吗？

"要把我的精湛技术好好拍下来哦。整个过程都要清楚地拍下来。偶尔切入这家伙的表情应该也不错。"

"你要干什么？"

"笨蛋。都说是让人大饱眼福的日本料理了，还用问吗？"丹野的嘴唇像橡胶一样大幅度地往左右拉伸，"当然是活造刺身啊。"

接下来的二十分钟，是真正的地狱绘图。

嘴被塞住的埃斯特班·杜瓦特在整个过程中不断疯狂地发出悲鸣。

"说到底，快感与痛苦或许是同一种东西。"看着整个身体呈弓形，连脚指头都向上弯起的埃斯特班·杜瓦特，丹野用哲学的口吻说着。"你们看他的样子，和快要升天一样，不是吗？"

"从某种意义上说，他的确是差点升天啊。"古泽按着埃斯特班·杜瓦特的身体，运用关西人特有的吐槽能力担任着丹野搭档的角色，但从额头上豆大的汗珠可以看出，他心里其实很害怕。

"我要动手了哦。要是不小心切到动脉，就立即帮他止血。"

古泽从丹野手上接过瞬间粘合剂的同时，喉咙发出了轻微的声响。

"知道……"

恐怖的悲鸣随即响起，甚至让人怀疑埃斯特班·杜瓦特的嘴并没有被塞住。

之前浑身颤抖着站在那里的翻译突然蹲下身吐了。丹野给茶畑使了个眼色，示意他这一幕也要拍下来，茶畑便将呕吐的翻译拍到了视频中。

"死亡圣神……"翻译嘟囔着。

"你知道'鹗鮨'吗？是一家我经常去的寿司店，那里的大师傅技术特别好。能让切开半边身子的鱼在水缸里游呢。被片下半边身子的鱼也游得很欢哦。"

听到这里，古泽似乎已经挤不出讨好的笑容，露出哭笑不得的表情。

若是常人，大概早就因为痛苦和打击断气了吧？只因为拥有超乎寻常的生命力，就要忍受这般痛苦，只能用凄惨来形容了。

虽然已经是大量失血，埃斯特班·杜瓦特的眼睛依然没有失去生命的光辉，但眼神却像是凝视着宇宙深渊般虚无。他已经不再发出悲鸣，唯有苍白的嘴唇在颤抖着。

以仿佛是料理人的姿态集中精神的丹野，吹起了口哨。

茶畑不由得打了个冷战。那是与眼前凄惨的光景完全不相称的甜腻旋律，是 We're All Alone。

他是出于什么目的在吹这首曲子？

"要是把肚子切开人就死了。就先这样吧？"

看到眼前的画面，丹野捧腹大笑。

"好，完成了。阿茶，都拍下来了吗？"

"嗯……"

非现实感朝茶畑袭来。眼前的人体活造仿佛是假的。脑中突然响起某个声音。

"对他人施加暴力或残忍手段，是宇宙中最不可取的愚蠢行为。"

又来了，是天眼院净明说过的话。一个骗子，装什么伟人。

为什么？为什么一个人对他人施加暴力，是最愚蠢行为？这的确不是什么值得褒奖的事情，但自人类诞生开始，就一直在这么做啊。

现在对这家伙做的事，是他曾经对别人做过残忍行为的报应。一想到他是怎么对阿哲的，就不值得同情了。

有种奇怪的飘浮感。感觉胃轻飘飘的，想要把里面的东西都吐出来。毫无意义的暴力连锁，以血洗血的复仇螺旋。

这不是曾经走过的路吗？

接下来要走的路也一定……

突然，眼前的景色重叠了。

那里是满天星斗下的河滩。与充满黏腻血腥味的房间不同，凉爽的夜风吹拂着脸颊，耳边是潺潺的流水声和虫鸣。

茶畑穿着麻裹草履小心翼翼地踩着小石子，以防发出声响，慢慢向前走着。

想要杀人的想法游走全身。

目标就在前面，是自己熟知的男人。他像只胆小的兔子，几次确认左右的情况。有一个瞬间以为他会回头，不过还是只看向了侧面。

呆子……

茶畑瞬间缩短距离，像幽灵一样安静地逼近男人的背后。但最后一步搞砸了，脚下发出了沙沙声。

男人受到惊吓呆立在原地。他没有回头确认危险，也没有拔腿就跑，就只是僵立在当场。

茶畑伸出左手捂住了男人的嘴，在力量上是自己占绝对上风。他挥起右手的镰刀贴在男人的喉咙上，刀刃陷入，割开喉咙的同时，茶畑抽离左手，急忙向后退去。

在星光下，男人似乎没有发觉自己已经死了，站在那里。然后慢慢向前倒去。

"阿茶，你还醒着吗？"

丹野沙哑的嗓音将茶畑拉回现实世界。

惊讶地环视四周，翻译就站在他的身边，双手在胸前紧握，脸上满是绝望的表情。

"你在干什么呢？赶紧拍啊。"

茶畑反射性地举起摄像机，对着翻译。

丹野站在翻译背后，用举起棒球棍的姿势举着日本刀。他笑了，是开心至极的表情。小时候收到新玩具的时候，他肯定也是这种表情吧。

接着，他以飞快的速度挥下刀。

影像再次出现在眼前。

是另外一处河滩，一群被粗草绳五花大绑的男人被迫坐在地面上。

茶畑透过篱笆始终注视着一个浪人。

束起袖子的官员拔刀，在浪人背后高高挥起。

阳光照在刀刃上，反射出耀眼的光芒。

熟练地一挥，浪人的头颅掉在河滩上，滚了几滚停下。

"阿茶，在拍吗？你愣了半天神了。"丹野吃惊地问道。

响起了啪啪的拍手声。

"真是精彩……我还是头一次见到这种场面。"古泽的声音直发抖。

"最后一定要来这么一下。一直把它当菜刀用，难得的宝刀就太可怜了。毕竟是出自备前长船派的刀匠兼光之手的名刀啊。"

古泽嘴里咕哝着什么，然后吞了回去。

"来，看看阿茶拍的视频吧。这要是传到 YouTube 或 TikTok 上，点击率肯定很高。"

"这种视频立即就会被删除……"古泽习惯性地想要吐槽，但似乎已经耗尽气力，自觉地闭上了嘴。

从"吉娃娃贸易株式会社"入驻的六本木大楼里逃出来的途中竟然没有遭到任何人的盘问，可以说是个奇迹了。要是中途遇到洛斯·艾克赛斯的其他手下，肯定无法顺利逃脱。毕竟之前还开过枪，有警察赶过来也不奇怪。

最后丹野开着宝马车把茶畑送回了上板桥的公寓。

回到公寓后，茶畑花了一个小时洗澡。他要用洗澡巾和沐浴乳把附着于全身的血液微粒冲洗掉。被大砍刀划伤的伤口还很疼。

这件事什么时候会被发现呢？

警察介入的话，应该很快就会查明埃斯特班·杜瓦特是洛斯·艾克赛斯的大头目。如果运气好的话，看到他被那么不寻常的手段杀死，或许会怀疑是黑帮内讧。

不，应该不会。茶畑发觉一件糟糕的事。

埃斯特班·杜瓦特的尸体很明显被做成了活造，把残忍程度放在一边，怎么都不会认为那是出于墨西哥人的兴趣。

看到那样的尸体，连白痴都能看出是为了复仇，而且会认为是出自日本人之手的充满日式风情的复仇行为。

丹野那个混蛋，要是他没采取那么疯狂的手段……

还有一件更需要担心的事。

丹野会怎么处理那段视频？拍下那么凄惨的光景，应该不是出于兴趣用来收藏吧。

搞不好他真的打算传上网或者寄给洛斯·艾克赛斯的人。

到时候他会处理好影像和声音吗？丹野满不在乎地叫"阿茶"的声音，万一留下一处……

真的只能逃了吧。

整容、更名、买个新的户籍……只要还能留在日本，或许就能摆脱洛斯·艾克赛斯的追捕。

不对，等一下，如果自己那么做了，会连累远在南三陆町的家人吧？

越想越是绝望。

把网上的新闻查了个遍后，茶畑叹了口气。

果然没有报道，究竟是什么情况？

那件事已经过去两天了,突然联系不上埃斯特班·杜瓦特,洛斯·艾克赛斯那些家伙应该会立即前往位于六本木的大楼确认。

能够想到的情况只有一个,洛斯·艾克赛斯偷偷处理了遗体,没有报警。想来也对,要是允许警方介入,警方自然会对"吉娃娃贸易株式会社"进行调查。虽说他们才是此次事件的受害者,但他们在日本的买卖也很可能会因此遭到毁灭性的打击。

茶畑决定把这当作一个好消息。他也害怕洛斯·艾克赛斯会找自己报仇,不过那本就是意料中的事,所以他更担心被警察追捕。

那头疯狂的猛兽或许冷静地预测到了事情会如此发展,茶畑忆起丹野的脸,如此想到。

把咖啡豆放进手动咖啡机,嘎啦嘎啦地研磨起来。这是茶畑思考时的习惯,感觉单调的劳作对整理脑中的思绪有帮助。

该搬离这里吗?茶畑环视整间公寓,好不容易才在上板桥安定下来,根据那个叫古泽的关西混混所言,洛斯·艾克赛斯并不知道这里。

他们只知道自己是北川辽太以前的雇主。

自己刚离开荣工程就遭到绑架,之前还在担心他们是不是知道正木荣之介委托的事,现在看来似乎并不知情。古泽说,现场还有一个日本人,那个男人在远处认人,没有露面就消失了。

不用问外貌特征也能猜到是谁。

的确有必要出卖自己,否则这件事不算完,但还是要确认他向对方泄露了多少情报,这可是生死攸关的问题。

既然知道他和洛斯·艾克赛斯有关联,自己再去主动见他实在是不明智。但直觉告诉茶畑,要想死里逃生,只有这一条路。

推开位于饭田桥的侦探事务所的门。

"欢迎光……啊！"

用手制止熟识的前台姑娘，默默往里走去。

在大房间的深处，有一间约四张榻榻米大小的隔断房。茶畑没有敲门，直接推门而入。

抬起头看向这边的大日向的表情，冻结了。

"这是见到僵尸的眼神啊。"

大日向没有说话。茶畑走到大日向的桌子旁，俯视着他。

"出卖我，赚了多少？"

大日向本想抬起头瞪回去，却没成功。

"是不是有什么误会？我的确接到了调查北川辽太雇主的委托，把你的名字告诉了对方，可是我也给你争取了逃跑的时间啊！"大日向眼神闪躲，嘀咕着。

"对，你之前帮过我，那你指认我，帮着他们绑架我的时候，怎么没给我争取点时间呢？"

大日向深深叹了口气，说："你被绑架了吗？还好你没事……可真不是我干的。"

"古泽说是你。"

"你相信混混的话？"

茶畑笑出了声。怎么一个个的都这么搞笑呢？

"不打自招。我现在已经很清楚，你知道古泽是个混混了。有趣，继续找借口啊？"

大日向轻轻摇了摇头："我什么都不说了，打到你消气为止吧。"

"你觉得，打你两三下，我就能消气了？"

"那你想怎么样？"大日向一脸胃痛的表情。

"我是这么想的。我先去洛斯·艾克赛斯那儿告密，说这件事的幕后黑手其实是你。他们的老大被杀，这会儿正是气血上头的时候，应该会进行疯狂的报复吧。我倒霉，你也跑不了。"

"杀了老大……你说的是真的？"

大日向脸色煞白，瞪大了眼睛，看起来随时会口吐白沫晕倒。他的演技可没有这么精湛，所以他是真的不知道埃斯特班·杜瓦特已经被杀了。

"而且死法不寻常。"茶畑故意卖关子。

"把他怎么了？"

"活造，把他做成了刺身。"

大日向用看怪物的眼神凝视着茶畑。

"不是我，是丹野。他让我拍下了整个过程，说要上传到 YouTube 或 TikTok 上，不过我估计他会把 DVD 寄给洛斯·艾克赛斯。"

大日向出神地咬着食指的指甲，眼珠忙碌地左右转动，绞尽脑汁思考自己要怎么做才能得救。

"明白了吗？我们俩现在是拴在一根绳上的蚂蚱。我被抓，你也会完蛋。"

"你觉得他们会相信你说的话吗？"

"就算是半信半疑……不，就算认为我百分之九十九是在撒谎，你也会没命。这一点你应该很清楚吧？"

大日向整个人虚脱地靠在椅子的靠背上："一根绳上的蚂蚱……也就是说，还有别的路可走？"

"或许有。先告诉我，对方知道多少情报。"

"知道的不多，只知道你曾经是北川辽太的雇主。他们不会大范围共享情报。埃斯特班·杜瓦特死了……还有个翻译，那个翻译怎么样了？是一个在威胁别人的时候会说奇怪日语的家伙。"

"有生以来,我第一次看到了人的脑袋飞出去的奇景。"

"这样的话,或许他们手上的情报算是归零了。"

"真的?"事情未免太顺了,茶畑不禁起了疑心。

"他们来日本的人数很少,应该没预料到老大会突然被杀。"

"你这边是什么情况?"

"不知道他们是怎么知道我这里的,是那个翻译直接联系的我,电话号码应该还留着。"

老大都被杀了,却还完全没有找上大日向的迹象,大日向的推测或许是正确的。

"但他们迟早会知道是谁干的,绝对不会放弃追查。"大概是看到茶畑放心的态度,大日向马上泼了一盆冷水。

"嗯,我知道。不过犯人是丹野,就让他们自己去解决吧。"茶畑弯腰,看着大日向的眼睛。

"听好了,如果洛斯·艾克赛斯联系你,什么都不要说。"

"这个不用你说。"

"要是问北川辽太的前雇主,你就说是在锦丝町放高利贷的小口繁,证据就是他借钱给辽太,公寓还在他那里抵押着。"

"知道了。"

"最后是你的保证。"茶畑快速握住大日向左手的小拇指。

"等一下!我身上要是有明显的外伤,会让他们起疑的!"大日向的额头上渗出汗珠,以极快的语速说道。

"那要不要我用旁边的钢笔在你身上弄个文身?"

大日向哑口无言,用怨念的眼神看着茶畑:"结果你也是一样。"

"一样?和什么一样?"

"和丹野。我现在终于明白了,你根本不忌讳使用暴力,对他人会承受的痛苦的想象力是零。之前只不过是因为有丹野这个怪物在身边，一直压制着罢了。"

"这话说得可真难听，你想象过我被洛斯·艾克赛斯的人绑架后，会受到怎样的对待吗？"

耳边又响起了那个声音。

"对他人施加暴力或残忍手段是宇宙中最不可取的愚蠢行为。"

茶畑在心中吐槽，有什么办法，心里清楚却还是会重复愚蠢行为，不正是人类这种生物的本质吗？

"好吧，快动手吧。"大日向紧咬牙关，挤出悲鸣。

一直握在手中的大日向那快要扭曲变形的左手小拇指，没有一丝血色，马上就要折了。

茶畑松开手。

本以为大日向会因为喜悦而手舞足蹈，结果却是满脸写着诧异。

"不要再出卖我，下次就不会手下留情了。"茶畑丢下这句话，转身离开了大日向的侦探事务所。

幸运的是，洛斯·艾克赛斯的事暂时告一段落，有了缓冲的时间。必须在这期间把该做的事情都做完。

首先给毯子打电话下达指示，准备好提交给正木先生的报告。

杀死正木先生的前世——皆川清吉的犯人就是藤兵卫。问题是藤兵卫在这一世转世成了谁。正木先生应该不会满意茶畑彻朗的这个答案。他已经认定就是自己的亲弟弟正木武史，所以只要顺着他的想法编一个故事就行了。

茶畑本想在这期间找出北川辽太，原本与洛斯·艾克赛斯之间的纠葛就是他引起的。

还必须去见一个人，贺茂礼子。

与上次一样，门没有锁。

茶畑没有按门铃，推门而入。也没有脱鞋，而是直接套上鞋套，尽量不发出声音地走在铺着地板的走廊上。走到尽头的那扇华丽的木质房门前，窥探情形。

"请进。"

屋内传出声音。

贺茂礼子果然拥有超乎常人的敏锐听觉吗？也有可能是在玄关到门前这段走廊上安装了红外线感应装置或者针孔摄像头。

打开门，进入经常焚香的房间。贺茂礼子和上次见到时一样，坐在房间深处的桌子后面，正低头处理着信件或者是其他文件。

"贺茂老师，我想和您聊聊。"

贺茂礼子抬起头，她应该一眼就能看到茶畑在鞋子上套了鞋套，大大的眼睛中闪烁着看到有趣画面的奇妙光芒。

"您方便吗？"茶畑又问了一次。

贺茂礼子默默地点了点头，指了指沙发。茶畑坐到沙发上后，贺茂礼子才开口。

"血腥味扑鼻而来啊，还是谨慎择友比较好。"

身上不可能残留着血腥味，肯定是在比喻。虽然来之前就做好了心理准备，但被人看透内心的恐惧还是涌了上来。

"上次您一下就猜到我是侦探，还以为肯定是使用了冷读术。后来还看破了我见过的另一个灵能力者就是天眼院净明，我同样认为那是通过直觉和推理就能做到的。"

茶畑说话时，眼睛始终盯着贺茂礼子。不管是多么狡猾的狐狸，在隐瞒的真相被揭穿时，身体的某个部位必定会做出反应。

到目前为止,贺茂礼子没有做出任何反应。

"但通过您刚刚所说的话,我认为绝不是冷读术。或许可以通过我的表情和套着鞋套的举动看出我变得越发暴力,但未免说得也太准了。"

贺茂礼子似笑非笑,把写好的信放进信封,用舌头舔了舔粘好。

"如果是之前的我,应该会认为,既然不是冷读术,那肯定就是热读术㉒。但这也不太可能。"

"热读术是什么?"贺茂礼子非常好奇地歪着头。

"像夏洛克·福尔摩斯那样根据现场观察对方得到的情报说中某件事,称作冷读术。而预先对某人进行调查然后再装作是通过透视得知的,称作热读术。"

贺茂礼子站起身,慢慢地走到对面的沙发旁坐下:"我没理由做那么麻烦的事,也没钱和时间对你进行调查。"

茶畑点了点头:"刚刚我站在门前的时候,您是怎么发现我的存在的呢?"

贺茂礼子露出妖怪般的微笑:"气息。"

"气息是什么?声音吗?不可能隔着门就感受到空气的动向和我的体温了吧?"

"气息是什么啊……这可是个难题。生物原本就具备察觉其他生物接近的本能,不是吗?只不过,我也说不清那是五感全体启动的结果,还是所谓的第六感。"

茶畑直直地盯着贺茂礼子的大眼睛:"第六感啊,您的确具备第六感。"

---

㉒ Hot Reading。与冷读术不同,事先对他人进行调查之后,创造时机说出情报。

贺茂礼子似乎是听到了什么有趣的事，笑了："哎呀呀，你终于也承认啦！"

"问题是，那到底是一种什么样的能力。您宣称能够看到委托人当前所处的状况和前世，但我发现并非如此。"

从贺茂礼子的大眼睛中看不出任何情绪，只是这么盯着就有一种意识要被吸进去的感觉。

"你是心灵感应者。"

贺茂礼子再次歪头："心灵感应者是指拥有读心能力的人吗？我认为这和'能看到'没什么区别。"

"不，完全不同。"茶畑身体前倾，就像盯上猎物的肉食动物一般，"如果一切都是心灵感应，那么就不需要假设前世和转世这一类现象的存在了。"

"看来你无论如何都想否定转世的存在啊。"贺茂礼子明显觉得这件事很有趣，"身为理性主义者，因为无法彻底否定转世的存在，就承认了心灵感应的存在？但它依然是超自然现象的一种，不是吗？"

"是的，但就算同是超自然现象，存在的可能性也有浓淡之分。我现在渐渐认为，就算存在心灵感应这种东西，也没什么奇怪的，特别是在亲眼见证了你的能力之后。"

贺茂礼子的脸就像有着巨大眼球的南方壁虎，她静静地听着茶畑的话。

"而且，假设心灵感应是存在的，证明转世存在的论据就几乎站不住脚了。你们一直强调前世的记忆，会有一种让对方误以为他们其实曾经知道那些自己不应该知道的事实的错觉。但，如果那是通过心灵感应从别人那里读取来或是植入的东西，就不存在任何矛盾了。"

"那么，那些小孩子说出从来没有听过的语言的事例呢？"

"一个道理，应该受到了周围某个人的意识的影响。"

"我觉得从未说过的语言，光是发音就很难。"贺茂礼子丝毫没有动摇，"而且，针对拥有前世记忆的孩子们的话进行详细调查的结果，大部分得到了史料的印证。"

"热读术。"茶烟抓住关键点继续说，"假设有人想利用孩子们来让世人相信前世、转世的存在，自然会提前调查史料。"

"有的还说出了史料上并没有记载的详细内容吧？"

"既然史料上没有，就无法判断那些内容是真的还是捏造的。在能调查到的范围内调查历史，空白的部分编一个差不多的故事填进去就行了。因为根本无法确认其真实性。"

贺茂礼子没有说话。

"正木先生的两个关于前世的梦，'水源之争'与'山崎合战'都是基于只要稍微调查一下就能得知的史实，只要在这个基础上加上一些无法判断真假的细节即可，你们就是这样将拼凑出的影像植入正木先生的脑中。正木先生是个彻头彻尾的理性主义者，从一开始就不认为存在什么心灵感应，正因如此，他才选择相信更加离谱的前世的存在。而正木先生开始关注死亡这个话题后，才产生想要相信转世存在的心情也是事实。"

贺茂礼子微微皱眉："你的意思是说，我和净明联手想要欺骗那个叫正木的人？"

"直接接触正木先生，对他进行精神控制的是天眼院净明，而你在背后操纵。这是我的想法。"

"为什么会这么认为？"

"我着手调查转世，最终找到了你这里。创作正木先生前世故事的人是小冢原，那么布整个局的人就只会是你，小冢原锐一很明显是受到了你的影响。"

"这话说得真过分啊。"

贺茂礼子从沙发上起身，从房间角落的碗橱里拿出小茶壶和茶碗，往小茶壶里放入茶叶，注入电热水壶里的热水，用托盘端起，然后放在面对面摆放的两个沙发中间的茶几上。茶畑有些口渴，刚想伸手，又担心茶里会被下药，中途把手收了回来。

"你刚刚的猜测还真是跳跃，我的确和小冢原锐一先生聊过前世的事，但小冢原先生真的与你的委托人——正木先生有交集吗？"

茶畑语塞。的确，知道小冢原锐一，是因为毯子以前碰巧委托过他工作，可是……

"顺序反了。诈骗的主谋天眼院净明与你有交集，然后才是小冢原锐一受到你的影响，这样就连上了。"

"还真是一条又细又不牢靠的线呢，任何事、任何人，只要想让他们之间有联系，就都能串联到一起吧？"

"什么意思？"

又打算说什么前世的缘分、我们的意识是相互影响的一类的吗？

贺茂礼子不紧不慢地喝了口茶。

"你拥有非常敏锐的推理能力，但过于自以为是了。在调查事实之前就预设了结论，最后调查出来的结果必定会有所偏向。"

被戳中痛处了。茶畑自己也明白的确是有这个倾向，但眼下对方正中靶心，使他更加确信贺茂礼子就是心灵感应者。

"用心灵感应来解释前世的记忆，很久以前就有这种做法。的确，如此假设的话，大部分事情都能得到解释，你在不久前应该经历过让你强烈意识到心灵感应，或者说精神感应存在的事吧？"

茶畑没有说话，他倒要看看，自己不给任何提示，贺茂礼子能读取到多少。

"刚刚你进入房间的时候,带着浓重的血腥味,甚至有些令人无法忍受。当然,我指的不是物理性的味道,而是发现你的精神遭受到了污染。而且在更深处,还隐约看到了极其凶恶残忍的精神的影子。你似乎一直隐藏着原本暴戾的性格,但正在那个男人的影响下不断助长。"

这正是我相信心灵感应存在的理由。茶畑心想,我就是证据,我受到丹野美智夫破坏性的精神的影响,就快被吞噬了。

"玄关准备了给客人用的拖鞋,你却穿着鞋走了进来。你套上鞋套不是因为怕弄脏我的房子,而是为了在万不得已的时候不留下证据,也就是说,如果你没能从我这里得到想要的情报,会不惜诉诸暴力,对吗?你打算对我进行拷问吗?根据事态的发展甚至会杀了我?你还知道廉耻为何物吗!"

贺茂礼子的一声怒喝,让茶畑露出了怯懦之色。

"我也不喜欢被人中伤,就为你解释清楚吧。心灵感应这种现象的确存在,并与转世密切相关。和前世、来世、今生一样,都是实际存在的。"

被她玻璃球般的双眸死死盯着,茶畑没能反驳。

"你刚刚说,我与天眼院净明联手诈骗?来我这里之前,你应该先去见见净明。"

"什么意思?"

"你去了自然就会明白。"贺茂礼子的态度很冷淡,"为你节省点时间,净明已经不在六本木的占卜馆了。"

说着在便签上写下地址,交给茶畑。茶畑瞥了一眼后,很是震惊。

"他在这里?"

"是的。"

贺茂礼子缓缓起身，回到了桌子后面。看来谈话到此为止了。

茶畑盯着贺茂礼子看了一会儿，行礼后便离开了。现在脑子里非常混乱，想不出还有什么要问的。

"田中先生，有人来看您了。"

男护士说话的对象正是天眼院净明。他身材依然微胖，整个人完全陷入折叠椅中，茫然的眼神也没有变化。上次见面时，他穿着白色的库尔塔衫，这次穿着宽松的长裤和白色T恤。

"还记得我吗？"

听到茶畑的问话，天眼院眨了眨眼，说："不记得……你是哪位？"

"前不久我曾拜访过六本木的占卜馆。"

"占卜……馆？"天眼院歪着头，"不好意思，我不太记得了。"

此时，茶畑才终于发现了天眼院身上的一个重大变化。上次见面时从那双小眼睛里射出的是如锥子般的目光，如今却完全消失不见了。

"田中阳一先生，上次我们见面的时候，你报上的是另外一个名字。"

天眼院摇了摇头，表示不知道茶畑在说什么。

"天眼院净明，这就是你之前的名字。"

没有反应。

"你和我曾有一个共同的委托人，正木荣之介先生，荣工程的会长。你使用透视能力看到了正木先生的前世，想起来了吗？"

天眼院再次摇了摇头，但能够看出他已经产生了些许动摇，眼神空洞，嘴唇微颤。

"你当时给了我几条建议，你是这么说的。"

茶畑拿出记录天眼院说过的话的笔记本。

"'所有人都在按照自己的意识活着，但同时也受到星星散发出来的强大磁场的影响。任何人都无法逃离。'"

天眼院没有任何反应。

"'对他人施加暴力或残忍手段是宇宙中最不可取的愚蠢行为。'你说完这句话之后还说，只要我觉醒了，就会明白其中的意思。"

有一个瞬间，天眼院睁大了眼睛，但很快便恢复了之前的面无表情。

"'我们的灵魂并非几十年就会消失的脆弱之物，会通过不断的轮回转世提高德行，前往新的舞台。我们一直都在前往新舞台的路上。'……"

天眼院从折叠椅上站起来，环顾左右。就像刚刚从噩梦中惊醒，一脸恐惧。

"接着你又说，'对人来说，有些事，不知道比较幸福。''宇宙的法则有时非常无情，在人类眼中是异样的、难以理解的。想要知晓一切就相当于欲要成神。人恪守本分活着才是最幸福的。'"

天眼院像痉挛了一样，开始疯狂摇头。

"接着你还说，"茶畑还在继续，"'我们都是孤独的。'"

天眼院一脸愕然。

"'在这片冰冷的宇宙中一直保持清醒，对神来说都是极其困难的事情……'"

突然，天眼院净明发出野兽般的嚎叫。好像要表达什么，但完全听不出来说的是什么，只能听出喔、喔、啊啊、呜哇一类。

"出什么事了？"

为茶畑带路的男护士脸色大变，冲了过来。

"你对他说了什么吗?"护士安抚天眼院的同时,用凌厉的视线盯着茶畑。

"没什么……只是聊了聊以前的事。"

下一秒,刚刚还在大声叫喊的天眼院净明突然闭上嘴,死死盯着天空中的一点,陷入对外界漠不关心的状态。之后面对护士的问话,也完全没有了反应。

茶畑吓得后退几步。

回想起了最初见到贺茂礼子时的对话。

"他曾经来见过我一次,直觉准得异于常人的骗子,这样的形容应该是最贴切的。他自称通灵者,占卜人们的前世,从而骗取金钱。但这种行为非常危险。那个人也曾在机缘巧合之下窥探到了深渊,可以说几乎已经觉醒了。"

"觉醒不是好事吗?"

"人生、宇宙,都不过是我们正在做的梦。梦醒了,一切都会烟消云散。"

贺茂礼子的眼睛就像两颗巨大的水晶球闪烁着光芒。

"那么我想请问,那个人变成什么样了呢?"

"在他即将跌下深渊之时,我帮了他一把。一般的人肯定不行,但那个人是个天生的骗子,所以才有办法补救。"

"为什么骗子就有办法补救呢?"

"真正的骗子,在面对自己的时候也能说谎。即便几乎已经想起了所有事情,也能装作不知道。"

天眼院净明没能悬崖勒马,觉醒了。

茶畑内心深处发出了警告，不要继续深入了。

如果不想也落得这个下场。

但茶畑很清楚，自己是不会听从警告劝诫的。

自己肯定会追究到底，最后不小心窥探到深渊吧。

即便最后会走上与眼前的天眼院净明相同的命运。

# 第九章

满眼都是绿色，压抑得人喘不过气，从头顶照射下来的阳光灼烧着脖颈。背着与体重相近的背囊，不停地走啊走，并坚信这场苦修早晚会结束。

但行军一直持续了许多许多天，大家都开始觉得，永远都不会有走到头的那天了。在行进的过程中还得小心偶尔会从树上掉落的山蛭。其实腰腿还撑得住，主要是猪皮的军靴稍微被水泡一下就不行了，就算想办法把它绑在脚上继续走，早晚也还是会彻底散架。最后只好光着脚走路，结果不小心踩在了尖锐的小石子上，脚掌受伤了。受伤后就一直落在队尾，走着走着就与前面战友的距离越拉越大，渐渐地再也看不到任何人的身影，也听不到任何声音了。

要彻底放弃、停下脚步，是需要一段时间的。最后，终于接受了掉队的现实。根本没希望追上队伍，碰巧有友军路过然后被收留的可能性也几近于零。

也就是说，只能在这里活下去，即便那只是等待死亡降临前的一段痛苦且毫无意义的时间。

在阳光无情的照射下，一天中的大部分时间意识都被强烈的饥饿感支配的严苛日子，就这样开始了。

已经在啃食一切能吃的东西，现在能像吃蕨菜一样吃下羊齿植物的嫩芽了。而在湿地地带找到两棵西谷椰子树的时候，才松了一口气，总算能活下去了。树有一抱那么粗，高度大约二三十米，到了开花期，就能从树干上收获淀粉。

但是操作起来并不简单，要先用刀把树干上的皮剥下来，抽出木髓，撕成细条，然后通过在水中不停地揉搓，让白色的淀粉沉淀。在习惯之前，这将是一项相当辛苦的重体力劳动，胳膊疲累、手指僵硬、指甲劈裂。刚开始还担心最后的收获会与付出的辛劳不成正比，但在埋头苦干期间渐渐熟练起来，最多的时候一天甚至收集了一升西谷椰子树淀粉。

无休止的饥饿刺激着胃部，真想把身上所有粮食都吃掉，但一定要忍住，留到万不得已的时候再吃。要是没有那些粮食，休想扛过之后的饥饿地狱。西谷椰子树淀粉一点也不好吃，带有一股独特的异味，部队里有很多人无论多饿都还是接受不了它的味道。而生来健壮的自己什么都吃，这种体质也是能否在这里生存下去的重要因素。

之后又找到了芋头。但和人头差不多大小的大芋头太涩了，根本不能吃，一般可以吃的是成串的小芋头。遗憾的是，拼命挖出来的根上并没有长小芋头，只好将大芋头切碎，在水里多煮一会儿，烤过之后，闭着眼睛吞下去。

要是有香蕉或者木瓜就好了，但想必也不可能有那么好的事。不过后来找到一棵椰子树，当时简直是欣喜若狂。椰子的果实不仅可以解渴，更是宝贵的粮食，果肉中的脂肪含量丰富，吃两三个就能补充一天所需的热量。但是没有盐，吃起来味道还是不怎么样，身上带的盐是开始行军前用大铁桶熬干海水得来的，无论多么努力节约，依然在一点一点减少。今后缺盐将会成为大问题。

只吃淀粉身体会受不了，在森林里遇到的小动物也都抓来吃了。田鼠和蛇是大餐，可以用树枝串起来烤着吃，蛇也可以生吃，或许会有寄生虫，但已经管不了那么多了。没有盐差了些味道，不过可以靠吸吮蛇的鲜血来弥补。顺带一提，田鼠和蛇似乎具备野生动物的直觉，会察觉到自己被盯上，然后转眼间就消失得无影无踪。

最后昆虫和蚯蚓成了主食。以前在村里吃过蜂蛹和扎扎虫㉓，所以没有什么抵触心理。经常有外县的人会问扎扎虫是什么虫，不知道该怎么回答。就是用网子把哗啦哗啦流淌的溪水中的虫子一股脑儿都捞上来，做成佃煮或者直接炸着吃。大部分应该是石蝇的幼虫，偶尔也会混进去几只水蛭。

不过能在这里捉到的虫子稍稍有些不同。

幼虫大多很美味，在西谷椰子里发现的甲虫幼虫，味道和蜂蛹不相上下，黏糊糊的，香味醇厚。

它的成虫是浑身泛着青绿色的锹形虫，上颚诡异地翘起，一般没人会认为这东西能吃，但眼下这个情况，所有生物都是美味佳肴。拔下它的六条腿、坚硬的鞘翅和膜状的后翅，捏着上颚咔吧咔吧地嚼着吃，没想到别有风味。自那之后，每次发现这种虫子都会抓住吃掉。

还有南国的蝴蝶，有的泛着青色的金属光泽，有的个头很大，会误以为是鸟，它们柔软的身体相较之下更接近幼虫的味道。

相反，那些看起来似乎很美味的蝗虫类几乎无法下咽。

有一种和中华剑角蝗长得很像，费了好大的力气才抓到，味道实在是太苦了，苦得人直撇嘴，再也不想吃那玩意儿了。

还有一种和蚂蚱长得几乎一模一样，在内陆的时候，曾经还把它们穿成串烤着吃，或者做成佃煮，但这里的太苦了，还很涩。

除此之外，还吃过一种长着粉红色的眼睛、类似蟋蟀的虫子，吃下去嘴会发麻，就算死也不想回忆起那个味道了。

蚯蚓很容易找到，随便在土里一挖就有。而且与在日本见到的不

---

㉓ ザザ虫。ザザ也用来形容哗啦哗啦的流水声。

同，又长又肥，吃了它应该会很有饱腹感。把努力挖出来的蚯蚓收集到一起，加少量的水放在锅里煮，煮完之后会缩小大约一半，但也足够吃了。味道奇特，略带咸味，口感类似贝类或牛下水。因为有段时间没吃东西了，所以吃得很谨慎，以免因为消化不良吐出来，不过最后还是吃了个精光。

吃完之后不久，一阵猛烈的恶寒袭来，以为是疟疾复发了，但没有发烧的症状，只是一味地觉得冷。

南国的太阳很毒，几乎要把皮肤烤焦了。在这样的阳光照射之下，身体却只能缩成一团不住地发抖，看来蚯蚓有让身体降温的副作用。说起来，好像听说过有退热功效的中药古方里，就会用到干蚯蚓。

自那之后，不管再怎么饿，都会谨记绝不能一次性吃大量的蚯蚓。

眼下依然在热带雨林中脚步蹒跚地寻找着食物。军靴散架后，在保存下来的鞋底上钻几个孔做成了草鞋，脚趾和脚面上布满了伤痕，都是锋利的叶片边缘和尖锐的石头造成的。这里不仅热，湿气也很重，汗水止不住地流。汗水流入口中居然没有咸味，恐怕身体已经出现慢性盐摄入不足的症状了吧。或许就是这个原因，现在很容易疲劳，视线也模糊不清。

在这么虚弱的状态下，要是遇到猛兽的袭击，大概瞬间就会葬送性命。幸运的是这里没有豺狼虎豹，唯一需要小心的就是毒蛇。要一边用长树枝试探脚下的草丛，一边谨慎前进。这个地方的毒蛇非常可怕，蝮蛇和中华眼镜蛇都不能与之相提并论。不但含有剧毒，有的还性情凶残，会咬上好几口，一旦被咬就必须立即注射血清，否则就没救了。

就在这时，背后的草丛沙沙作响。

茶畑惊得跳了起来，全身都是虚汗，心脏怦怦地跳个不停。

刚刚那个梦是怎么回事？

茶畑就这么在万年不叠的被褥上坐着，等待内心平静下来。为了能随时逃跑，他始终穿着衣服。装着贵重物品的手提包就放在旁边。

实在是太逼真了，绝不是普通的梦。不单单是影像清晰，还包含嗅觉、味觉、触觉，与之前梦到过的夺水之夜的梦有共通之处。尤其是芋头那强烈的涩味和昆虫的味道，真实到让人打冷战。

这次茶畑终于确信了。

那是前世的记忆。

如果是普通的今生的记忆，不可能像小说或是电影里描写的那样，会按照时间顺序再次看到曾经经历过的事。既然已经知道结论，肯定会省略或歪曲过程。

前世的记忆则截然不同，就好像在看电影一样，会按照顺序体验同样的经历。

茶畑站在厨房，打开冰箱，随手往外拿出食材放在水池旁。然后往锅里放水，点火。

低头看到杂乱摆放的食材，他张着嘴愣住了。冷饭、乌冬面、鸡蛋、葱、叉烧、明太子、火腿、黄油、茅屋奶酪、酸奶……

我要用这些做什么啊？而且肚子根本不饿，因为在午睡前刚吃了冷冻炒饭和饺子。

关火，把食材统统放回冰箱，他这才发现，驱使自己做出这一系列举动的，是刚刚在前世的梦中经历过的饥饿感。

接着，茶畑开始将能想起来的梦的内容写在便签纸上，他知道自己该做什么了，必须确认这是否真的是前世的记忆。

"是太平洋战争期间的南方作战行动。"

大约一个小时后，茶畑接到了毯子打来的电话。

"根据内容判断，应该是瓜达尔卡纳尔岛等所在的所罗门群岛，或是新几内亚岛一带。"

果然如此。根据网上查到的结果，自己也感觉基本指向那一带。

"是怎么查到的？"

"我问了图书馆的管理员。我跟对方说，是以前看过的小说里的章节，不需要知道小说的名字，只想知道故事发生的背景是什么时候。然后对方就介绍了一位对战争题材比较了解、上了年纪的管理员给我。"

一般来说，做侦探工作的人不会想到去图书馆。不过在接了正木先生的委托后，感觉调查手法比以前更加宽泛了。

"能进一步缩小范围吗？"

"对方说会再想想。"

发挥了 Silver Killer 的本领吗。

"这样啊，明白了，那就等你再联络。"

"可是……如果这也是正木先生的梦，未免有些奇怪。"毯子的声音中掺杂着不可忽视的疑惑。

"哪里奇怪？"

"我不知道正木先生是哪年生人，但应该是第二次世界大战结束，也就是昭和二十年之前吧？梦里出现的士兵在参与南方作战时，正木先生就已经出生了。"

糟糕，不应该说这是正木先生的梦。不过茶畑突然想起，之前也有过类似的对话。

"说起来……他最初想起的那两个前世也存在同样的问题。"

"是的。在正木先生的两个前世，逆井川水源之争和山崎合战中，两个主人公在世的时间有重叠。"毯子先是有些欲言又止，接着继续说，"这样真的很奇怪。"

"还有什么除了前世以外的假说吗？"

"没有，而且我觉得以'前世存在'为前提的这件事本身就很奇怪。"毯子用挖苦的口气说道。

"什么才是合理的是个难题。我们只能暂时先从最有说服力的工作假设出发。"

"先不说合理不合理的问题，要怎么样才能有说服力呢？"

"就是它的字面意思，具体有没有说服力，要看能说服委托人相信多少。"

毯子笑了："在和所长讨论要不要接受正木先生委托的时候，我们的立场似乎与现在完全相反。当然，只要委托人接受，就没问题。但该如何解释前世发生重叠的现象呢？"

"关于这一点，我已经在想了，总之，先继续调查刚刚那个梦的根据吧。"

说罢，茶畑挂断了电话。

能够想到的就只有心灵感应这个假说，可如今也渐渐站不住脚了。

天眼院净明的精神明显出了问题，是不是装病一眼就能看出来。而且，他不可能为了骗茶畑一个人，就大费周章地跑去疗养院演那么一场戏。

天眼院净明觉醒了，现在几乎已经可以确信。因为他想起了不该想起的东西，窥探了不该窥探的宇宙深渊。

茶畑突然意识到，自己不正在走天眼院净明的老路吗？过于深入地调查正木先生的前世，与天眼院净明和贺茂礼子这两个危险人物有了交集，自己或许正在慢慢接近觉醒状态。

之前回想起与正木先生共同的前世，也许就是觉醒的表现。而现在，又梦到了只属于自己的前世，那是不是说，自己正在接近更加严重的事态？

冒着风险来到涉谷的公寓，之前在门槛位置留下的两条用黏合剂拉出来的丝并没有断。也就是说，在那之后北川辽太一次也没有回来过。

上次进入 401 室——辽太的房间时，茶畑发现蓝光录放机设置了录制动漫节目的预约。只要其他人没有钥匙，就证明辽太失踪后至少回过一次自己的房子。

后来或许是出于某种理由，他认为接近这处房子很危险，所以就再也没回来过，有可能是从涉谷混黑社会的朋友口中得知了丹野虐杀洛斯·艾克赛斯干部的事。都已经走到这步了，找到辽太的线索就这么断了吗？

可怎么想都不对劲。茶畑用上次找到的备用钥匙进入房间。

先闻了闻空气中的气味，飘着一股长时间没有换气的房间特有的霉味，然后对比上次用手机拍下的视频，检查房间里有没有细微的变化。

果然，自那之后没人进来过。

看了蓝光录放机的说明书，茶畑才发现这其中有个重大的误会。

要是从电视节目表预约录制，确实最多只能提前八天，但如果直接指定日期和时间，可以提前一个月就设置好需要录制的节目。

也就是说，现在无法推测，也没有根据证明辽太曾经回过这处住房。

再次仔细调查了房间中的情况。

最显眼的果然还是那个占了一整面墙的玻璃窗展示柜。大量的手办井井有条地陈列在里面，可以看出辽太很爱护它们，其中或许有相当值钱的。

等一下。辽太如果是主动逃跑,肯定会带上藏品中最贵重的那个一起吧?

茶畑打开展示柜的玻璃窗,取出手办。假设有珍品,应该会放在碎石的附近,不过哪里都没有某个手办被拿走后留下的空隙。

眼神突然停留在放手办的黑色底座上。

茶畑粗鲁地推开手办,拿起底座。背面的凹陷处有一个用透明胶带粘住的塑料小包。打开小包,茶畑不由得闭上双眼——是扎着银行封条的一百万日元和护照。

这下,辽太是有计划的失踪的可能性几乎是不存在了。事态紧急到都顾不得回这里一趟就逃跑了吗?还是说……

无论如何,继续留在这里已经毫无意义了。茶畑一路观察着途中有没有被跟踪,回到了上板桥的公寓。

或许要在这里蛰伏很长一段时间了。茶畑边喝着路上在自动贩卖机买的咖啡,边如此想到。

其实这次出门并没有期待会有什么惊人的进展,或许只是不想面对前世记忆这种莫名其妙的东西,想把注意力放在稍微现实点的事情上。

没办法了,只能彻底当个安乐椅侦探了。

茶畑一直坚信,调查成果是用腿跑出来的,现实中根本不存在坐在那里就能把案子解决的情况。

他把关于前世记忆的笔记又仔细看了一遍。

时间是太平洋战争末期,舞台是南方作战行动路线的某处,这些应该是没错的。我是个掉队的日本兵,陷入极度饥饿的状态……该如何辨别这个梦是否在现实中发生过呢?

必须先调查一下与史实是否存在细节上的矛盾。只要有一处不符,就很有可能是某个人捏造出来的。如果是有人让自己梦到这些内容，或许就是受到了心灵感应的影响。总而言之，要想做出判断，需要确定事情发生的地点，搞不好还需要具体圈定到某个人物。

看了看毯子从图书馆借到的资料，地点是新几内亚岛或瓜达尔卡纳尔岛，抑或是更小的岛屿。

茶畑有百分之八十可以确定，就是在新几内亚岛。

最主要的根据就是梦里出现的锹形虫，现在还记得吃下它时的那种鲜明的感受。那虫子全身泛着青绿色的金属光泽，上颚诡异地翘起，除了味道和感受外，影像记忆也很清晰。

看了介绍南洋昆虫的图鉴，茶畑惊讶地发现，这就是他吃的那个玩意儿——印尼金锹。

图鉴上介绍，这种昆虫身长二到六厘米，雌雄都泛着金属光泽，雄虫一般有黄绿、青绿、古铜三种颜色，偶尔会出现黑色或其他变异色。而雌的有绿、青、金、赤、紫等更多体色，光泽也要强于雄虫。雄虫的上颚翘起，内缘有锯齿状内齿……

就是这个。

问题是印尼金锹分布的地点。它的名字取自巴布亚新几内亚，栖息在新几内亚本岛，但据说新不列颠岛上也有。同时，尚未证实瓜达尔卡纳尔岛、新乔治亚群岛和布干维尔岛上没有这种昆虫。因此，还不能断定就是在新几内亚岛。

茶畑躺在榻榻米上想事情，没多会儿就开始犯困。

迷迷糊糊间做了一个梦。

又是那个世界……南方作战行动的梦。就像在看电视连续剧，故事接着上次结束的地方展开。

受到惊吓回过头，一块脏兮兮、破烂不堪的黄褐色布料像特写镜头一样进入视野，是和自己一样的日本兵军服。

某个坚硬的东西擦过脸颊。所幸在危急时刻一屁股跌倒在地，而对方继续发动攻击。这次又摔倒在泥里，总算是躲了过去。

被抓到就会死。

回想起了和队伍走散之前，上级下达的命令。士兵决不能独自一人走在路上。

不是害怕敌袭，而是接连发生士兵被饥饿的友军杀害吃掉的事件。在极限状态下，道理和常识都是空谈，一切都失常了。所谓的惩罚，就是连长在约束士兵生活的《连队会报》上，下达的"会严惩吃人肉的人，但吃敌军士兵的不算"这则玩笑般的指示。不过，要是真的捕杀到胖得像球一样的美国或澳大利亚士兵，没有哪个士兵会犹豫。而实际上几乎不会有这样的好运降临，一般都是把死掉的战友埋浅一点，之后再挖出来吃掉。

踉跄着拼命逃的同时，脑子里想着这些。体力快到极限了，腿部的肌肉基本上已经萎缩，只剩下皮和骨头，再加上慢性盐摄入不足，一点力气都没有，只是走了几步，就感觉膝盖要脱臼了。

本以为拖着如此狼狈的身体，很快就会被追上，结果对方也和自己差不多，东倒西歪地追在后面。回头瞥了一眼，看到了对方的脸，头发和胡子很长时间没有修剪过，乌漆墨黑的脸上只能看到闪闪发光的眼睛。看起来已经不是人了，而是恶鬼罗刹。有个像柴刀一样的东西慢悠悠地左右摇摆，刚刚擦过自己脸颊的应该就是那个东西。就算对方的手臂没多大力气，被刺中一下也是会丧命的。想到此，更是一门心思往前跑，谁想死在这个远离故乡的鬼地方！怀着这个念头，一直不停地逃。一次就好，想吃娘做的"烤菜包子"，在那之前还不想死。

在草地上跑无法甩掉对方，虽然不想被划伤，但还是跳进了草丛中。

心中祈祷着对方快点放弃，但对方很执着。他大概是觉得，已经耗费了这么多体力，再让猎物逃掉，就活不下去了。

速度没有多快，视野内的绿色却像飞驰一般向后流动着。要是前面有悬崖，恐怕会连停下的机会都没有就直接掉下去吧。

穿过茂密的草木，来到了一片开阔的场所。眼前站着一头像在仰望的怪物。

一刹那，差点瘫软在地。那怪物长得简直就像头上生了一根角的地狱狱卒牛头马面。那一瞬间还真以为自己误入了地狱。

然后才发现，那只头上有巨大的冠、仿佛涂满青红颜料的火鸡一样的怪鸟，是食火鸡。

是食物，必须在它逃跑之前抓住它……

这个天真的想法只在脑中一闪而过。食火鸡不仅不逃，还猛地袭来。像在宣告着：你才是猎物。

它的体重大概有自己的一倍吧，最可怕的是它那像匕首一样的钩爪。拼命想要后退，腿却不听使唤，眼看就要跌倒在地。

完蛋了，我就要死在这里了吗？与其被这怪鸟踢死，还不如被刚才那个士兵吃掉呢。

就在彻底死心的瞬间，食火鸡发出了高亢的鸣叫声。

惊讶地抬眼观瞧，食火鸡的两条腿不听使唤，左摇右摆，感觉随时都会摔倒。脖子的位置往外喷着血，原来它受了致命伤。

站在它面前的是刚刚那个士兵。他从草丛里跳出来，用奇迹般的麻利手法挥动了手中的柴刀。

食火鸡就那样倒下了。士兵看过来，藏在胡子后面的嘴笑了，笑容和蔼可亲，就好像刚刚的事情没发生过一样。

茶畑猛地睁开眼睛。

不可能。这到底是怎么回事？莫非自己已经超出安乐椅侦探的领域，成了只要睡个午觉线索就会自动在梦中出现的瞌睡侦探了吗？

不对，现在没时间考虑那些有的没的了，必须在刚刚梦到的内容从记忆里蒸发前，详细记录下来。

茶畑专心致志地奋笔疾书了一会儿，把写在报告纸上的内容重新读了一遍后，与资料对照着开始分析。

首先可以确定的是，那个日本兵来自信州。

上次梦里出现了"扎扎虫"，这次是"烤菜包子"，这些都是有名的信州当地菜。

根据图鉴上的说明，食火鸡分布在印度尼西亚、新几内亚和澳大利亚的热带雨林中，士兵当年所在的应该就是新几内亚本岛。

不过验证也到此为止了。

太平洋战争末期，一个日本兵遭到另外一个日本兵袭击，面临或是饿死或是吃人肉的艰难抉择。遭到袭击的士兵一路逃跑，遇到了凶暴的食火鸡，就在要被踢死的千钧一发之际，从后面追上来的士兵干掉了食火鸡。

虽然不知道后续如何，不过大概可以猜得到，两个人分享了食火鸡。只要有了吃的，就没必要互相残杀了，袭击人的士兵最后露出的笑容，也预示着将会是一个大团圆结局。

问题是那样又如何？

只有这些信息根本无法判断是不是史实，只能说是一个发生在陷入饥饿地狱的南方作战行动中——抑或是没发生也不奇怪的故事。

茶畑又重新看了一遍资料，希望能发现之前漏掉的东西。

结果越看越生气。遭到强行征兵、被送上地狱战场的士兵们坚信自己是为了国家而投身军队，指挥战争的大本营和参谋们却令人难以置信地既无能、又无为、更无策，很明显就是把士兵们当作消耗品，让他们去白白送死。

归根结底，到底是为什么要从日本派十五万士兵千里迢迢去新几内亚，而其中的十二万八千人又为什么非得死在那里啊！

事情的原委，是日本海军为了压制美国太平洋舰队，在连接菲律宾与珍珠港的线上战略要冲丘克群岛（现在的特鲁克群岛）建立了据点。为了保护特鲁克群岛，攻占了新不列颠岛的拉包尔，之后又为了死守拉包尔，不得不进攻美国航空部队控制下的新几内亚本岛的莫尔兹比港。

然而，大本营对兵站的概念缺乏认知，导致众多士兵在开战前便死于疟疾和饥饿。战况进一步恶化，美军为了攻击日本本土开始北上，结果拉包尔和新几内亚本岛都没能守住，士兵们就这样被置之不理，陷入了超乎想象的饥饿当中，一直到停战为止。

当年，士兵之间流传着这样的唱词："爪哇是天堂，缅甸是地狱，活着回不去的新几内亚。"

要说当时士兵们接到的命令有多么荒唐和残酷，在进攻美军空军基地所在的莫尔兹比港的计划中也有所体现。命令的内容是：每个人背着五十公斤的背囊，在没有正规地图的情况下，先是在没有路的热带雨林中行军三百五十公里，再翻过最高海拔达四千米的欧文·斯坦利岭，之后歼灭敌人。是从一开始就没有希望完成的任务。

还命令士兵们在热带雨林中开拓出一条跑道，却不提供粮食和盐的补给，导致在与敌人交战前就有两千多名士兵死于饥饿与疟疾。之后听闻美军登陆艾塔佩港，又下令没有粮食也没有弹药的士兵们发动总攻，让他们在泥泞的热带雨林中行军五百公里后冲锋。

等待他们的是火力上的绝对劣势，日本士兵的尸体堆积成山，急忙命令撤退后又遭到追击，士兵们横尸遍野，点缀成一条"白骨街道"……

真是越看越憋闷，但恍惚之间似乎有了点头绪。也许是自己前世的那个士兵在前往莫尔兹比港或艾塔佩港的行军路上掉队，为了活下去吃了不少苦吧。袭击自己的那个士兵或许也是同样的遭遇。

主视角人物是长野县人，参加过新几内亚岛上的战争，可以断定是隶属于哪支队伍。

应该就是安达二十三中将率领的第十八军"猛"所属的第四十一师团第二三九步兵联队。该联队的成员都来自栃木和长野，于宇都宫编成。

那么，只要能找到第二三九联队的幸存者，说不定还能打听到名字呢。


小小篝火上的食火鸡的肉，不仅布满硬邦邦的肌肉纤维，还因为没放血有一股腥臊味。

却让我产生了有生以来从未吃过如此美味的感觉。仿佛每咬一口，体内的力量就会恢复一分。除了肉，还有食火鸡血液中所含的盐分，眨眼间游走全身，险些就要油尽灯枯的生命之火再次跳动起来。

很长一段时间，二人之间都没有对话，忘我地吃着手中的食物。

我忽然抬起眼皮，看着坐在篝火对面的男人。晒黑加上污垢，黢黑的脸上长满胡须，完全想象不出他原本的长相。他本就身材矮小，现在更是瘦得可怜，眼窝深陷、面颊消瘦、胳膊如枯木。之前从他身上感受到的恐惧，哪怕只有一瞬间，眼下也觉得是那么不真实。不过在对方看来，自己也差不多吧。

男人用低沉的声音说了些什么，自己也回答了些什么。

因为注意力依然集中在食物上，具体说了什么并没有听进去。只听见男人说自己名叫小川某某，是一等兵。我也报上自己的名字和军衔，百濑、二等兵，好像还说了所属部队。

茶畑在睡梦中深深叹了口气，扭动身体。随着列车有规则的晃动，被拉入越来越真实的梦乡，正在觉醒的意识想方设法记住梦中的内容。

我们之间迎来了短暂的和平。战争的焦点早已不复存在，也没有短兵相接时的那种戒备心理。这座岛上原本就没有多少野生动物，最需要警戒的就是和自己同样是日本兵的男人，但只要食物充足，就没什么可担心的。

问题是，这种状态不可能一直维持下去。食物早晚会吃光。所以很明显，现在属于异常状况，饥饿地狱与自相残杀才是这里的常态。

食火鸡的尸体泡在水塘里就能排出表面的酸臭味，在水中也不易腐坏，只要把表面烤熟就能吃。方法是小川提出来的，不知道他是在哪里学到的这方面的知识。

每天只在白天吃一餐，燃起一个不会引人注目的小火堆，之所以这样做，不是怕被美军发现，而是担心附近还有其他日本兵。

即便如此，体型巨大的食火鸡身上能吃的部分也在一天天减少。

前路渐渐被乌云笼罩，当食物见底的时候，这里将会变成残酷的战场，描绘出一幅把对方看作猎物的地狱绘图，目的自然不会是为了争夺那所剩无几的食物。

当食火鸡真的快要吃光的时候，双方的眼神都变了，我预感战争即将爆发。而对方突如其来的攻击让我意识到,连这个预测都过于天真了。

当时我正在啃食火鸡的骨头,突然胸口感觉到一阵剧痛。小川用树枝或者其他什么东西从篝火对面发动了攻击。我抬起眼皮,扎在自己胸口上的是一柄漆黑的"牛蒡剑"——99 式短步枪上的 30 式刺刀。

刺刀并没有贯穿胸口,其中一个原因是小川的突刺没有那么大的威力,更主要的原因,是刺刀刚巧扎在了黄铜制的身份识别牌上,挡住了刀尖。衣服上从右肩到左肋位置有两个洞,身份识别牌一直被我用绳子穿过这两个洞挂在身上,就是它正好护住了心脏。

我急忙站起身准备逃跑,在这个危急关头,我依然没有丢掉左手中那宝贵的食火鸡骨头。

小川在第一击失败后,丝毫没有表现出惊慌。

他举着刀慢慢向我逼近,乌黑的脸上唯有那双眼睛闪闪发光。

如果转身逃跑,在后背对着他的瞬间就会被刺中吧。我右手拿着柴刀,死死盯着他,一步步后退。这样下去很可能会两败俱伤,只能期待对方也有同样的想法,然后放弃。

但对方早就失去了正常的判断力。笔直地朝着我的脸刺出了手上的刺刀。我没能迅速躲开,刺刀刺中了眉心。但与此同时,我挥下的柴刀也深深劈中了小川的头部。

小川的头像在表演水艺[24],他向前倒下。而我也像修整过的木料,笔直地向后仰倒。

在意识彻底消失前,我感受到了奇妙的平静。

左手还紧紧攥着食火鸡的骨头……

---

[24]一种使用水的戏法,艺人表演时会让水柱从指尖、刀尖、扇子等物中喷出来,也被称为"水魔术""水戏法""水曲",二战前曾风靡日本。

茶畑的身体像夜惊症发作似的从座位上弹起。

偷偷环视四周，北陆新干线"浅间号"中空荡荡的。过道对面的座位上，倒是有个对着电脑正在录入着什么的西服男，不过对方并没发觉这边的情况。

终于，连打个盹儿都会想起前世的记忆了吗？

虽然不知道原因，但心境或许已经发生了变化。意识与无意识之间那道阻隔保管前世记忆的墙，明显越来越薄了。

天眼院净明也是在经历了这个阶段后，精神才慢慢变得不正常的吧。

若是不想步那个男人的后尘，就只能在彻底精神失常之前解决前世之谜。

搞不好，探究前世这种行为本身就是在加速自我毁灭。

茶畑将脑中闪过的这个想法塞进了意识的底层。

居住在长野市内的老人船山胜利，除了大大的耳朵上戴着的助听器外，看起来很健康。已经九十岁高龄的他，头脑依然清醒，在理解了茶畑提出的问题后，口齿清晰地大声作答。

"新几内亚战线就是地狱。死于轰炸的人不在少数，但更多的是死于疾病、饥饿和寒冷。"

"那里冷吗？"茶畑有一瞬间还以为自己听错了，记录的手都停了下来。

"热带雨林极度闷热的环境的确会消耗体力，但那座岛上还耸立着比富士山还要高的山峰。我们接到上级无谋的命令，在没有相应装备和食物的情况下，跨越了那座冰冻的雪山。当时为了取暖，只好烧掉了刻有菊花纹章的步枪枪托，这可是犯了不敬之罪，如果被发现，是要掉脑袋的。"

船山老人的话语中没有什么新奇的内容，但从亲身经历过那些事的人口中说出来，异常生动。仿佛一连串在梦中见到的内容和感受串联了起来。

茶畑决定将梦中见到的光景和故事说出来。他并没有期待能找到什么根据，而是想着或许会有什么反证。在这层意义上，船山老人的反应在预料之内。

"这么荒唐的故事，你是从哪里听来的？"老人皱着完全变白的眉毛，用锐利的眼神盯着茶畑。

"这个，我也不是很清楚，的确有这样的传说，但具体是怎么传下来的，就不知道了。说出来只是想着要是您能帮忙确认一下这个传说的真实性，就再好不过了。"

编瞎话是茶畑的拿手好戏，但这次要编出合乎情理的故事可是难倒他了，所以只好装作什么都不知道。

"可是，你为什么要调查这种不靠谱的传说呢？"

真是尖锐的问题啊！茶畑有点打退堂鼓。

"是有个人听说了这件事后非常在意。他的哥哥在南方去世了，或许……不，虽然清楚可能性很低，但还是想知道究竟会不会发生这样的事。"

这个回答实在有些勉强，不过，船山老人还是点了点头。

"在那座岛上，这种事时有发生。"

"刚刚您说那里是地狱……但在这个故事中，您有没有发现什么疑点或矛盾呢？小的细节也可以。"

船山老人摇了摇头，说："没有。"

"可是您刚刚也说了，这个故事很荒唐，对吧？是不是哪里有问题?"

船山老人露出微笑:"故事里只有两个人登场,百濑和小川这两名士兵。最后他们都死了,那这个故事究竟是谁传下来的呢?"

这话问得茶畑哑口无言。

"的确,那个叫小川的人应该没有活下来,也不会有第三个人在暗处看着这一切。我明白了,非常感谢您今天能在百忙之中抽出时间,说了这么多宝贵的话。"

千里迢迢来到长野,看来是白跑一趟啊!茶畑准备结束对话,恢复正坐的姿势低下头,可不知为何,船山老人却表情复杂地抱起了胳膊。

"荒唐是荒唐,但在现实中似乎真的发生过类似的事。知道那件事的人不多,而且我也不希望是有人恶意传出去的……"

"请问这是怎么回事?"

茶畑又重新坐好。

"之前……说起来已经是好几年前的事了,有个人曾经去新几内亚收集过遗骨。"

船山老人低下头,喝了口已经变冷的茶。茶畑没有追问,等待着后续。

"那人给我看了遗骨和遗物。大部分已腐朽了,头盖骨完整的也很少。其中有一副被清洗干净的骸骨,头骨被柴刀劈开了。还有眉心处有洞的。"

茶畑身体前倾。

"如果是子弹造成的洞,不会那么小。洞的形状是纵向、下面尖尖的,应该是刺刀造成的伤痕。"

"这一点的确符合故事中的内容。"

一个人的头被柴刀劈开,另外一个被刺刀刺中眉心……如果是巧合，未免也太巧了。

"而且，"船山老人把茶碗放在矮桌上，盯着茶畑的眼睛，"陆军的身份识别牌就掉在旁边，上面也有猜测是被刺刀刺过的痕迹。"

茶畑的内心受到强烈的冲击，这已经不是偶然了。

"请等一下，既然有身份识别牌，应该能知道那个人的名字吧？"

船山老人摇了摇头："日本军的身份识别牌很简陋，无法识别个人信息，欧美那边倒是会把名字和其他情报刻在身份识别牌上。日本军队的充其量只有部队的名字。参照部队名册的话，还能查清具体发给谁的是多少号，名簿要是烧掉了，就无能为力了。"

那就只能调查当时去过新几内亚的所有士兵的信息才行了。就算知道百濑和小川这两个姓氏，也很难确认其身份，就算真的查到了，也算不上是什么大的收获。

船山老人的话，让那个梦是前世记忆的可能性得到了飞跃性的提升。根据年代判断，应该是不久前的前世。

我在那里和别人互相残杀，最后两败俱伤。这个悲惨的事实肯定会对今生造成影响。

# 第十章

在回程的新干线上，茶畑始终被混沌的梦魇缠身。

无法判断那些是前世记忆的碎片还是因为回想起前世而触发的现世的心理阴影。

在其中一个梦境中，茶畑梦到自己穿着防寒服，在冰面上挥舞着锋利的小刀。眼前横躺着某头巨大动物的尸体，自己正用小刀切开它的毛皮和肥厚的脂肪层，取出里面的内脏。连日来的饥饿激发了他的斗志。想着，这下应该能活下去了吧。

但结局并不美好。由于不明原因，自己病死了。不知道是不是吃下了生的内脏导致的。

下一个故事是在黑暗的洞穴中等待救援。身边有很多伙伴，大家都坚信既然还活着就不会被抛弃，直到最后都没有失去希望，相互鼓励对方。

可迎来的依然是一个悲惨的结局。不知从哪里传来地鸣的隆隆声，就像在母亲的子宫中曾经听到过的血液流动的声音。与逆井川的流水声也有些相似，但要猛烈得多。

等猜到那是什么声音的时候，为时已晚，水已经没到了胸口。

远处升起黄色的烟。

啊啊，完蛋了，再不想办法……

突然，亚未出现了。晒黑的脸庞，海豚发夹梳起的马尾，印有潜水用品商店 LOGO 的训练服和幼儿园的围裙。

亚未朝着这边笑了。

好似白色棉花的东西在周边飘舞。

抬头仰望天空,白色的云彩在阳光的照射下闪闪发光。

是恐惧。

巨大的猛兽在围墙的另一边慢慢抬起头来,而且越来越大。漆黑的前腿已经跨过围墙,伴随着剧烈的声响,红黑两种颜色的球落下,混乱的线团和木质的框架,仿佛是被破坏的房子的残骸。

接着眼前一黑。

不知从哪里传来童谣似的曲调,奇异的音色像来自异次元。

这首曲子茶畑非常熟悉,意识从噩梦的底层瞬间回到了表层。

是"抛呀,抛呀,抛手球"的旋律。手机响了。

没看到身边有其他乘客,但还是觉得有人朝自己翻了翻白眼。茶畑接起电话,小声问:"喂?什么事?"

"所长,您现在在哪儿?"毯子的声音里明显有责备的意思。

"在新干线上,这就回去。"

"新干线?您去哪儿了?"

"长野。具体的回头再说。"茶畑嘴上这么说着,脑子里苦恼着之后该怎么说明,"找我有什么急事吗?"

毯子沉默了一会儿:"说出来您可能会觉得奇怪。"

语气很沉重,和平时完全不一样,茶畑放弃调侃:"什么事?"

"我也看到了。"

"看到什么了?"其实茶畑已经隐约猜到了,但还是问出了反应迟钝的男人才会问的问题。

"梦,大概,不是普通的梦,和普通的梦完全不一样。"

毯子接下来的话让茶畑心里发毛。

"这只是我的猜测，我好像也想起前世的记忆了。"

茶畑感觉脑子要乱了。

"之前你也说过类似的话吧？"

"那个时候还不确定。"

茶畑想起上次也是在电话里说的。

毯子说，梦到自己拿着镰刀逼近某人的画面。而茶畑也梦到了同样的画面，只是视角完全相反，当即便意识到那就是发生在天正年间的逆井川水源之争事件的其中一个片段。

"当时向您报告的时候，我根据梦到的内容，断定杀害清吉的犯人就是藤兵卫。但后来我又重新思考了一下，只凭梦到的零星碎片就相信前世的存在未免有点武断了……正木先生的梦对周遭人的影响很强烈，我认为，那个梦应该是我的潜意识受到正木先生梦境强烈印象的影响后拼凑出来的故事。"毯子一口气说完这些，停了下来。

"那这次为什么又觉得梦到的是如假包换的前世记忆了？"

"是的，您愿意听我说吗？"没等茶畑回答，毯子便开始讲述，"在梦里，我是小学生。具体所处的地点不明，不过应该是关西近郊，因为我和朋友的发音都是关西腔。住的地方位于一片广阔的整改地，建有很多公寓。朋友也大多住在那里。"

茶畑取出笔记本，记录下"关西""公寓""开发区？"几个关键词。

"还记得地名吗？"

"不记得了。背景是昭和时代，不过与我的少女时代相比，都有些微妙的复古感。"

"那是肯定的吧，要是同一时期反而奇怪。"

说完，茶畑突然想起，正木先生的两个前世就有重叠的地方，实际就是很奇怪。

"还有……对了,小学的操场上有一棵大樟树,还有百叶箱,饲养着鸡和兔子。学校有后山,山顶上有池塘。"

"你记得还挺清楚。"

茶畑觉得不可思议。

"梦很长,家附近的景色和学校都看到了。有点像走马灯,这么比喻就好像要死了似的。"毯子清了清嗓子,"我……朋友管我叫'小和',我猜应该是和子。梦里出现了三个朋友,名字发音分别是'京子''明美'和'小礼'。"

茶畑暂时都记下了。虽说都是小孩子,但如果不是称呼昵称而是全名,就能省下不少工夫了。

"然后,我,就是'小和',身体好像不太好。我也不清楚具体是怎么不好,经常生病,上体育课的时候总是在旁边看着。"

"当时你大概多大?"

茶畑没有直接问是不是生理期,选了比较委婉的问法。

"不是低年级,也不是六年级,大概三四年级吧。去洗手间的时候看到了镜子里的自己,差不多就是那么大的女孩子。因为不怎么外出,脸色苍白,左眼角处和鼻子右侧分别有一颗大大的黑痣。"

毯子一反常态地继续用严肃的声音说:"那天,学校的气氛不是很平静,老师一个个都杀气腾腾的,好像有小朋友做了坏事……啊,我想起来了,是有高年级的男生往别人家丢划炮。"

"划炮?"

好像听说过这个名字,就是想不起来是什么样的。

"是一种烟花……更接近爆竹,就好像是专门为了方便男生搞恶作剧而被开发出来的玩具,在学校是禁止的。"

听罢，茶畑在笔记本上写下"划炮——年代？"。

"所以那天放学后，老师们要开会。当时天还没开始黑，应该是周六。"

毯子的意识忙碌地在现在与过去之间穿梭。

"那个时候学校对学生的管教很严厉，体罚是很正常的，而且学生被打，父母也不会跑到学校去理论，所以有很多过分的老师。一年级的时候，留过写出三种花的名字的作业，有个叫'美智子'的小朋友特别喜欢花，写了二十种左右，结果您猜老师是什么反应？"

"一般来说会夸赞那个小朋友吧？"

"那个老师说'让你写三个，为什么不听老师的话，写了二十个'，之后把'美智子'叫上讲台，扇了她好几个耳光。真是太伤害孩子的童心了。"

看来以前粗鲁的教师横行啊。茶畑心想，如果被打的是他自己或者丹野，就算只是一年级的孩子，也不会轻易放过那个老师。

"等一下，你梦到的是和子三四年级时候的事吧？怎么还想起一年级时候的事了？"

"是我们在聊天的时候偶然聊起。当时那个过分的老师还在学校，所以猜测往别人家里丢划炮的那个高年级学生，肯定会被打得很惨。"毯子对答如流。

"之前有几个男生玩摔跤把教室的窗玻璃打破了，之后被打得流鼻血了呢。我，就是'小和'，大概是因为身体虚弱，没有被那么对待过，但他们对女生也是毫不留情的。"

"哦。"

本以为毯子是因为切身体会过体罚带来的恐惧和痛楚，才会认定那是前世，但既然本人没有被体罚过，那么根据就不在这里了。

"后来发生了什么？"

"放学后，教室里刚巧就剩下我们四个人。我、'京子'、'明美'和'小礼'。"

"你们是好朋友四人组啊。"

"也不是。'京子'和'明美'的家离学校近，两家人关系很好，'明美'还曾经跟'京子'一家一起坐新干线去过东京呢！我没什么朋友，和她们俩在一起的机会多些。'小礼'是个挺奇怪的孩子，因为座位离得近，也说得上话。"

毬子讲述的内容不像她平时说话那么有条理，茶畑努力倾听着。

"我记得是'京子'提出，要不要玩'狐仙'的游戏。"

有段时间，"狐仙"在小孩子间风靡一时，是一种带有超自然色彩的占卜游戏。据说只要在一张大纸上画上鸟居的图案，写上"是"和"否"两个选项，再写上数字和平假名一类的内容，所有参与游戏的人把手指放在一枚十元硬币上移动，就能得到灵魂的指引。

这款游戏的创作灵感来自美国玩具厂商制造的"占卜板（Ouija board）"，常常会给心神不安的思春期少女带去意料之外的不好的影响。

"说出'狐仙，狐仙，请回答'就能召唤出幽灵，从幽灵口中问出答案。最初问的都是些傻乎乎的问题，班级里最受欢迎的男生究竟喜欢的是谁啦，这次考试会出什么问题啦一类的。"

"之后就发生了'因为玩得忘乎所以，问出了绝对不能问的问题'的桥段？"

大概是茶畑的提问方式太不严肃了，毬子的语气中带着不悦。

"也不是忘乎所以，会问那个问题是有理由的。当时我因为身体不好，觉得自己活不长，又处于那个年纪，所以总把自己想成悲剧里的女主角。"

再加上当时是在玩"狐仙",茶畑终于猜到事情的走向了。

"以前一提起少女漫画的女主角,大多是红颜薄命,主角罹患不治之症一类的。所以其中一个人问'小和能活到多大',大概是想让我安心吧。"

茶畑可不是这么想的。虽说自己也没有根据,但提出问题的少女肯定是心怀恶意。

"狐仙是怎么回答的?"

"十元硬币立即给出了答案。只是不知道为什么,给的不是数字,而是三个平假名,分别是'は''た''ち'(二十)。"

犯人肯定就是那三人中的某个。玩"狐仙"游戏的时候,只要其他参加者不用力,就能根据个人的意思选择想要的词汇。

而且,不是数字却是平假名这一点,也意味着那不是来自灵魂的指引,而是出于人类的恶意。如果是"贰"和"拾"两个字,看到第一个字就能想到结果,但平假名让人不会一下子就猜到,这样更恐怖。

"对小学生来说,虽然是很多年以后的事情,但二十岁实在太近了,肯定会吓到吧。"

"我受到惊吓导致过度呼吸,晕倒了。醒来的时候躺在医务室的床上,'小礼'在旁边照顾。多亏我平时身子就弱,'小礼'说我是因为贫血晕倒的,我们四个一起玩'狐仙'的事才没被老师发现。"

"那你是根据什么断定这个梦是前世记忆的?"

"一是因为整个梦太细腻,太有真实感了,除了曾经实际发生过之外,我想不到别的可能性。而且与怀疑有可能让我做这个梦的诱因的正木先生的梦——水源之争不同,梦里的内容是我完全没有接触过的领域。还有……另外一个原因。"

"是什么?"

"'小礼'。"

"嗯？小礼怎么了？"

从电话里可以听到毬子的呼吸声变得急促起来。

"我从来没见过，所以最初没有察觉，但后来想起所长说过的话……"

"你在说什么啊？没见过？'小和'不是见到'小礼'了吗？"问完这句话，茶畑才明白过来，"你的意思是，不是'小和'，而是毬子你没见过吗？那人是谁？"

"我觉得肯定没错，您听我说，'小礼'的长相是这样的。"

毬子接下来说的话，让茶畑脊背发凉。

"现在回想起来，她的长相真的很奇怪。可是她当时并没有因为长相被霸凌，大概是因为她的精神年龄比实际年龄大很多，还有一种让人不可轻视的独特气质，或者说，她的眼神很有气势。"

不会吧……年纪虽然对得上……茶畑在心中思忖着。

"总之，她有一双大眼睛，和细长的脸型并不相称。好像由于甜食吃得太多，她的牙齿很小，呈三角形，尖尖的，就像小鬼一样。我记得所长用'和哥布林长得一模一样'来形容她。"

毬子的确是从未与她见过面。而且关于她的长相，自己也只说过"和哥布林长得一模一样"，并没有进行详细的说明。所以，按理说毬子不可能说得出刚刚那些具体的描述。

"'小礼'名字的读音是'礼子'。字的笔画很多，不太好记，但不是《丽子像》[25]的那个'丽'，所以我猜想应该是'示'字旁加竖弯钩（乚）的那个'礼'，'礼子'。不过我不记得她是不是姓'贺茂'了。"

---
[25]油画家岸田刘生的肖像代表作。

在东京车站与毯子会合，朝西边杀个回马枪，这次要乘新干线前往大阪。

茶畑也不明白自己在干什么，但总不能一直因为惧怕洛斯·艾克赛斯，就龟缩在公寓里。可毕竟没有委托人，就算验证了毯子前世的记忆是真实的，也一分钱都赚不到。

即便是这样，也必须查。查明真相后，或许也会像天眼院净明那样失去精神上的平衡。但自己不仅跌入了前世这个陷阱，还被卷入了洛斯·艾克赛斯和丹野这两伙疯子之间的抗争当中，不知道还能有几天可活。

既然都要死了，茶畑更想亲手揭露事情的真相。而且如果真的能证实轮回转世的存在，或许就不会惧怕死亡了。

"其实我在网上已经查到了不少信息，也许没必要特意跑一趟大阪。"一直在笔记本电脑上忙碌的毯子看向茶畑。

"喂喂，都已经出发了，你这么说可真令人伤心啊。"

"抱歉。年代已经基本确定了，"毯子给茶畑看笔记本的屏幕，"您说得没错，关键词是划炮。当时，划炮炸青蛙的残忍玩法泛滥，还发生过多起学生被炸伤、鼓膜破裂的意外事件，家长教师联合会将其视为仇敌。在1966年，也就是昭和四十一年停止生产了。"

"也就是说，'狐仙'事件是在那之前发生的。"

"是的，而且是1964年10月1日之后，所以应该发生在1965年前后。"

"这个日期是怎么查到的？"

"就是这个啊，"毯子敲了敲座椅的扶手，"那个日期是东海道新干线开始运营的日子，'明美'和'京子'的家人曾一起乘新干线去东京，那必然是运营之后的事情。"

"原来如此。"

"因此，地点就只有这里了。"

毯子打开另一个窗口。是一大片土地被改造、还没有建起公寓之前的照片。

"千里开发区，1962年动工，是日本最初的大规模开发区，不知为何，感觉这里的景色很熟悉。"

"那应该也能查到是哪所小学吧？"

"是的。千里开发区周边的小学丰中市有六所，吹田市有十所，'小和'就读的那所从景色和特征上来看，应该是位于吹田市的其中一所。再加上开学日这条线索，基本可以确定是哪所了。"

吹田市立某某台小学。

"确定是这里吗？"

"是的，校舍的样子就是这种感觉，后山和周边的地理环境也符合。"

那就只需调查毕业生花名册，找到1965年前后在这所学校上三四年级的学生都有谁就行了。查出真相或许比想象的要简单。

突然，不知怎的，想要逃跑的心情冒了出来。"这个世界上一定存在不知道比较好的事"——现在就是这个感觉。

"假设'小和'真的在二十岁便去世了，那差不多是1975年前后。桑田，你是哪年生人来着？"

毯子瞪了茶畑一眼："1985年。"

"中间隔了十年吗……"

到目前为止还没有矛盾，只是不知道继续调查下去会如何。

"所长还是认为，是贺茂礼子利用'狐仙'说出了'小和'会在二十岁死亡这条信息吗？"

茶畑点了点头："对。如果只是作弊，其他孩子也可以，但能够预知死期的，只有那个哥布林。当然，前提是预言说中了。"

同时也证明，贺茂礼子对"小和"抱有相当强烈的恶意。

她是目前为止第一个在前世记忆中登场并且尚在人间的人物。

茶畑原本想直接去问本人，但毕竟是心灵感应者，还是先清除外围障碍，找到证据比较好。

莫非，贺茂礼子杀了"小和"？希望不是这样。

"肯定没错，就是这里。"在这所小学里转了一圈后，毯子断言道。

"真的吗？我怎么感觉和你之前在新干线里说的不太一样？"茶畑抱着胳膊，环视周围。

"操场上的那棵樟树被砍掉了，不过树桩还在。百叶箱的位置没变，最主要的是校舍的格局和梦里的一模一样。"

毯子梦到的是五十年前的画面，由钢筋混凝土建成的校舍保留五十年应该是没问题的。

"这样啊……你现在是什么心情？亲眼看到前世见过的景色。"

"没什么特别的感慨，就像回到小时候曾经待过的地方，有点怀念吧。"毯子皱着眉，眯起眼睛。看起来不像怀念，更像困惑。

"就这样吗。"

看来只是造访"前世"生活过的地方，起不了什么决定性的作用。毕竟在这五十年间，有些东西发生了微妙的变化。

还是必须找到某个主要登场人物，直接对话就能立即判断"记忆"的真伪了。

茶畑无法想象，"前世"的存在得到肯定之时，会有什么在等着自己。

在如今这个年代，只是在小学里东张西望就会有人报警，一男一女是很好的掩护。如果光是自己在这里乱转，过不了多一会儿就会被视作可疑人物。

"请问……你们是什么人？"

终于还是有人来盘问了。转过身，一个戴着树脂框架眼镜、五十出头的男人站在那里。看起来不像普通教职员，应该是管理层。

"啊，不好意思，就是觉得挺怀念的，我是这里的毕业生。"

毯子满面笑容地回答道。Silver Killer的魅力在这里也得到了发挥，眨眼间便软化了对方。

"哦，二十二年前吗？怎么样，校舍没变样吧？"

男人是教务主任，姓喜田，来这所小学刚五年多。

茶畑这才放下心来。毯子根据自己的实际年龄谎称是二十二年前从这里毕业的，万一那个时候这个教务主任就在职，那可就穿帮了，毕竟毯子只知道这所学校五十几年前的情况。

也许她原本就清楚，教师必定会有调动，不会在一所学校任职那么长时间。

"其实来这里是为了一件很久以前的事。小学六年级的时候，我因为身体不舒服，曾经得到过住在这附近的某个人的帮助，但是不知道对方的联系方式。那个人也是这里的毕业生，不知是否可以将她的地址告知？当年的地址就可以。"

这不是和刚才"怀念"的说辞矛盾了吗？茶畑捏了一把冷汗，喜田似乎没有察觉。

"这个可不行，泄露个人隐私是很麻烦的。"

喜田毫不留情地拒绝了。之后又试着恳求对方，但对方就是不肯松口，茶畑和毯子只好离开了学校。

"没办法了……只能找情报商拿毕业生花名册了。"

现在已经知道要找的人是谁,很快就能收到消息,但一想到费用,还是有些迟疑。原本这次调查就一分钱都赚不到,花出去的钱还得自掏腰包,光是二人的交通费就不是个小数目了。

"先在这儿附近走走吧,当时所有同学都是步行上学,应该就住在附近。"

毯子率先迈开了步子,看来她的求知欲被点燃了。茶畑追了上去。

"还记得上学的路吗?"

"有点印象,和学校一样,公寓的位置也几乎没变。"

毯子用鹰一样的眼神观察周围景色的同时,继续往前走着。或许她更适合做调查员。

"啊,那栋房子。"

毯子倒吸一口凉气,立在当场。在公寓与公寓中间,有几栋独门独户的住房,毯子死死盯着其中一栋。

"怎么看都不像五十年的建筑,顶多也就十年吧。"

"嗯,但肯定没错,就是那个位置。斜着穿过十字路口,好像一座孤岛的建筑用地。"

"是'小和'的家吗?"

"不,不是。我记得去那家人家里玩过很多次。当时还是平房,应该是'明美'的家。"毯子快速接近房子,名牌上写着这户人家姓"齐藤"。

"那她的全名是叫齐藤明美?"

"不知道,想不起来了。"

茶畑正在思考接下来该如何展开调查的时候,毯子已经按下了门铃对讲机的按钮。

"喂！你这是要干什么？"

"放心吧，没问题。"毡子一脸满不在乎。

"您好？"

接了。

"冒昧打搅，非常抱歉。我在找五十年前住在这里的'明美'女士，不知您是否认识？"

茶畑都不忍看下去了。再怎么说也太直接了吧，突然出现，问出这么奇怪的问题，人家肯定不会理睬啊。

"那个……我们是十五年前才搬过来的，所以并不了解那么久以前的事。"

"这样啊。那请问，十五年前您买下这块土地的时候，之前的房子还在吧？"

"对，还在。"

"是平房吗？"

"是的。"

"屋顶上铺的是蓝色的瓦片吧？"

"对。"

也许是心理作用，从声音中可以听出，对方慢慢放下了戒心。继续这么问下去，也许真的能得到有用的情报。

就在茶畑这么想的时候，毡子突然说："我明白了，不好意思，打搅您了。"结束了对话。

茶畑用口型比了个"笨蛋"，毡子则是一脸"不知道你在说什么"的表情。正当二人打算折返时，却意外地被从对讲机里传出来的声音叫住了。

"那个……请稍等一下。"

本以为对方会马上出来，结果两三分钟都没有动静。

之后玄关的门总算开了，走出一位年纪在四十岁左右的主妇。对方重心较低，体格健壮，眼神友善。

"请问，你们在找的是松原明美女士吗？"

"是的，就是她！松原明美女士。"

毯子恍然大悟似的回答。看来她想起那个人的全名了。

"之前那家人留下了这个，实在不知道该怎么处理。"说着拿出一本很厚的相册，"你们拿走吧。而且这不是我的东西，不需要还回来。要是找到松原女士，请转交给她。"

对方没有询问茶畑二人的身份，连为什么在寻找松原明美也没有问。看她的态度，像是因为终于送出了这个烫手山芋而松了一口气。

毯子先是递上自己的名片，然后才将相册接了过来。

附近没有咖啡厅一类的地方，二人决定在公园的长椅上看看相册。

相册的封面很厚，背面写着"松原明美"几个字。第一页贴着几张小学生年纪的少女照片，长得还算可爱，但也能看出有点儿坏。

"她就是'明美'。"毯子有些兴奋。

从下一页开始，都是和家人一起拍的照片。举着蛋糕过生日的照片也好，游乐园的抓拍也罢，这个叫明美的少女每次拍照都会以同样的角度侧着脸，表现出了与年龄不符的做作。

"真是个早熟的孩子啊！"

"是啊，当时的女孩子似乎都这样，不过'明美'对拍下好看的照片有着强烈的执着。"毯子边回忆边说。

又翻了几页，有了重大发现。

"啊，这个孩子……"

不知道是在怎样的机缘巧合下拍到的照片，拍摄地点在室外，没有游乐园或动物园那种明显的标志，无法确定具体是哪里。

照片上有三名少女。

"'明美''京子'和我。"

"京子"是三个孩子中最老成的。像班长，表情严肃地正面对着镜头。左边是"明美"，还是那个动作。画面中最右侧的腼腆少女，脸色苍白，左眼角和鼻右侧分别长有一颗大大的黑痣。

看到前世的自己的脸，毬子彻底被吸引住了。

继续往后翻，在各式各样的照片中，"明美"和"京子"的合照最多，偶尔会带着"小和"，但一张带"小礼"的都没有。看来入镜的频率体现出了小团体中每个人关系的亲密程度。

"这里写着名字。"

茶畑指着一张照片。拍下的是三个人在吃冰激凌的样子，只有这张在相册的标签上写下了纪要，还是全名。

"1964.8.8 增田京子，栗田和子。千里山。"

"栗田和子……"毬子皱起眉，陷入沉思。

"狐仙事件就是发生在这个时期吧？"

茶畑翻到下一页。看到了增田京子家的房子，占地面积很大，是平顶房。那个时候的住宅房一般不会盖平顶，有可能是钢筋混凝土材质的。

接下来的都差不多，比较稀奇的是发现了几张"明美"和"小和"的合照，还写着说明："和子的家"。

"对这栋房子有印象吗？"

照片里只拍到了部分院子，不是房子的全景，院子里有一棵叶子已经变红的大花四照花树。没有京子的家那么大，但很别致。

翻到最后一页，二人受到了冲击。

照片里只有"小和"一个人，照片中的她面色铁青，正对着镜头，挂着一般不会在小孩子的脸上看到的灵魂出窍了似的表情，可以看出她当时陷入了真正的绝望。

这张照片看起来是在狐仙事件后拍下的。

"唔。"

毯子发出喉咙哽塞的声音，应该是清晰地回想起了当时的心情吧。

照片旁边的文字中充满着恶意。

小和被吓傻啦！狐仙的话会应验吗？真紧张呀，小和要是能快点到二十岁就好了。真期待出结果的那天♡

"真过分啊……"

"是啊！"毯子的眼神中满是怒火。

齐藤家的那位主妇大概也是因为感觉这张照片和旁边的说明太邪恶了，才想着快送出去的吧。

"接下来你打算怎么办？"

"先找到'京子'的家和我——栗田和子的家吧。应该就在这儿附近。"

巧的是，三个人的家都是独栋住房，找起来应该比较容易。如果是众多公寓里的某一间，挨家挨户大海捞针太辛苦了。

二人在独栋住房区域到处看，突然看到一栋房子。

"就是这里！"

因为刚刚才看过照片，一下就认出来了——这里就是栗田和子的家。似乎是重建过，建筑物的形状发生了变化，院子里那棵大花四照花树还在。

茶畑和毯子压抑着内心的兴奋，靠近玄关。

名牌上写着"竹村"。大概这栋房子也被卖给别人了吧。

茶畑看了一眼毯子，她又打算直接按下门铃对讲机，看来是要正面突破了。

"哪位？"女性的声音，不是通过对讲机传出来的。

很快，一个戴着毛线手套、微胖的女性朝这边走来，看她的打扮刚刚应该是在院子里干活。

"有点事想问……"说到一半，毯子突然语塞。

茶畑也睁大了双眼。出于职业性质，茶畑在识别人脸方面很有自信。就算过了几十年，人脸的有些地方也不会发生改变。

虽然胖了很多，但脸色苍白，左眼角和鼻右侧分别有一颗大大的黑痣，这些特征还在。

她正是栗田和子。在看到的瞬间便确信了。


"请喝茶。"

看着眼前和子泡好的红茶，茶畑不知道该如何接话。

"竹村和子女士，旧姓栗田，对吧？"毯子还是有些不太相信地再次确认。

"是的，是我。"和子神色诧异地回答道。

"刚刚二位说，小礼在找我，是真的吗？为什么时隔这么多年突然想起来找我了？真搞不明白。"

"说是有某种预感。"为了防止对方察觉到他内心的动摇，茶畑用郑重的语气说道。

"啊？"和子更糊涂了。

"贺茂礼子女士现在正以灵能力者的身份活动，这件事您知道吗？"

"不知道。小学毕业之后就再也没见过了。"

"这样啊。贺茂女士一直很牵挂您。"

"为什么？"

"就是狐仙那件事发生以后，当时一起玩狐仙的，应该是您、贺茂女士、增田京子女士和松原明美女士四人。"

和子皱起眉头："哦，那件事啊。"

"当时说您只能活到二十岁，受到了相当严重的打击吧。"

"毕竟当时还小，听到那种话当然会受打击了。不过大家都劝我那不过是迷信，不要往心里去，过了一段时间也就忘了。实际上，二十岁的时候什么都没发生。"

说完，和子突然起了疑心，看着茶畑和毯子："小礼真的很担心我？"

"如果不是贺茂女士告知，我们怎么会知道狐仙一事呢？"

"这倒是。"从和子的表情可以看出，她还是无法接受这个说辞，"可是，你刚刚不是说，小礼是灵能力者吗？怎么会不知道我的情况呢？"

"当然是感觉到您平安无事了。只是，内心受过的伤害，有的时候就算本人没有感觉，其实伤口还是在的。"

说出这样的话，茶畑心里也没底，只是一心想要搪塞过去。而平时可靠的毯子，因为见到和子受到打击，仍处于茫然自失的状态。

"您和当时的朋友，增田京子女士和松原明美女士还有联系吗？"

"她们都搬到远处去了，也就是过年的时候互寄贺年卡……啊，前段时间，明美给我写信了。"

"说了些什么？"

"为什么连这种事都要问？"

声音中又开始带有猜疑了。

"贺茂礼子女士也很担心明美女士。"

茶畑打算把这些麻烦都丢给哥布林。

"说是想让我做她借钱的担保人，还说只是形式上的，绝对不会给我添麻烦，我还在犹豫。"

这下有台阶了。茶畑拿出之前的相册，放在矮桌上。

"这是什么？"

"松原明美女士的相册。"

茶畑用一种"来这儿就是打算相册交给您"的语气说："请在我们走后再看里面的内容。我想它会帮助您判断是否应该做这个担保人。"

斜了一眼发呆的和子，匆忙离去。因为茶畑已经没有什么要问的了。

相信见到还活着的前世的自己后，毯子也是同样的想法吧。

# 第十一章

　　已经乘上了回东京的新干线，毯子还是没能从茫然的状态中清醒过来。

　　"真是吓到了。"

　　茶畑搭话，毯子也没有回应。

　　"太意外了，'小和'居然还活着。不过，这也算是不虚此行吧？"

　　"为什么这么说？"毯子终于开口了。

　　"不知道从什么时候开始，我们已经坚信前世是存在的。但现在可以证明问题的本质不在这里。单单是搞清楚这一点，就算有所收获了吧？"

　　毯子微微摇了摇头："不在这里，又是在哪里呢？"

　　"这个还不清楚……"

　　"我一直觉得自己是个理想主义者。但自从与前世记忆这个玄之又玄的话题扯上关系后，我才知道我不是。我不是理想主义者，而是个单纯的现实主义者。"

　　"这两个有什么区别吗？"

　　列车上的小推车经过，茶畑买了两罐啤酒，递给毯子一罐。

　　"理想主义者绝对不会认同不合乎道理、反科学的事。无论多少证据摆在面前，也会用诡计或错觉去解释超自然现象。而现实主义者会试着去接受眼前发生的事。"

　　茶畑打开罐装啤酒的拉环，喝了一口。

　　"我一直以为，现实在你眼里就是金钱与名利。"

毯子没有理会茶畑的插科打诨："假设前世和轮回转世是真实存在的，就会出现很多矛盾和无法解释的地方。不过我现在明白了，就算再怎么绞尽脑汁，也不会有什么结果。最后，还是要相信自己的感性。"

"感性啊。"

不明所以却能令人浮想联翩的词汇。

"换句话说，就是感觉和直觉。当然，也不能说这样绝对不会错，但我曾经认为，至少比含糊其词的理论要值得信赖得多。"

"曾今吗……"

"做'狐仙'的梦的时候，我确信那不是普通的梦，是现实中发生过的事。触觉和直觉都是这么告诉我的。"

茶畑透过坐在窗边位置的毯子，看着窗外一闪而过的景色。

"应该没错。至少你在梦里看到的事件，在现实中的确发生了。"

"嗯。可那并不是我经历过的事。"

"是啊。"

真正经历那件事的另有其人，而且还健在。

"我都糊涂了。"

"我也一样。"

"连自己的感觉和直觉都不可信，还有什么是可信的呢？"

茶畑喝着啤酒思考了一下，说："刚刚也说了，我们的出发点应该没错。你梦中的内容并不是幻象或妄想，那些都是现实。只是并非什么'前世'的记忆而已。"

"而已……"毯子喃喃道，"那究竟是什么？"

"现在就只剩下心灵感应这个假说了。"

"是说我能通过心灵感应读取别人的记忆吗？"毯子用怀疑的眼神

看着茶畑。"

"对。或者是某个人通过心灵感应，把别人的记忆输入了你的大脑中。"

"某个人是谁？"

"嫌疑人只有一个。"

贺茂礼子。与一连串的事件均有关联、并且有可能拥有心灵感应能力的角色，就只有那个哥布林。

"我还是不明白……"毯子沮丧地陷入沉默，终于打开啤酒的拉环，喝了起来。

茶畑深深地倚靠在座位上，眺望外面的景色。

不一会儿，困意袭来。迷迷糊糊中，感觉大脑回忆起某个美丽的光景。美丽的海岸，无数生物生活的海底，被真正的黑暗包裹的神秘的海中影像，以及，由可爱的少女蜕变成优雅成年女性的亚未的身姿。

这不是莫名其妙的前世的梦，是始终埋藏在自己内心深处的、重要记忆的一个片段。

南三陆町是茶畑出生成长的故乡，也是在他胸口戳了一个洞、让他再也不想体验那种失落感的地方。

父亲茶畑刚朗不仅出轨、赌博，还家暴，因此茶畑彻朗的父母在他小学二年级的时候离婚了。姐姐和母亲留在南三陆町，而他被父亲带走搬到了横滨。

后来，茶畑刚朗做了出租车司机，总算能够勉强维持生计，或许是觉得人生不公，他开始酗酒，喝多了就对儿子使用暴力。年幼的茶畑彻朗非常想念在南三陆町时的幸福时光，每晚都会把枕头哭湿。

到了小学四年级，或许是受到成为同班同学的丹野的影响，他再也无法忍受一直挨打的状态，决定用金属球棒对抗刚朗的暴力。力气虽然完全敌不过对方，但他不要命地展现出了要彻底抗争的气势。出租车司机一个月有一半的时间会休息，父子都在家的夜晚，他们经常大吵大闹，家里乱作一团。警察接到邻居的举报，来过很多次。

但在刚朗看来，那不过是小孩子的反抗，他当然不会因此就停止对茶畑的打骂。可无论打得多重，茶畑都不会放弃抵抗。有一次，茶畑像疯了一样挥舞金属球棒，打中了他的额头，自那之后，刚朗看茶畑的眼神就变了。

那个时候的茶畑就算被杀也不奇怪。但家暴的人大多是胆小鬼，因为暴力升级而被杀的基本都是毫无抵抗能力的弱者。刚朗不敢和茶畑闹翻，也没有冷血到会对自己的儿子下狠手。于是，他开始有意回避茶畑，别说对话了，甚至连面都不见。

茶畑把公寓的一间屋子划作自己的领地，每天到厨房搜刮食物，需要钱的时候就在家里找，或者把家里的东西卖掉。生活虽然清苦，也总比被虐待强。

尝到暴力甜头的茶畑，上了中学后开始结交狐朋狗友，活得更加放纵，几乎没有哪天是不打架的。如果当初继续留在横滨，大概会被品质恶劣的前辈看上，加入帮派或是走进灰色地带吧。

刚朗因为整日酗酒，身体终于垮了，只好辞掉出租车司机的工作，吃上了低保。在茶畑高一时，刚朗死于肝硬化，茶畑这才得以回到南三陆町与母亲和姐姐一起生活。多年未见的二人在看到茶畑的变化时，均是错愕不已，但她们明白，茶畑的本质并没有变，家人之间的感情慢慢得到了修复。

在绝妙的时间点与狐朋狗友断绝了来往，颓废的内心得到美丽大自然的治愈，茶畑有了脱胎换骨般的变化。不过事到如今再努力学习也什么都学不会了，所以高中的成绩并没有提升。偶尔经过港口的时候，他会帮忙给渔船卸货，因此得到了船长早坂弘的赏识，时不时还会带他出海打鱼。

在那里，茶畑遇到了早坂弘的独生女儿，亚未。

亚未当时还在上小学，看到比自己年长六岁、眼神非常锐利的茶畑，一点也不胆怯。

那个时候的茶畑自然不会把亚未当异性看待。那个总是面带笑容、像水獭一样轻盈地在地上跑，欢快地在水里游的少女，给人的感觉就像一阵春风，待回过神来，心里已经把她当成可爱的妹妹了。

没多久，茶畑便从高中辍学了。他觉得就算能坚持去学校、忍受无聊至极的授课内容，也不会学到任何东西。早坂弘建议他做渔夫，但不知为何，此时的茶畑开始怀念城市的喧嚣，便只身前往仙台找工作。前前后后接触了很多行业，从体力劳动到声色场所，大部分工作都很辛苦，但也有很多闲暇时间，在咖啡厅打发时间的次数多了，自然而然就对咖啡厅里播放的经典老歌了如指掌。他还从图书馆借来各类书籍埋头苦读，看了推理小说后，便投身侦探业，只是令人没想到的是，仅仅半年后，这份职业就成了他的天职。

茶畑再次回到南三陆町是在他二十三岁的时候，并不是因为在仙台混不下去了。之前在夜总会做服务生期间，因为不惧怕麻烦的客人、又能够妥善处理纠纷，陪酒女郎都很信任他，之后更被提拔为店长，这反倒令他发觉自己不属于这里。

所以他想再次回到南三陆町出海打鱼洗涤自己的身心。他写信给早坂弘，很快就收到了"快回来"的回信。茶畑草草写下辞职信丢进夜总会的信箱，背起包便回到了故乡。

走下气仙沼线的志津川站，一位亭亭玉立的女性前来迎接。

这就是茶畑与亚未的再会。

年满十七岁的亚未已经成长为一名美丽的女性，现在是茶畑之前就读的那所高中的二年级学生，活跃的舞台是在当地的潜水用品商店，帮游客体验浮潜和水肺潜水。

那个瞬间，茶畑爱上了眼前的女孩。

一部分原因是他早已厌烦了那些用妆容强调大眼睛、纤弱的女性，更主要的是，女孩那被阳光自然晒黑、紧绷的肢体，透过不停活动的嘴唇窥见的洁白牙齿，以及那双动人的、仿佛总是注视着未来的闪闪发光的眸子，彻底射穿了茶畑的心脏。

又不是萝莉控大叔，对一个乡下的女高中生心动个什么劲儿啊！茶畑自嘲。而且亚未不是我的妹妹吗？

心里是这么想，身体却很诚实，他是嘴里发干、舌头打结，或许是因为过分在意，连笑容也变得僵硬。因此他故意表现出很冷漠、好像在生气的态度，可亚未根本不介意，沿途一直热情地讲述着南三陆町的大海和生活在海里的生物有多么地好，还邀请茶畑一起去潜水。

分开的时候，茶畑只是默默点了点头，实际上他在那个时候已经非常确信——

之前那狗屎一般的人生，都是该被彻底遗忘的黑历史。接下来，他真正的人生终于要开始了。

之后的生活，茶畑在平日里会乘上早坂弘的渔船拼命打鱼，休息日会和亚未一起潜入大海。这是茶畑人生中最初也是最后的黄金时间。

对亚未的感情不是一时冲动，在二人共处的这段时间里，越发强烈了。

过去那个像海獭一样在海中欢快游弋的少女，在这么短的时间里，蜕变成了矫健优美的海豚。

亚未穿着脚蹼在海中游泳的身姿，不单单是茶畑，看到的人都会为之倾倒。跟她学水肺潜水的那些学生几乎每天都会寄热情似火的情书给她。

但无论信的内容如何，亚未都不曾动心，偶尔还会拿给茶畑询问该如何回复。每到这个时候，茶畑就会冷静地口述回绝对方的草稿，亚未则会趴在榻榻米上翘起小腿，用左手中那支以奇怪的方式握住的签字笔，按照茶畑所说写下回复。

某晚，亚未到茶畑和家人一起居住的公寓找他，茶畑本以为又是情书回信的事，没想到亚未是来邀请他一起去夜潜的。

听到这个消息，原本因一大早就出海而疲惫不堪、正躺着看电视的茶畑霍地站起身来。

在亚未的带领下，茶畑已经无数次潜下过志津川湾了，但夜潜还是第一次。他有预感，这会成为永生难忘的一次体验，而且他的预感应验了。

在漆黑的大海中游动时，只能听到自己呼吸的回声和水流声。被潜水灯照亮的海底就像睡着了，但实际上还有生物在活动，那就是爱吃浮游生物的小鱼们。浮游生物喜欢聚集在有光的地方，为了吃到它们，小鱼会活跃地翻转自己的银鳞，以便吸引来这些"食物"。

志津川湾是日本少有的海藻场，生长在冷海水中的海带和生长在温海水中的爱森藻共存，栖息在这里的鱼的种类也是非常多。雀鱼和钩吻杜父鱼昏昏欲睡，银杏蟹、沙虾和钩虾的伙伴则比白天更加活跃。

茶畑忘记了时间的流逝，忘我地在大海中遨游，与亚未眼神交流，指着一扭一扭游动的笠鳚和五带高鳍虾虎鱼相视而笑。二人享受着南三陆町夜晚的海底。

某种感觉突然朝茶畑袭来。

在漆黑的大海中，潜水灯散发着光亮，茶畑让身体保持水平，慢慢地游动。

恍惚间觉得自己身处宇宙。

被光照到的小鱼宛如划过黑暗空间的流星群。

茶畑感觉到了孤独。

迄今为止从未体验过的真正的孤独渐渐变成恐惧，无限的压力紧紧包裹着身体，阻碍了呼吸。

茶畑缓慢环视四周，只有黑暗和虚无。

意识渐渐模糊，感觉自己就要这么死了。

就在这时，一点光亮摇晃着靠近。

是亚未身上的水下灯的光。

茶畑被她抱着浮上海面，在看到挂满星星的夜空的下一秒彻底失去了意识。

醒来时已经身处无人的海岸。看到茶畑睁开眼睛，亚未的脸上露出彻底放心的表情，流下泪水。

茶畑将亚未抱在怀中，疯狂地亲吻着对方。

亚未没有抵抗。据茶畑所知，她应该没有什么经验，此时却贪婪地迎合着自己。已经没有任何东西可以阻止他们了。

事后，亚未害羞地笑了。据她所说，从第一次见面开始，就一直喜欢着茶畑。茶畑也终于鼓起勇气告白，同时心里也感到后悔，为什么不是自己先说出来呢？

亚未没有追问茶畑之前在海中经历了什么。茶畑也没有主动解释，因为连他自己都不明白那到底是怎么回事。

自那之后，又回归了日常，遗憾的是，亚未再也没有邀茶畑去夜潜了，不过休息日的时候二人还是会去潜海，在没人的地方亲热。

身边的人大概都看出了二人关系的变化，但没人多说什么。根本不需要催促。待满潮之时，一切自然会尘埃落定。

时间过得很快，本以为亚未高中毕业后会以专业潜水员为目标，而实际上她在职业学校考取了保育员资格证书，被当地的幼儿园录取。

当时，茶畑展露出了饲养水族生物方面的才华，受到委托，负责将雀鱼和钩吻杜父鱼送到县内的水族馆。不过偶尔也会在町内的赶海浴场打工，每当这个时候，亚未就会带上一大群幼儿园的小朋友来玩。

虽然是短暂的快乐时光，一大群小朋友营造出的那种独特氛围在茶畑心中久久不曾忘却。海豚发夹梳起的马尾、印有潜水用品商店LOGO的训练服和幼儿园的围裙，这副打扮的亚未给人一种新鲜感。而精心照顾小朋友的模样也让茶畑在她身上看到了之前从未感觉到的母性，并且为之着迷。

一次，另一位保育员发现少了一个小朋友，有些不知所措。茶畑边确认有没有掉到海里，边冷静地在周围寻找，最后在厕所里发现了睡着的小朋友。

幼儿园把小朋友们做的感谢奖状送给了茶畑，作为回礼，茶畑送了满满一箱五颜六色的鱼。整所幼儿园充满欢声笑语的那段时光，现在回想起来还历历在目，仿佛就发生在昨天。

当初以为幸福的时间会永远持续下去。

直到 2011 年 3 月 11 日这天。

茶畑睁开眼睛。

身边坐着喝着罐装啤酒陷入沉思的毯子。

看着她的侧脸，迄今为止从未有过的对异性的冲动突然涌现。

茶畑的脸贴近毯子。

"怎么了？"毯子把罐装啤酒从嘴边拿开，惊讶地看着茶畑。

茶畑没有说话，亲上了她的嘴唇。

毯子没有反应。茶畑离开她的脸，看到了对方呆若木鸡的表情。至少没有怒气。

又亲了下去，这次比刚刚要大胆。

"请不要这样。"毯子推着茶畑的胸口，"所长，您这可是'出色'的性骚扰。"

"'出色'是在夸奖我吗？"

"请您自重！"

抓住毯子扬起的手，用亲吻堵住她的嘴。毯子发出含混不清的唔唔声，继续抵抗了一阵，最后松了劲。

不在乎是否有人路过。新干线上的座位刚好介于公共场合与个人空间之间，JR东海[26]应该也会容许这种程度的亲密表现。

茶畑松开抓着毯子右手的左手，转而绕到她的背后。

毯子发出憋闷的声音，又想将茶畑推开。

"别这样……别在这里……"

毯子压低声音说着。周围的座位上并没有人，但还是怕被同一辆车上的乘客听到。

茶畑再次用亲吻堵住了毯子的嘴。

他自己也不知道他在做什么，受到突如其来的冲动驱使，就是停不下来。

这个时候，脑内景色忽明忽暗。

---

[26] 东海旅客铁道株式会社（Central Japan Railway Company）是日本国有铁道事业者，主要经营东海、甲信、近畿地方及部分神奈川县地区的铁道线路。简称JR东海（JR Central）。

是与亚未互通心意那晚的记忆吗？茶畑闭上眼，马上就判断出并不是。

这是什么……

好像是间库房，墙是粗糙的木头，地上铺着麦秆，怀里抱着一个女人。

茶畑恍然发觉，这个女人是登代。

而自己是藤兵卫。

一把镰刀躺在脚边。就在一两分钟前，二人还在针锋相对，登代横眉怒目地逼问藤兵卫是不是他杀了清吉。

但现在二人之间的氛围却完全转变。这种感觉令人兴奋。

不是偷来的女人，而是杀了情敌后抢来的女人，征服的喜悦让自己头晕目眩到了极点。

茶畑突然清醒。小声说了句"抱歉"，站起身来。

我到底在干什么啊？如此想着走向水池，洗了把脸。

刚刚的行为已经超出骚扰的范畴，明显是犯罪。

毯子不是亚未。把别人当作替身，是玷污自己对亚未感情的行为，更狠狠伤了毯子的心。

做出如此低劣的行为，肯定是因为想起了那个糟糕的前世记忆。

如此说来，我果然就是藤兵卫。

回到座位的时候，毯子朝向窗户的方向，似乎在用整个身体拒绝着茶畑。

茶畑正在犹豫是该主动搭话还是怎么办，胸前口袋里的手机响了。

看到手机上显示的名字，茶畑吓得手一抖。是丹野美智夫，不想接，可又不能不接，只得回到过道上接听电话。

"喂。"

这个世界上最不想听到的声音从话筒那边传来："阿茶？你没事吧？"

"当然没事了。"答完之后才发觉不对劲，"什么意思？出什么事了？"

"还问我出什么事了，你不看新闻的吗？"

"我现在在新干线上，自从视力变差之后，就尽量不看手机了。"

"笨蛋，不想死就赶紧给我看。"

"喂，该不会……"

"我们好几处事务所都被炸了。是那帮印卡人干的。"

茶畑没有吐槽"墨西哥人的话应该是阿兹特克人吧"。

"还有，不单单是我们，稍微有点关系的地方都遭了殃。那个侦探事务所……是叫大日向来着吧？也被炸上天了。"

听到这个消息，茶畑闭上了眼睛，问丹野："你什么打算？"

"这还用问吗，当然跟他们干了，这仇必须报啊！"丹野一副理所当然的口气，"倒是你，阿茶，你还是别回东京了。"

看来还是发展成最糟糕的事态。

"为什么？"

"当然是因为会被杀啊！听说洛斯·艾克赛斯撒了不少钱，到处都是他们的眼线。你的事他们说不定也已经全都知道了。"

"明白了……谢谢你。"

话音刚落，茶畑才反应过来——会被卷入这么可怕的事，全都要怪丹野啊！

"嗯，我会让你有机会报恩的。"

电话"啪"的一声挂断了。

回到座位途中，看着手机屏幕，刚好显示着那条新闻。

东京都港区、涉谷区等十数余处，同时发生多起炸弹恐怖袭击，威力足以炸毁大厦，现场目击多名可疑外籍人士。是暴力团伙之间的斗争吗？

茶畑把整个身体深深地丢进座位里，一声不响地闭着眼睛。在旁人看来会以为他睡着了，实际上他的大脑正在以前所未有的速度全力运转。

接下来到底该怎么办。

新干线应该就快到新横滨站了，是中途下车比较好？对横滨还算熟悉，暂时躲在那里应该不成问题。可离东京太近了，从跑路这个层面来说，或许没什么意义。那就再次坐上反方向的新干线，去中部或者关西，要么干脆去九州或者冲绳落脚更明智。

可那就意味着会彻底失去生活基础，要像个通缉犯一样，隐姓埋名，从头来过。也很难继续做侦探，用假名字可以接的工作也就只有来自黑社会的委托，但那些家伙的代理人很可能在那个圈子里安插了眼线。那能做的就只剩下力气活了，可根本无法预测那样的日子要过多久，也许永远都不会结束……要是一辈子都只能过虚假的人生，那活着还有什么意义？

——还是应该冒险回东京。

茶畑的直觉是这么说的。若是现在选择逃避，接下来就只剩下四处逃窜一条路。最终的结局只有两个：一是被那些家伙抓到折磨致死；二是害怕所有风吹草动，提心吊胆地度过悲惨的余生。

可问题是，回到东京后，也没有打开局面的方法。

冷静地想一想。洛斯·艾克赛斯已经为复仇杀红了眼，大概把卖毒品赚到的钱都用在这上面了吧。但要想在东京这样的大城市里找到一个敛声屏气的人是非常困难的。对于知晓所有找人技巧的茶畑来说，他有自信不会被轻易找到。

丹野的警告也不是出于好意或友情，大概是害怕万一自己落入敌手会说出一些多余的情报吧。

茶畑瞄了毯子一眼。

没办法了。到了东京站后就与毯子分开，不能牵连她。

自己……就顺其自然吧。

反正人终归要死，不过是有早晚之分。现在还不至于那么悲观，他还不打算像只可怜的小动物，一味地逃窜求生。

心境的突然转换会不会是因为接触了前世和轮回转世这些神奇的现象呢？

假设现在的人生并非独一无二，就算以最糟糕的方式结束此生，也还有下一个机会等着自己。如果真的是这样，我们或许就没有理由惧怕死亡了。

不对，等一下。

茶畑皱眉。

毯子的梦要怎么解释？原以为是她"前世"的栗田和子居然还在人世，和子转世为毯子这一假设自然不成立了。

从接受正木荣之介的委托以来，自己调查了好几个被当事人认为是"前世"的梦，已经出现了多个矛盾点。正木荣之介的两个前世——皆川清吉和参与山崎合战的名叫"孙"的步兵，这两段人生明显重叠了。而且，正木荣之介和小冢原锐一都坚信皆川清吉就是自己的前世。

也就是说，之前几乎已经相信了的"前世"的存在，现在被打上了大大的问号。

可为什么自己还在以轮回转世为前提思考问题呢？

自问过后，茶畑不禁愕然。

原来自己还在相信"前世"的存在。都已经出现那么明显的矛盾了，直觉依然在告诉自己，前世和轮回转世是存在的，且没有丝毫动摇。

怎么想都不明白其中的缘由。

茶畑突然发现毯子在看自己。她手上握着智能手机，肯定是看到新闻了。

"接下来怎么办？"毯子的声音有些嘶哑。事态的突变令她很紧张。

"刚刚丹野打电话来了，让我别回东京。"

"那下站下车吗？"

"不，"茶畑摇头，"我要回东京。逃跑就没有未来了。"

不需要冗长的说明，毯子也明白茶畑的想法。

"可是去哪儿？还是在横滨下车，藏在寿町附近比较好吧？"

"放心吧，我有办法。"

宿民街[27]乍一看很安全，却是最容易被黑社会盯上的地方。流浪汉的帐篷也是一个道理。相反，东京有很多可以藏身的安全房，都是一些无人管理被搁置的空房子。

茶畑已经提前看好了几处地方，试着按照顺序回想了一下。所有房子的锁都是摆设，专业的侦探和小偷可以轻易进入。两三天出一次门的话，应该不会被附近的人发觉。万一被警察抓了，顶多就是被判个非法入侵住宅的轻罪。只要不是出于盗窃或政治目的，交了罚金就能得到释放。就算可能会被多拘留几天，也属于得到了国营避难所的

---

[27]位于日本横滨寿町一代，"日本的贫民窟"之一——寿地区。在20世纪被称为"宿民街"，当时有8000多个日结临时工居住在这里，环境拥挤且极其恶劣。

庇护，而且还管饭。

"桑田，你有什么打算？"

毯子瞪了茶畑一眼："没什么打算。"

"什么意思？"茶畑好声好气地反问。

"您该不会是打算到了东京站之后就把我甩掉吧？分明刚刚还对我做了那种事。"

茶畑被噎得说不出话："刚才是我不对。"

"不对？"毯子身体前倾，正面盯着茶畑的眼睛，"意思是说，就是'纯粹'的性骚扰吗？是在半开玩笑地戏弄我吗？"

茶畑脑子里当即冒出的回答是："纯粹"是在夸奖我吗？但没敢说出口。

"当然……不是了。"

"不是？那是什么？"

茶畑发觉自己被堵进了死胡同。

"呃，就是，以前我就觉得，桑田你，挺好的。"

"所以您的意思是对我抱有好感。然后就用那样的方式表现了出来？"

"抱歉。最近事情太多了，脑子很乱，不由自主地就做出了那样的举动。"

"我明白了。"毯子叹气，"我是怎么都不会原谅您的，不过眼下就先将这件事放在一边吧。但是我要警告您，要是敢玩弄我，我可是会告您的。"

"怎么会呢！"茶畑露出微笑，感觉脸上的肌肉僵硬，"等到了东京站，麻烦你帮我买点东西。"

茶畑走进厕所的隔间,从纸袋子里取出毯子买回来的剪子和电推子。在囊中羞涩的当下,这样的花销可谓雪上加霜,不过也是没办法的事。

裸着上半身,对着从毯子那里借来的小镜子开始剪头发。花了很长时间才把头发剪得深一块浅一块,接着再用电推子理成平头,就像在修理草坪。电推子的声音会传到隔间外,如果这时有人走进厕所,大概会觉得很奇怪吧。

看了看短发的自己,变化并没有想象中那么大。只能之后拜托毯子帮自己把头发彻底剃光了。

看到走出厕所的茶畑,毯子笑出了声:"付出了这么大的牺牲,收效却是甚微呢。"

"像是享受短暂休息的修行僧吗?"

"那倒不是,怎么看都像刚刚刑满出狱的人。"

茶畑戴上廉价的墨镜。

"今天住哪里?"

"已经选好地方了。"

乘丸之内线前往新宿。距离高楼林立的商业街不远,从主路拐过一条街的某个角落,有着很多密密麻麻的小房子。

茶畑很快找到了提前看好的空房子。占地约有二十坪㉓,默默地伫立在那里。龟裂外墙上的石灰已经褪成了枯叶的颜色,在日落前强烈西晒的阳光的映衬下更显衰败。感觉房龄应该有五六十年了。

白天几乎不会有人经过这里,到了傍晚也是一样。就算被人看到了,也不会认为一男一女的组合是小偷。茶畑摆出居民的姿态站在房

---

㉓日本传统计量单位,主要用于计算房屋和建筑用地的面积。1 坪 =3.3057 平方米。

前,玄关门的锁是没有防盗作用的室内锁,撬开只需要一两分钟,但总不能在大马路边上摆弄锁眼吧。

茶畑挤过房子旁边狭窄的缝隙,绕到了房后。毯子也默默地跟了过去。来到实在算不上院子的另一边,发现了窗户和后门。

背后紧挨着另外一栋房子,不过早就确认过,那也是一间空房子。

可以打破窗户进去,不过茶畑还是选择了常用的方法:脱掉一只鞋,用脚跟踢向陈旧的铝质门把手。内侧有按钮的把手稍微受到冲击,就会打开大门迎接入侵者。

"就是有点脏,进来吧。"

毯子看向屋内,皱了皱鼻头:"这种话一般不都是谦辞吗?"

"免费供我们住还发牢骚,太失礼了。"

嘴上这么说,在看过房间里面的情况后,茶畑也皱起眉头。家具是有人住的时候留下来的,都在经历缓慢腐朽的过程。

"空气不流通,可以打开窗户吗?"

"靠近马路那边的不行,后面的窗户可以开两三厘米。"

毯子夸张地叹了口气:"不然还是我自己一个人去住城市酒店吧?"

"这种时候还是尽量省点钱吧。"

"那可是我的钱。"

"别这么说嘛,我们现在可是同乘一条泥船。"

"您承认是泥船了?"毯子略表惊讶。

"刚才你注意到了吗?院子里放着个一斗罐㉙,里面积了很多雨水。"

"看到了,放着会滋生孑孓,我去倒掉。"

---

㉙四方形的金属罐子,一斗约18升。

"笨蛋，不是让你倒掉，是让你提进来。"

"笨蛋？"毯子瞪着茶畑。

"呃……口头禅，口头禅而已。"

"那个水要来干什么？就算煮沸也不能喝。"

"自来水停了，不过只要往马桶里冲水，厕所就能用。"

毯子哑口无言。

"饮用水我稍后去便利店买回来。"

茶畑正打算出门，被毯子叫住了，"跑腿还是我去吧，比在这里傻等强多了。"

"抱歉，麻烦你在这里等。"茶畑郑重其事地恳求道，"我要再见一次贺茂礼子。"

新宿七丁目，贺茂礼子的家。

这是第三次造访了，对写有"R.KAMO"的金属质名牌已经很熟悉了。

只是那种阴森的感觉还是和第一次来的时候一样。

按下对讲电话。

"请进。"

茶畑默默地推开没上锁的门，走了进去。

打开位于走廊的尽头、看起来像书斋的房间的门，焚香的气味扑鼻而来。

"贺茂老师，有件事务必想要问问您。"

"你每次来，不都是为了问问题吗？而且所有来这里的人也都一样。"贺茂礼子抬起头，瞥了茶畑一眼，"想问什么？"

茶畑自己主动坐到了沙发上。"关于您的旧友，栗田和子女士、增田京子女士以及松原明美女士的事。"

"和子是个好孩子,她现在怎么样?"

"已经结婚了。狐仙曾经预言她二十岁就会死,遗憾的是,预言并没有应验。"

"可不是我预言的哦。"

"那会是谁呢?"

贺茂礼子微微歪着头:"你想问的就是狐仙事件的真相?"

"不,不过,如果那件事是贺茂老师您安排的,我倒是非常想知道,您为什么要那么做。"

贺茂礼子淡淡地笑了。透过薄嘴唇可以看到尖牙齿。

"刚刚不是说了嘛,不是我。"

"那会是谁?"

"你不是侦探吗?用简单的消除法就能猜到吧?当时在场的只有四个人,当然不可能是狐狸的灵干的。除了和子,不是我也不是明美。"

"为什么可以排除明美女士?"

"那孩子对狐仙的预言是否会应验很感兴趣,的确是有些过分,但那件事并不是她安排的,你应该已经看过证据了。"

茶畑一惊。是她留下的相册。茶畑回想起了"小和"照片旁的那段恶意满满的话。

小和被吓傻啦!狐仙的话会应验吗?真紧张呀,小和要是能快点到二十岁就好了。真期待出结果的那天♡

"所以就只剩下……"

"除了京子没有别人了吧?"

茶畑点了点头:"原来如此。假设贺茂老师是清白的,那么犯人就唯有增田京子女士,可她为什么要那么做呢?"

"你是真的想知道理由吗?想知道恶意是如何在关系要好的几个小女孩之间产生的?我猜测,你应该对此毫无兴趣吧?"

又被说中了,茶畑无法辩驳。

"你总是用这种方式提问,真正想知道的和问出口的毫不相干。故意避开关键问题,是在等待对方放下戒心,露出破绽。这种方式如果是初次见面还能管点用,但这已经是我们第三次见面了,再怎么迟钝,也能看出你的套路了吧。"

"第一次和您见面的时候也没起到作用啊!"茶畑自嘲地叹了口气。

"你看,我就说吧,假装已经举起白旗,实际是在等着对方说漏嘴。"

"我这次真的投降了。"

面对这个人,耍小聪明果然没用。

"今天我来,是想问之前那个话题的后续。"

"上次说的什么来着?"歪着大脑袋的贺茂礼子让人联想到木偶剧里的木偶。不像在装傻。

"您是心灵感应者那个话题。"

"经你这么一提醒,好像是说过。"

"您承认了吗?"

"我不记得自己否认过,"贺茂礼子的脸上露出感兴趣的表情,"上次你想用心灵感应解释所有轮回转世的现象,结果说不通。而说我利用心灵感应诈骗也是无中生有……你去见过净明了吧?"

茶畑回想起在精神病院见到天眼院净明时的场景。虽然能和他对话,但精神很明显已经失衡。

他的样子让茶畑联想到卡在海底峭壁斜坡上的沉船。船体没有生锈,甚至感觉打捞上去就能航行。但那艘沉船正在以肉眼不可见的速度慢慢滑落,巨大的海沟正张开漆黑的大嘴等待着它落下。

"您之前说,天眼院先生会变成那副模样,是因为他窥见了深渊,对吧?"

"对,没错。"

"看到深渊里的东西,无论是谁都无法保持清醒吗?"

"也不是所有人,也有人就算悟得真理,也能够全盘接受。像释迦牟尼和基督,那些已经解脱的人之中,有少数几人不是还保持着清醒吗?这么说不是打算拿自己跟圣人作比较,不过我确实也是其中之一。"

贺茂礼子那玻璃珠般的眼睛直勾勾地盯着茶畑:"实际上,窥见或是发现深渊并不是什么稀奇事。只是大部分人都会精神失常,而周边的人又不明真相,相信那些被诊断为重度精神分裂症的人中,有百分之三十到七十是不小心发觉的人吧。"

真敢说啊……反正也无法验证,所以想怎么说就怎么说吗?

贺茂礼子的眼神中没有任何感情。如果是美女的眼睛,会用"感觉要被她的眼睛吸进去了"来形容,而完全没有美感的贺茂礼子那漆黑的瞳孔,简直就是黑洞。它会吞噬一切——感情、梦境、所有人类的属性,然后归于无。

"我也正在窥视,"茶畑甩甩头,将刚刚的幻想从脑子里甩出去,"我会发狂吗?还是说会像您一样能够保持清醒呢?"

"我不知道,要看你自己。"贺茂礼子的脸是笑着的,但从她身上却感受不到任何情感,"不过大部分人在得知真理后都无法接受,只有圣人、恶魔或内心有非常强烈的牵绊之人才能接受。我能给你的建议就是最好到此为止。"

"已经来不及了。"茶畑不打算就此作罢,"您应该也知道,东京都内发生了犯罪组织之间的争斗,闹得腥风血雨。我也被卷入其中,也许明天就没命了,所以我想在死之前搞清楚这段时间发生在自己身上的事究竟是什么,一直以来调查的前世记忆的幻象又是什么,以及前世是否真的存在。"

贺茂礼子沉默了一会儿,深深叹了口气,就像活了一百五十年的海龟临终的叹息。

"好奇心是人类的宿疾,正因为有好奇心,文明才会发展至此。但世上有很多事还是不知道比较好,一旦知晓其存在,就无法抑制想要知道答案的冲动。但如果你已经距离深渊如此之近,再告诉你千万不能看,未免又过于残酷了。"

贺茂礼子从桌子后面站起身,走向窗边眺望外面的景色。

"你真的执意要如此吗?问题不在于能否保持清醒,一旦领悟真理,的确不会再惧怕死亡,但会被更加可怕的东西所迷惑。"

"比死亡还要可怕的东西是什么?"

贺茂礼子转过身。虽然是逆光,她的那双眼睛依然在闪闪发光,茶畑感觉脖颈的汗毛都要竖起来了。

"孤独。"

听到答案,茶畑很失望:"很多人都是孤独的,就拿我来打比方,虽然每天会接触大量的人,但内心深处其实不信任任何人,饱尝着孤独的煎熬。"

"不是那么浅显的……是本质上的、绝对的、充天塞地的孤独。"贺茂礼子吟唱般说着,"你偶尔感受到的孤独,充其量不过是它发散出来的余韵而已。如果说你平时感受到的寂寞是夏日阳光灼人的热度，那真正的孤独就是炽热的太阳本身，根本无法相提并论。"

贺茂礼子不是在信口雌黄。茶畑张了张嘴，不知道该说什么好。想要正面追问要害，却被恐惧占了上风。

"不过，既然是同样的热度，应该可以理解为延长线上的产物？当然，我不能真的去体验太阳的温度，只能想象一下。"

"你说的也在理。那就试想一下，你会在什么时候有强烈的孤独感？一个人的时候？还是在人群中的时候？"

茶畑思考了一会儿："后者。更多是在人多的地方会感觉到深深的孤独。"说完舔了舔嘴唇。不知为何，止不住的颤抖正在从脚下往上攀爬。

"大概是因为身边有那么多人，却没有一个是与自己心灵相通的，所以感受到了空虚吧。"

贺茂礼子淡淡地笑了。

"大家都像这样找个过得去的理由搪塞着。但是，身处人群之中时会感到更加孤独的原因没那么简单。和一句话都没说过的陌生人不会心灵相通这种说法是错的，其实所有人的心都像 WiFi 一样，是始终通过心灵感应连接在一起的。"

心灵感应，对啊，这件事也必须在她这里得到确认。但如今讨论偏离了核心，茶畑反而松了口气。

"回到最初的话题，心灵感应是存在的，是吗？"

贺茂礼子点点头："你是认为，如果想法和记忆就像传递 DNA 片段的病毒那样在人与人之间来回往复，就没必要假设前世是存在的了，对吗？"

"简单性原则，也就是奥卡姆剃刀原理（Occam's Razor）[30] 吧。"

---

[30] 这个原理称为"如无必要，勿增实体"，即"简单有效原理"。由 14 世纪英格兰逻辑学家、圣方济各会修士奥卡姆的威廉（Willian of Occam）提出。

贺茂礼子显然没有什么兴趣："想要解释某种未知现象时，我们往往认为作出的假设越简单越好。如果是工作假设当然没问题，但在现实生活中，并非最单纯的解释就是真相。就算你能用'心灵感应'来解释'前世的记忆'，也不代表'前世'不存在。"

茶畑想起了来这里的真正理由。

"我们说回'狐仙事件'，因为我的助手桑田毯子梦到了那次事件，我才会想起您。"

说这句话的同时，茶畑一直观察着贺茂礼子，她没有任何反应。

"那个梦，是您让桑田看到的吗？"

贺茂礼子摇头。

"那么，桑田毯子的前世真的是栗田和子吗？"

茶畑虽然嘴上这么问，心里却认为那是不可能的。因为栗田和子还活着，这就证明，是其中一位当事人的记忆通过心灵感应一类的手段，入侵到了毯子的梦中……

贺茂礼子的答案却出乎预料。

"答案是 Yes and No。是，也不是。"

茶畑急了："不可能，这究竟是怎么回事？怎么可能既是又不是？"

"的确很难接受……硬要说的话，是 Yes。"

贺茂礼子愉快地露出了牙齿——像哥布林一样三角形的门齿。

"如果答案是 Yes，那栗田和子还活着该怎么解释？桑田毯子和栗田和子同时活在这个世上。莫非您的意思是说，一个人分裂成了两个人吗？"

茶畑突然意识到，如果这一假说成立，那正木荣之介的两个前世在时间上有重叠也就不奇怪了。

"那个答案的前方是深不见底的深渊，你做好将在这里知晓一切的心理准备了吗?"

茶畑有一瞬的退缩,但他很快重新坐好:"我就是为此而来。"

"好吧,那就都告诉你吧。"

贺茂礼子挪动她那矮小的身躯,坐到了茶畑正对面的沙发上。

"接下来我所说的内容的真假,需要你自己来判断,没有证据也无法查证,一切都是我幻视所见,以及当时的感觉。"

"好的。"茶畑催促她继续。

"即将在你身上发生的变化不会在听完我的话的瞬间就降临,应该没人会在听完之后便立即领悟真理吧。一百个人里应该会有一百个都觉得那不过是恐怖故事或我的妄想,但真相会渐渐渗入心灵深处,慢慢侵蚀一切。"

贺茂礼子的声音与之前没有任何变化,此时却好似从地狱的底层传来,令人毛骨悚然。

"而且只要听过一次,就绝对无法忘记,你已经无处可逃了,会和净明走上同一条路。"

卡在海底峭壁斜坡上的船慢慢滑落的情景再次浮现。

"别怪我老太婆啰唆,再问你一次,你真的要听吗?这是悬崖勒马的最后机会。"

茶畑长长地吐了一口气。

"请说吧。"

离开贺茂礼子家时,外面天已经黑了。

搞到这么晚,毯子肯定等着急了吧。

茶畑走在新宿熙攘的街道上。

对逃犯来说,人越多的地方越安全已经是过去式了,警方中专精肉眼辨人能力的搜查员会随时监视，被配备了面部识别系统的监控摄像头拍到也跑不掉。茶畑不知道自己是否已经被警方通缉，可如果被洛斯·艾克赛斯庇护的走狗们发现，就只有两条路可选，不是被绑架，就是被杀。

但茶畑并不感到害怕。

从贺茂礼子那里听到的内容，简直莫名其妙，甚至根本不值得为了那种答案冒着风险去见她。

比宇宙的历史还要久远，永远不会结束的人生是什么。

不过正如贺茂礼子预言的那样，那些无聊透顶的话在心中扎了根，而且越来越大。

给茶畑的感觉就像会成长的锚。从船上垂入大海的锁链前端上挂着神奇的锚，最初它只会增加水的阻力，妨碍航行，而后越变越重，船不知不觉被拉入水中。即便能像天眼院净明一样，卡在海底峭壁的斜坡上，也会慢慢滑落，直到坠入海洋的最深处——无底的深渊。

无聊，我在想些什么啊！

茶畑苦笑。

那个女人身上果然透着不同寻常的诡异，所以精神不稳定的人在接触她之后，才会被拉进妄想当中吧。

我不同。

茶畑强装笑容。

我不同。

现在没有感觉到孤独，反而觉得，从未与熙熙攘攘的人群如此亲近过。

穿过新宿西口的商业街，朝着藏身之处的街道走去。

突然，有人从背后抓住了茶畑的肩膀。

# 第十二章

　　茶畑迅速下蹲，摆脱对方的手，接着像参加短跑比赛时起跑一样猛地向前冲，绕到电线杆后面，回头看。

　　一个高个子男人脸上挂着忍着胃痛的表情站在那里。

　　"大日向。"茶畑瞬间松了口气。听说大日向的事务所被炸，还以为他已经死了呢。

　　"你在这里干什么？你知道现在是什么状况吗？"大日向的声音很低沉。

　　"知道，在新干线上看到新闻了。"

　　大日向轻轻摇头："你果然是个大白痴。"

　　一种不好的预感袭向茶畑。他和大日向认识很长时间了，看对方的表情就能明白事态的严重程度，这是迄今为止在大日向脸上看到的最绝望的表情。

　　"问你个问题，洛斯·艾克赛斯的人也接触你了吗？"茶畑观察着周围的情况，向大日向靠近。

　　"对。"大日向一副"这还用问吗"的语气。

　　"他们问你什么了？"

　　"什么都问了。"

　　"你说了多少？"

　　"什么都说了。"

　　茶畑怒气上涌："不是告诉你要说什么都不知道吗？"

　　大日向撇着嘴："你觉得我会因为对方随便威胁两句就开口吗？你

觉得你的报复和失去双手双脚,哪个比较恐怖?"

如果是丹野的恫吓或许还会纠结一番,过于温和的侦探的威胁没有任何效果。

"是吗?那些家伙正在到处找我?"

"不。"大日向摇头。

"什么意思?"

茶畑心中燃起了小小的希望。也许洛斯·艾克赛斯的目标只是丹野,对只是雇用过北川的侦探一点兴趣都没有。但,大日向的话彻底打破了这个天真的期待。

"直至刚刚为止,的确是在到处找你。但,现在不是了。"

大日向话音未落,茶畑拔腿就跑。

逃,在这里被抓就完蛋了。无论如何,一定要逃掉。

就算对方是洛斯·艾克赛斯,自己现在身处闹市的人群中,而且还有警察在警戒,应该不会乱来。

前路被几个男人堵住了。乍一看就是普通上班族的穿着打扮,但眼神和体格透露出了不同。

茶畑像被狮子追赶的跳羚一般变换着方向,跑进一条胡同。但还没跑出十几米,又看到几个守株待兔的男人。

回过头,之前那几个男人正从身后快速接近。

茶畑放弃了,四肢无力。现实和动作电影不同,面对这么多人,就算是职业格斗家也无计可施。

"乖乖跟我走吧,只要尽量配合,或许还会受到褒奖呢。"

说话的是在那几个男人之后抵达的大日向。

"什么褒奖?"

"不会被切断手脚,不会被灭门,这种好事可不是一直有的。"

浑身散发着黑社会恶臭的男人们把茶畑夹在中间,给他戴上了手铐。

"看着不像墨西哥人啊。"

没人应答。

"雇的吗,你们是哪个组的?"

回答他的是揍向胸口的一拳,导致茶畑喘不上气。

男人们拖着茶畑,把他塞进旅行车后堵住他的嘴,往头上套了黑袋子,车才出发。

如今东京处于非常事态,车窗上贴着黑色薄膜的面包车应该会很惹眼,茶畑还抱有"也许会遇到警察盘问"这种渺茫的希望,不过目前看来这些人对躲避之术颇有心得。

车开了三十分钟左右,停在了一个安静的地方。

车门打开,有人从两侧把他的胳膊高高拉起,吊了起来,背在后面的手上还戴着手铐,剧痛难忍。

应该是被带到了某座老楼的地下室。

这次真的完蛋了。

茶畑深深地叹了口气。

事到如今,贺茂礼子的那些话成了唯一的救赎。

把那些话说给这些蠢货——洛斯·艾克赛斯和丹野那样的嗜血施虐狂听,只要能让他们接受的话。

不过,没有想象力的人大概都无法理解那是在说什么吧。

拷问没有想象中的残忍。负责拷问的人不是洛斯·艾克赛斯派来的,是用钱雇来的日本混混,这一点算是值得庆幸吧。

不过整套话问下来之后,茶畑的脸还是像经历了十二个回合激战的拳击手似的肿了起来,三根手指指向不可能弯曲的方向。

没有做任何抵抗，把知道的一切（除了毯子的所在）都说了出来，所以应该已经把伤害降到最低了吧。

"不做无谓的抵抗，老实交代是明智的判断。"

拷问男说话的腔调就像保险公司的推销员，还有他那惠灵顿款的眼镜和三七分的发型，怎么看都像个推销员。

"不过，不知道关键问题的答案也没意义，我也没法向上面交代，你知道我在说什么吧？"

茶畑认真地点了点头。

"我想知道丹野在哪儿。今天丹野给你打电话了吧？说了什么？"

"刚才已经说过了……"

男人戴着拳击手套的拳头打在了茶畑的颧骨上，冲击力很大，感觉都要脑震荡了。不知是不是指关节处设计比较薄的墨西哥雷耶斯（Reyes）出品的八盎司拳套。

"'警告你不要回东京'这些话已经听够了，我不想每次都听同样的答案。不想遭罪，就说点有价值的东西。"

茶畑点点头。

"丹野说他在哪儿了吗？"

他怎么可能会告诉我呢？茶畑的想法似乎传递给了拷问男。

"当然，他不可能告诉你，不过应该有提示吧？"

"他真的没有……"

"不一定是语言，电话背景里的杂音也可以。"

太难为人了吧。茶畑摇摇头。

"你不是侦探吗？而且很擅长找人，你觉得丹野会在哪里呢？"

"我真的不……"

男人左手击出两记刺拳，打在了茶畑的鼻梁上。好疼啊！好不容易止住的鼻血又开始流了。

"劝你拼命地给我想,反正你早晚都要说。"

"等一下,我没理由包庇丹野,知道的已经全都说了,其余的我真的什么都不知道。"

男人似乎很失望:"那就奇怪了,如果你们没什么交情,丹野为什么会担心你,还给你打电话示警呢?"

我也想知道啊。

"我们是小学同学,他还想从我身上得到钱财,大概是因为没拿到钱我就死了的话,他会不甘心吧。"

本以为面部会吃上一记右直拳,结果只是假动作,一记左勾拳打在腰窝上。爆肝拳打得茶畑差点昏过去,绑在沙包上的身体因为疼痛而抽搐着。

"大日向先生,这怎么说?从茶畑先生身上似乎问不出有效的情报了,这样的话可就要给你的贡献值扣分了,那可是关乎生命的重要数值哦!"

大日向皱着眉,按着胃接近茶畑。

拷问开始后,地下室就只剩下他们两个,那些强壮的男人似乎还有其他工作,都离开了。

只要解开身上的绳子,或许就还有活路。大日向很轻松就能够解决,还可以劝服他。问题是这个拷问男,出拳还算利落,但看起来应该不好打。

就算不能逃离这里,能打回去一拳报仇也是好的。

"他刚才说是在乘新干线回来时接到的丹野的电话,要是能问出他是去哪里做了什么,或许会有线索。"

他大概是真的被逼急了。听到大日向这句多余的话,茶畑闭上了双眼。

饶了我吧，为什么要在这个时候说这件事啊。就算如实相告，这家伙也不会相信"我是去调查前世的"这种解释啊！

"有道理，的确应该问问。茶畑先生，你去了哪里？"

"大阪。"

"去干什么？"

"调查……有人委托我寻找以前的同学。不过那人只记得是吹田市某小学，昵称叫'小和'的人。"

身体做好防范，正在猜他这次会打哪里时，男人却没动手，而是歪着头纳闷。

"这件事不太对劲。"

"哪里不对劲？"

"大阪也有很多侦探事务所吧？为什么非要支付高昂的交通费找东京的你去调查呢？"

"委托人以前住在东京，曾经委托过我，对我相当信任。"

"委托的什么？"

"调查丈夫出轨。"

"实际上出轨了吗？"

"出轨了，对象是男方的直属部下，但还没有陷得太深。劝说后就没有继续下去了。"

"为什么要这么做？"

"这样两边都能拿到钱。"

所有内容都是临时捏造的，茶畑却对答如流。

"原来如此，看来跟这件事无关。"男人点点头，瞥了大日向一眼。

"等一下！他可是北川曾经的雇主，不可能什么都不知道！就算问不出丹野的行踪，只要能问出北川在哪儿，应该也能给墨西哥人一个交代。"

男人用拳击手套的边缘推了推惠灵顿款的眼镜："那你来问。"

"让我来问有点……对了，让那家伙来，小口！"

"那个放高利贷的吗？他也就能当个沙包。"

"让他们俩当面对质，其中一个肯定会露出马脚。"

男人似乎对此不抱希望，不过眼下也想不出其他好办法，还是走出了房间。

待门关上后，茶畑问大日向："小口也被抓了？"

茶畑回想起，被埃斯特班·杜瓦特掳走的时候，自己曾经顺嘴胡诌说小口是幕后黑手。可后来杜瓦特和翻译都被丹野杀了，洛斯·艾克赛斯应该不知道这件事。

"对，是我告的密。万般无奈之下，我告诉他们，小口或许知道些什么。"

茶畑这才想起，是自己曾经命令大日向这么说的。大日向会乖乖遵从自己的指示，或许与小口不是个多受待见的人有关。

"那你觉得，让我和小口当面对质能有什么收获吗？"

大日向没有回答。

"果然只是为了拖延时间。那等我们把能说的都说完之后呢，你打算怎么办？"

"不怎么办，"大日向的喉咙深处发出想要呕吐的声音，"你帮我想个能拖延时间的话题，说谎不是你的强项吗？"

茶畑故意冷冰冰地摇头："想不出来，已经没什么可说的了，之后只会上演我和小口相互谩骂、最后都被干掉的戏码。你应该很清楚吧？我们死后就该轮到你了。"

大日向一声不吭地低垂着脑袋，看来刚刚的话正中靶心。

"要想保命，就只能拼一把从这里逃出去。"

"无处可逃，跑到天涯海角都会被他们找到。"

"我有藏身之处，大阪，在那里能藏个一两年。我可是找人的专家，知道怎么才能不被找到。"

茶畑卖力的劝说有了效果，大日向的表情里稍稍恢复了生气。

"可就算在那里躲得了一时，之后怎么办？"

"No idea."

敷衍的话说多少都没问题，但茶畑始终采取冷言冷语的态度。这家伙可是一条疑心很重的深海鱼，鱼饵过于美味的话，会缺乏真实感，要的就是射进黑暗中的一束光的效果。

"可总比死在这里强吧？活着或许还能有希望……还是说，你已经累了？那你稍后要不要求求刚才那个人，让你死得痛快点？"

大日向似乎下定了决心："你说怎么做？你觉得有希望能从这里逃出去吗？"

"他们有几个人？"

"爱川，就是刚刚那个戴眼镜的。还有一个瘾君子，脑袋不太灵光。"

被小看了啊。敢让自己和大日向独处，也是认定大日向已经失去了反抗的勇气。

"好，先给我松绑。"

大日向绕到沙袋后面，开始解绳子。

"还没解开吗？"

"系得很死，该死！没工具的话……"

就在这个时候，走廊上传来了脚步声。

"来不及了,你先回去!等待时机。"

听了茶畑的话,大日向放弃解开绳子,走到一边。

千钧一发。门开了,比预期的要快。透过门缝,看到一张肿得像气球的男人的脸,应该是小口。虽然只是猜测。

"见见面吧。"

爱川从后头粗鲁地把小口推进来,双手被反铐在身后的小口差点扑倒在地,勉强撑住了身子。

走近后才看清了小口的脸被打得有多惨,左边眉毛上方像帽檐一样凸起,不知道的还以为他化了特效妆。自己的脸大概也和他不分伯仲吧。

不过小口的脸上没有开放性伤口。爱川应该是故意避开皮肤薄弱的位置,用类似肉锤的钝拳均匀地打了整张脸。可是自己都被打出鼻血了啊,爱川应该不是讨厌见血的人,莫非这个虐待狂是觉得小口的脸肿得很夸张会很有趣吗?

"啊,你……"认出是茶畑,小口低吼,"果然是你把我捅出来的吗?"

茶畑可以否认。捅出来是事实,但小口被抓是大日向害的,不过现在应该让小口更加愤怒。

"就算是我把你捅出来的又如何?"

"我一定要宰了你!"

小口将脸贴近,用尽全力恐吓着茶畑。看着被肿起的眼睑挡住大半的眼睛中,那股好似阿岩[31]附体般的怨气,在某种意义上还真是有些吓人。

"哈哈哈,你不也差不多吗?""顶着这张脸说得出这种话?"

---

[31]《四谷怪谈》中的女鬼。

本以为他会立即大发雷霆，没想到居然强硬地顶了回来。

"我和你的情况可不一样。你照过镜子吗？现在你那颗脑袋的轮廓简直和面人一模一样。"

"我看你是五十步笑百步，不用担心，稍后我会慢慢地把你的脸划个稀巴烂。"

小口向茶畑吐口水，其中还掺杂着血，同时露出了豁牙。上门牙少了两颗，真可怜啊。

天眼院净明说过的话，再次出现在脑中。

"对他人施加暴力或残忍手段是宇宙中最不可取的愚蠢行为。"

他说的没错。从贺茂礼子口中听闻"真相"后——当然，自己还没有完全相信——才发觉，天眼院净明这个骗子的话直指真理。

"是吗，原来是这样啊……"

现在回想起来，从初次见面自己就不喜欢这个人，无论怎么努力，从他身上也找不到优点。如果拳击男爱川没把他打成这样，之前的自己也想像这样把他揍一顿。

但现在有了不同的想法，既然两个人都快死了，还是说一句温柔的话语吧。

"你的眼睛怎么搞的？"

听到这话，不知为何，小口表现得异常激动。

茶畑这才反应过来，是自己眼中的怜悯让小口忍无可忍。

茶畑心中依然对小口充满了慈爱，没想到这样的态度反而激怒了他。茶畑觉得不能放过这个机会。

"你肯定也经历过可爱的孩提时代吧。"

"什么？"

小口瞪大眼睛。眼睑都肿成那样了，居然还能看到整个虹膜。如果是正常状态下，恐怕眼珠子会像乒乓球似的飞出来吧。

"不对，从客观的角度来说，像你这种鬣狗，可爱不到哪里去。不过，应该还是挺天真无邪的，是不是整天吃着鼻屎傻笑啊？"

小口的喉咙深处发出好似青蛙的叫声，却说不出话来。

"只是那个天真无邪的孩子，不仅智商不够，还像下水道的过滤器一样，不停沾染着世间的淤泥，最终成了现在的你。你今天就要死在这里了，真是空洞且毫无意义的一生啊！活着遭人嫌弃，死了被人唾弃。不过，至少你那可怜的老母亲不用看到你现在凄惨的样子了。"

小口凶神恶煞的脸猛地靠近。

茶畑迅速扭过脸，颧骨上方还是遭到重击，险些失去意识。

"干什么呢？住手！"

爱川赶忙拉开小口。小口使出浑身力气的头槌没能正中茶畑的脸，他自己的脸却直接撞上了后面的沙袋，撞得他鼻血直流，东倒西歪。

"蠢货！谁让你撞上去了？"说着，爱川从背后抓住小口的肩膀。

下一个瞬间，小口身体后仰，头朝着后方撞去，他的后脑直接撞在对方的鼻子上，爱川"啊"的一声大叫着后退。

大日向迅速从背后勒住爱川的脖子。茶畑正担心结果会如何，不到十秒爱川便晕了过去。看来以前是自己小看大日向了，都不知道他还会柔术。

"好，成功了！快帮我解开。"

听到茶畑的话，小口先大日向一步凑了过来。

"啊？我为什么要帮你啊？说个我能接受的理由来听听？"

"要想逃离这里，需要三个人同心协力啊？"

"是吗？你刚才骂得挺爽啊！"

"你在说什么啊？那是在演戏啊！就因为有那个过程，躺在那里的拳击男才会让你有机可乘。不过真没想到你居然能在瞬间发动那样的攻击。"

"因为不想办法干掉他我就会被杀啊!"

"真不愧是在地下金融业摸爬滚打过的人,我对你刮目相看了。"

"浑蛋,看你把我打的。"

小口朝昏迷的爱川的腰窝上踢了一脚。爱川痛苦地扭了扭身体,并没有醒过来。

"好了,没时间了,快帮我解开。"

"你还没说我为什么要帮你呢。"

大日向推开小口,用冷漠的眼神瞥了茶畑一眼,绕到沙袋后开始解绳子。

"喂,你都帮他了,也帮我把手铐打开吧。"

"钥匙应该在那家伙身上,自己找。"

听到大日向这么说,小口嘴上嘟嘟囔囔,但还是蹲了下来,用拷在背后的手灵巧地摸向爱川西服内侧的口袋。

"找不到,在哪儿呢?"

看来钥匙不会那么容易被找到。

总算恢复了自由,茶畑走到爱川身边查看他的情况。果然只是昏过去了,还有气儿。之后又在口袋里找到了大约是手铐钥匙的钥匙件物丢给小口。

这种情况下还是弄断拳击男的手脚比较安全。茶畑抬起腿正要踩下去,却被大日向抓着胳膊拉开了。

"你要干什么?杀了他吗?"

那是看怪物的眼神,大概是以为自己要踩断对方的脖子吧。事到如今,茶畑没心情解释。

"不想让我杀了他,就把他绑起来。"

茶畑说完,大日向先是把从小口那里拿过来的手铐铐在爱川手上,再用之前绑着茶畑的打包绳捆住了爱川的腿。

"好了,走吧。"

刚要朝着门的方向走,大日向赶紧说了句:"慢着,有看守,是个口齿不清的瘾君子,不过他手上有枪。"

该怎么办?茶畑首先想到的是挟持爱川做人质,但就算手上有人质,也不敢保证一个瘾君子会把人命当回事。

那么最好的办法就是利用没有杀死爱川这件事,把那家伙叫进来。

就在这时,有人敲门。

"大哥?您是吩咐过别打搅您,可是老大来电话了。"

门是朝里开的,从里面看门把手在右侧,茶畑迅速贴上门旁边的右侧墙壁。同时,大日向藏身到了对面。

"开门。"茶畑小声对小口下达指示。

"我?"小口一脸不安,不敢上前。

"别磨蹭,快开门。"茶畑努了努下巴。

"大哥,您没事吧?可以开门吗?"

门猛地向内侧打开,正对着呆站在原地的小口。

小口先后看了茶畑和大日向一眼,意思让他们赶紧扑上去。但瘾君子没打算进入房间,两个人都无法采取行动。

瘾君子似乎看到了倒在小口背后的爱川。

"你把大哥怎么了?"

随着小口后退,瘾君子进入了房间。是个身高将近一米九的大个子光头男。

原本做好准备打算扑上去的茶畑锐气顿减,大日向也是一样。

"等……等一下!"

多亏了小口夸张的举止,男人的注意力都放在前方。

先是"呼"的一声脆响。

接着又是"呼呼"两声。

小口像花样滑冰选手一样原地旋转了一圈,然后倒地不起。

茶畑从大个子背后瞄准耳朵,用尽全力击出右直拳。

大个子只是踉跄了一下,没有倒,转向茶畑这边。

糟糕!以为就要中枪的下一个瞬间,大日向用胳膊从背后勒住了大个子的脖子。大个子用握着手枪的手拨开大日向的手,把他往墙的方向顶。

现在是最后的机会。

茶畑的右腿伸到大个子两腿之间,用力向上一踢。大个子怒视茶畑。

没效果,不会吧?

停顿了一下之后,大个子表情痛苦地扭曲着,按着两腿之间的位置蹲了下去。

茶畑抓住大个子手中的枪管,很烫,感觉手都要着火了,但还是用力握住手枪,调转枪口对着大个子的头。论力量,二人之间存在着很大的差距,但根据杠杆原理,还是握着枪身的人占据绝对优势。

枪口抵在大个子右眼上,男人的表情中充满了恐惧。

"一扣扳机你就死定了!把手指拿开!"

听到茶畑的话,男人本打算把中指从扳机保险中抽出来,结果由于手指太粗,抽到一半时不小心扣动了扳机。

枪声轰鸣。大个子的脑袋仿佛被金属球棒击中,猛地晃动。

接着,像喷枪一样把身后的墙染成了鲜红色。

"你杀了他。"大日向站起身,用难以置信的眼神看着茶畑。

茶畑叹了口气，夺下大个子手上的枪，吹着烫伤的手。

小口一共中了三枪，分别在脊椎、胸部和腹部，当场死亡。

就和之前自己说的一样，像屎一样的人生。以前的自己应该会不屑一顾，现在不会了。茶畑双手合十。

大日向用奇怪的眼神看着茶畑的一举一动。他大概是在想，在镇静地杀完人之后悼念死者是怎样一种心境吧。事到如今，茶畑也不打算辩解人不是自己杀的。

原来几人是被那些混混带到了位于赤羽的某座废弃大楼。

大日向态度坚决地拒绝了继续和茶畑一起行动，离开大楼后二人便分道扬镳。大概这辈子都不会再见了吧。大日向头也不回地快速跑掉了。

手机没坏，茶畑给毯子打电话。

"所长！出什么事了吗？一直联系不上您，我很担心。"

看了看手表，日期刚好改变。

"我被绑架了，刚刚才脱身，洛斯·艾克赛斯收买了日本的混混。"

"出了这种事……"毯子的话没说完，似乎怀疑茶畑是不是在开玩笑，"您是怎么得救的？"

"有人挺身而出救了我。"

"谁？"

"昭和的放高利贷的。"

毯子沉默了。她能听出茶畑不是在开玩笑："小口先生怎么样了？"

"很可惜，被枪杀了。"

毯子再次沉默。

"听着,你在那个地方等到天亮,然后去东京站,乘上始发的新干线。"

"去哪里?"

"去哪里都可以,去你熟悉的地方。继续留在这里很可能会被杀。"

"所长您呢?"

"不知道。"

毯子重重地叹了口气:"我在信州有朋友,应该能收留我一段时间。"

"是吗?"

"所长也跟我一起去吧?"

"不,不行。"茶畑冷冷地拒绝。

"为什么?您有别的去处吗?"

"没有。"

"所长!"

"有件事交代你去做,联系荣工程一个姓有本的总务课长,顺利的话,你应该能拿到退休金。"

"您在说什么啊?"

"告诉他,情报泄露的幕后黑手是个搞金融的,叫小口繁,他与名为天眼院净明的灵能力者合伙干的这件事。他们背后应该还有人,天眼院被下了药,精神已经不正常了,小口则被射杀。之后会向正木先生做同样的汇报。"

"您说的都是真的吗?"

毯子问这样的问题很合理,茶畑选择无视。

"还有,报告给正木先生,杀人犯藤兵卫的转世不是他的弟弟正木武史先生,是搞金融的小口繁,小口被当年替他顶罪的浪人的转世射杀而死。"

"他不是您的救命恩人吗?"毯子的声音里充满惊讶。

"毕竟对方盛情难却,应该好好利用嘛。"茶畑清了清嗓子,"要交代的就这么多,你多保重。"

"请等一下,所长您到底有什么打算?两个人行动比一个人要方便很多吧?"

"不用管我了,有缘我们自会再见。"

"您太专断了!"毯子很少会如此激动,"我在所长心里,到底算什么?"

"雇主和职员,仅此而已。"

"那……为什么?为什么在新干线上的时候要做那种事?"

茶畑哑口无言。

"所长!请回答!"

"对不起,我无话可说。"

"……我明白了。"过了一会儿,毯子才低声说,"那至少在最后告诉我一件事。"

"什么?"

"之前在您手下实习的那两个新人,辣手神探迷和喜欢高科技设备的色狼,那两个人独处的时候究竟发生了什么?"

"人生就是一个接着一个意料之外的谜团,且大部分都绝不会得到解决。"

"那个故事也是您瞎编的,对吧?"

"不是……那两个人应该都比你小,你早晚会明白的。"说罢,茶畑挂断了电话。

就算今生到此为止,早晚还能见面。

因为所有人的人生,都是联系在一起的。

在赤羽站的厕所里，茶畑看着镜子中自己的脸。两只眼睛的眼皮和颧骨上方还肿着，不过自己的脸本就有些显肿，这种程度的肿胀应该没什么。鼻血早就止住了，就是血沫溅到了衬衫上。先洗了把脸，让自己冷静下来，接着脱下衬衫，用肥皂和流动的水清洗。洗完还是很显眼。湿衬衫穿在身上很不舒服，不过要不了多久就会干。

电车还有班次，回新宿等同于送死，但茶畑还是决定回去。

事到如今，就算逃跑也没有未来，还不如纵身跳进漩涡，这才是自己的风格。而且在经历过绑架之后，自己变得很沉着，对于死亡的恐惧彻底消失了。

零点的电车上乘客很多，大部分是上班族。

茶畑站在门旁，身边一个人都没有。警惕地看向周围，没人将视线对着自己。

这也正常，头发被自己剃成奇怪的平头，脸还肿着，怎么看都不像个好人。

用右手挠鼻头的时候，闻到了袖口传来的硝烟味。

气味来自大个子光头男放的那一枪。以前也不是没有使用过暴力，一个人死在眼前应该会对内心造成巨大的冲击，但是自己却几乎没有任何波澜，这是为什么呢？

身体随着电车单调地摇摆晃动，茶畑陷入沉思。

对自身死亡的恐惧消失了，对他人的死亡也不再感兴趣，这两个变化该不会是源于同一个理由吧？

贺茂礼子说的那些奇怪的言论。

那些话就算用"荒唐无稽"都不足以形容，让人连反驳的心情都没有。

的确，若是以如此荒谬的假设为前提，关于前世的种种矛盾就都能说得通了。比如为什么正木老人回想起来的"前世"在时间上会有重叠，为什么毯子的"前世"还活着，以及人类的数量在不断增加、轮回转世的灵魂应该会不够用的问题。

可就算是这样，也不会有人相信那种话。茶畑苦笑。

突然，丹野的话在脑中响起。

"那是小学六年级的时候，我看到了幻象。"

"过去的我，不是现在的我的另外一个我，以不同的身份，像当时一样高举着武器从头上挥下去的样子。"

"就像照镜子一样，同时看到了一百多个人。"

"砍掉脑袋，或是把脑袋砸碎。"

"其中还有蒙古军的指挥官和欧洲的骑士团长模样的人，看到那个的时候，我的心情愉悦极了。"

他看到的幻象莫非是真实发生过的？

茶畑摇了摇头，不可能。与"解脱"这个词关系最为疏远的男人，怎么可能会在采取残虐行为的过程中领悟宇宙的真理。

可是，丹野看到的幻象与贺茂礼子的话之间却又有着奇妙的吻合之处。

茶畑透过电车门上的玻璃，看着东京街头永远不会熄灭的灯光。

但如果那是事实呢？

如果那是真的，得知真相的人不可能承受得起，必然会渐渐失去精神的平衡。就像天眼院净明那样。

当然，那是不可能的，绝对不可能。

可若真是如此，那人生究竟是什么？

回到幼年时期就产生的根本性疑问。

**我究竟为什么会是我。**

全世界生活着几十亿人，每个人都有各自的意识，每个人都在思考着。而几乎所有人应该都曾在某个瞬间被同样的不协调感束缚过。

为什么我是茶畑彻朗？上幼儿园的时候，曾经这么问过母亲。母亲是这么回答的：佐藤晋小朋友和铃木惠小朋友应该也都是这么想的。可是，这算是答案吗？不是在敷衍我吗？那个奇怪的想法始终挥之不去。

而现在也基本没变。为什么在无数的人之中，唯独我会被定义为茶畑彻朗呢？觉得自己是特别的这种想法根本就是诡辩。可从感觉上来说，自己的意识就是全宇宙独一无二的，是绝对的存在。

看弗雷德里克·布朗（Fredric Brown）的短篇小说时曾接触过唯我论。以"我思故我在"而闻名的笛卡尔发表的言论中，除了正在思考的自己外，其他一切都是不确定的幻影。听上去像把幼儿时期的全能感延续到了成人后，感觉上似乎也没什么不对劲。

或许，在这宇宙之中其实只存在一个意识？

突然，令人头晕目眩的启示感出现，茶畑闭上眼睛。

**比宇宙的历史还要久远，永远不会结束的人生是什么。**

那个瞬间，心中遮挡真相的屏风哐当一声倒地。

茶畑感觉身边的一切都云消雾散，只剩自己在黑暗空间中飘浮着，连肉体都消失了，只剩下思想。

孤独。

在无尽的黑暗之中，时间都变得模糊不清。

无明在无限与永远之间扩散开来。

"意识"一直是孤独的。只不过从一开始就是唯一的存在,所以之前连孤独这个概念都不曾知晓。

时间诞生后之慢慢开始流转,因为没有参照物,不知道走得是快是慢,但时间确实存在,就是它在支配着全宇宙。

恒星绽放光芒,迟早会耗尽寿命。有的发生大爆炸,有的平静地消失,有的不停缩小,直至化为会让空间扭曲的黑点。

在发光的恒星周围环绕的行星上,各种各样的化学物质在稳定的环境下诞生,其中出现了会自我复制的物质。

这些复制因子中,不稳定的会渐渐消失,只有相较稳定的才会留存下来。

随着时间的流逝,复制因子开始包裹上外壳,之后外壳又进化成运载工具,生物就此诞生。生物如泡沫般诞生后消失,消失后再次诞生。在这个过程中,优秀的——容易存活下来的复制因子便经过了洗练。

很久很久以后,其中一部分进化出复杂的神经系统,智力的萌芽得以显露。

小小的蛋白质器官——大脑,转眼间开始进化。

终于,在全宇宙唯一一处、太阳系的第三行星上,出现了人类。

人类的大脑逐渐具备足以被称作小宇宙的复杂系统,理想的宿主诞生了。

"意识"受到吸引,寄宿其中。伟大的共生关系随之展开。"意识"终于摆脱了全宇宙范围的孤独。

而人类体内寄宿着特别的灵魂,是其他动物都无法拥有的真正的自我意识——会轮回转生的灵魂。

人类在诞生后死亡,重复着世代交替。

全宇宙独一无二的真正的"意识"寄宿在所有人类身上,度过各自的人生。

"意识"是超越时空的存在。一旦有人降生，便在发生的最初期附身，每当个体死亡，时间回溯，便会再附身到下一个人身上。

"意识"会体验珠串般的人生，在生与死之间往返数千亿次以上，累积起来比宇宙中任何物质都要长得多得多。

茶畑不禁战栗起来。

荒唐，胡说八道，不可能。

他曾是过着穴居生活的猎人，曾是石器时代耕耘的农夫。

曾是骑马袭击村落掠夺的盗贼，曾是被掠夺、被强掳、被杀害的村民。

他是释迦牟尼，是基督，是穆罕默德。

是成吉思汗，是被虐杀的撒马尔罕的居民。

是希特勒，是遭灭顶之灾的数百万犹太人。

是开膛手杰克，是被开膛破肚的女人们。

他是竹井藤兵卫，是净智和尚，是皆川弥吉，是皆川清吉，是登代，是小川一等兵，是百濑二等兵，是船山胜利，是正木荣之介，是正木世津子，是正木荣进，是茶畑刚朗，是茶畑悦子，是茶畑绿，是贺茂礼子，是栗田和子，是增田京子，是松原明美，是早坂弘，是土桥充，是埃斯特班·杜瓦特，是天眼院净明，是小冢原锐一，是小口繁，是大日向，是丹野美智夫……

也是茶畑彻朗。

幻象中，无数人生飞也似的穿梭而过。

茶畑体会到了难以忍受的恐惧。自己的分身不过是浩瀚大海中的一滴水，是那么渺小。

是无数人生中的一瞬，是比宇宙还要长的时间中的数十年。

意识如台风中的一根蜡烛,眼看就要熄灭。

猛地睁开眼。

人还在电车上。

规律的振动经由手上握着的与电车地板相接的立杆传来。

缓缓环视车内,没人想与茶畑四目相对。

我还能保持清醒到什么时候?这个想法一闪而过。

窥见幻象的时间只有一瞬,浑身就已经挂满黏糊糊的汗水。

脑中响起一段旋律。

We're All Alone。

我们都是孤独的。

即便到了深夜,新宿站也不会入睡,不过来来往往的行人比平时少了些。是受到洛斯·艾克赛斯恐怖袭击的影响吗?穿着制服的警官相对来说就更加显眼了,阵仗远超警戒事态,简直就像是已经下达了戒严令。

所有警察都看了一眼肿着脸的茶畑,但马上将注意力移开了,大概是没时间理会和别人打架的醉鬼吧。要是被盘问真的会很麻烦,这个状况算是万幸。

茶畑站在车站里,拿出手机,从通话记录里选出一个名字。

拨通音响了三次,对方接了。自己以前是多么不想听到这个声音啊。

"阿茶?你人在哪儿?"

"新宿站。"

对方沉默,大概是很诧异吧。

"你是白痴吧？亏我好心提醒你快逃。"

"我不想一辈子东躲西藏，想看看主动跳进漩涡会有怎样的后果。"

"你到底明不明白啊？要是被印卡人找到，他们会砍下你的手脚，把你变成毛毛虫的。"

"之前大日向找到我，把我绑架了。"

"哦？后来呢？"

"枪杀了一个人，逃出来了。"

茶畑故意虚张声势地说杀了人，一名警察瞥了这边一眼，不过应该没听清"枪杀"这个词。

"哈哈哈！阿茶，真有你的啊！"丹野开心地笑着，"好，你马上来我这里，作为奖励，给你看点儿好东西。"

丹野说出地址后，挂断了电话。

茶畑叹了口气。

自己的行为已经超出前后矛盾的范畴，进入癫狂的领域了。但既然已经想起来了，也没有别的选择余地。

一开始还担心情势如此严峻会打不到出租车，来到乘车地点一看，居然还有大批等待载客的空车。看来是夜间出行的人变少，很多车都接不到生意。

说出目的地，中年司机瞥了一眼茶畑的脸便出发了。

"要是每天都像今天似的，买卖就不好干了啊！"茶畑试着搭话。

大概是通过声音判断自己拉到的不是那种不正经的客人，司机感叹着答道："哎，真是服了，闹市区的行人都少了很多。"

"真会给人添麻烦，墨西哥的黑手党干吗大老远地跑到日本来搞恐怖袭击啊？"

"是墨西哥人干的吗？"

后视镜里的司机一脸吃惊的表情。糟糕,新闻里大概还没报道。

"我是听警方的人说的。"

茶畑一反常态地很想与人交流。平时的话,打车的时候他从未主动发起过话题。

"那些恐怖分子是来自一个叫洛斯·艾克赛斯的组织,据说在墨西哥也是最危险的犯罪团伙。"

"哦,是这样啊。可是他们为什么要在日本做这种事啊?"

"听说是想往日本走私毒品,后来起了纠纷。"

"哦……那可真是够可怕的。"司机皱起眉。

他平时是以怎样的心情工作的呢?茶畑盯着司机如此想着。现在经济不景气,营业额总是上不去,还要应付喝醉酒的客人,但为了家人的生活,还是会每天手握方向盘吧。

光是想到此,就不禁对他产生同情,心中充满了类似对人类之爱的感情。毕竟自己曾经就是这个男人。

在接近永恒的人生中,这应该算是太古时期的事了吧。

"谢谢,不用找了。"待出租车抵达目的地附近,茶畑拿出一万日元的整钞。这是迄今为止的人生中从未说过的话。

"啊,非常感谢。"

司机的脸上露出喜悦之色。大概是因为今天生意不好,结果没想到在快收工的时候拉到这样一位人不可貌相的阔气客人,心情稍微好了些吧。

自己就快撇下妻子和两个女儿,死于前列腺癌了。在那之前必须扛过这段难熬的日子,在这短暂平静的日子里,也会有像今天这样的好日子啊。

茶畑惊得立在原地。

自己为什么会知道这些？

答案不言而喻。

回想起来了。

只是接触了那么一会儿，连正脸都没看到，就想起了我是他，以及他临终的样子⋯⋯

脑中再次出现卡在海底峭壁斜坡上的沉船的影像。

眼下还算稳定，但早晚会慢慢滑落，直到坠入海渊的最深处——无底的深渊。

几乎已经感觉不到对死亡的恐惧，而对于就要失去理智、失去自我的恐惧，则越来越强烈，已经快要无法忍受了。

茶畑用力踏出颤抖的腿，开始飞奔。

很快找到了要去的公寓。

来到入口，在门铃对讲机上按出顶层的房间号码。

进去之后才发现，这栋公寓的结构不一般。

首先看到的是无数台监控摄像头，只一眼就能看到有四台正在捕捉自己。在不算大的门厅里还摆着好几套沙发，没有人会在这种地方迎接访客谈笑风生吧。而且沙发破旧不堪，被当作大型垃圾丢掉也不为过。茶畑抓住沙发的靠背想将其挪开，但太重了，根本挪不动。看来是为了阻挡大批人群同时闯入才放在这里的。

走进电梯，电梯按键上没有顶层11楼的按钮。正在不知道怎么办的时候，电梯自动关上了门，开始上升。应该是上面有人按了。

电梯门打开，探测到茶畑体温的感应灯亮起。眼前就是房门，但没有人在。像是在室内就能让电梯上来的设计，当然也有可能是某人按下按钮后又回到了房间里。

房门也不寻常。外侧有一道铁栅栏门，不禁让人联想到监狱。这样的铁门在日本很少见,应该是之后特意装的吧。仔细看房门的表面,还做了加固处理,钉了两三厘米厚的铁板。

门朝内打开了,玄关内侧漆黑一片,不过能感觉到有个高个子男人站在那里。

随后,铁栅栏门也开了。

"哈哈哈哈哈!你这是什么表情啊?"丹野美智夫哈哈大笑,"是第一次杀人?"

"肯定是第一次啊!"

"没事,再杀两三个就习惯了。"

丹野终于打开了玄关的灯,灯光被调到了能闪瞎来客眼睛的亮度,令茶畑移开了视线。

就在这时,奇怪的影像在脑中浮现。

眼窝凹陷、非常憔悴的男人,冒着汗珠的额头上沾满灰尘。

茶畑认识这张脸,是极为熟悉的人,是自己。

为什么能看到自己的脸?茶畑陷入混乱,但幻觉在几秒钟后便消失了。

"进来,把门都锁上。"

茶畑按照丹野的吩咐,关上铁栅栏门和用铁板加固过的沉重房门,再按顺序把六道锁都锁上。

瞥了一眼丹野手上的小型自动手枪。眼下的事态,有这样的准备也是正常的吧。

穿过狭窄的走廊,来到一间宽敞的房间,迎接茶畑的是一副异样的光景。

房间中放着一口浴缸,外形像是站立式的,但又不是受富裕层欢迎的那种时尚浴缸,材质是搪瓷的。看起来像从拆迁现场捡回来的大众款，不过内侧尺寸有一百六十厘米那么长。

一个上半身被吊起来，嘴里塞着东西，缠得像只蓑蛾的男人，下半身被塞在浴缸里。那锐利的眼神和鹰钩鼻，很明显不是日本人。

"什么人？"

"洛斯·艾克赛斯的成员，嘴硬得很，连名字都不肯说。"

茶畑在举起菜刀的丹野身上看到了重影。

另一个影子是小学四年级的他，也就是距今约三十年前，第一次与丹野同班时见到的那个他。

第一次见面时，茶畑没看出他会是那么可怕的一个人。身高虽然是全班第一，可他那张几乎没有眉毛、扁平苍白的脸，毫无威慑力可言。

但茶畑还是慎重地与他保持着距离，毕竟还不知道他的实力如何，而且"丹野"这个名字早已成了大家私下偷偷讨论的话题。有人说他和几个中学生打群架，把所有人都送进了医院；还有人说，他跟邻居发生纠纷，往别人家里扔拳头大小的石头，把所有玻璃都砸碎了。传闻很夸张，让人难辨真伪，不过，茶畑的第六感告诫自己，最好不要和这个人扯上关系。

这个决定正确与否，在这一天结束前就得到了印证。

之后回想起来，茶畑甚至怀疑是不是学校出于某种意图故意安排的，问题儿童都在这个班里。丹野和茶畑都是如此，还有一个秦姓的暴力分子，身高只比丹野矮一点，体重应该超过了六十公斤吧，力大无比，和大人摔跤都不会输。

大概是想将秦姓少年的本性导向正途，所以从小就让他学习柔道。然而技术是提高了，人品却一点进步都没有。秦的拿手好戏是把人丢出去、控制住，再勒住对方的气管。他那总是怒视着的表情气势十足，在这间教室里不乏长相粗犷、说是小学四年级学生可能都没人信的孩子，但他依然能碾压所有人。

秦大概觉得先发制人很重要，想要解决有可能会成为竞争对手的人，所以他总是一副严阵以待的态度。上课的时候也从不看黑板，巡视着班级里的同学，为此，大家只要发现秦瞪着自己就会移开视线，唯独丹野是个例外。他会用那双不知道在想什么的小眼睛目不转睛地回瞪秦。

秦的表情变成暗自窃喜，应该是打定了主意，到了休息时间就迅速勒住丹野的脖子吧。

老师刚走，秦就笔直朝着丹野走去，前面座位上的小孩急忙逃开。

"你小子看什么呢！啊？"

秦拍着桌子怒吼。这个年纪还没变声，但大概因为体格健壮，他的声音很粗。

丹野坐着没动，瞥了秦一眼，抿嘴笑了。从铅笔盒里拿出某样东西，做出了按住秦右手手背的动作。

茶畑就在后面看着，但并不知道那一瞬间发生了什么。

之后发现丹野从铅笔盒里拿出来的是特大号圆规，长长的针尖刺穿秦的手，把他钉在了桌子上。茶畑感觉自己的脸没了血色。

秦脸色苍白，大声尖叫。

丹野快速起身，打中秦的喉咙。随后，秦只能发出蟾蜍般的声音，连呼救都做不到了。

丹野左手继续按着圆规，右手握拳不停地殴打秦的脸。很快，秦的鼻子出血，脸也肿了起来。

就是在这个时候，丹野不知道为什么看着茶畑露出了开心的笑容，说："你要不要试试？"

茶畑没有回话，只是摇了摇头。

在这一刻，茶畑感受到了绝对的恐惧。

而在丹野看来，摧毁了一个想要反抗自己的人，又挫败了另一个人，这个开头着实不赖。

痛苦呻吟的胖子和面色铁青摇头的少年，真是让人心情愉悦啊。

茶畑惊醒。

又来了，脑中又浮现出了自己的身影，原本应该绝对看不到的。

随后，茶畑发现，自己刚刚回想起来的其实是丹野的记忆。

丹野也是自己的前世之一。

"阿茶，你发什么呆啊？"丹野诧异的声音把茶畑拉回现实。

"没什么，就是突然想起了以前的事。"

"你这人看着慌里慌张的，没准儿是个大人物呢。"

说罢，丹野走到浴缸前，把刀贴在男人脸上，男人纹丝未动。"你也很了不起。是不是因为面部迟钝，所以没什么效果啊？"

边说边用刀在男人脸上划出一毫米宽的细线。男人身体发抖，却什么都没说。

果然是他。茶畑痛苦地注视着丹野。

就是因为在小学的时候遇到这个疯子，才会受到破坏精神的强烈影响，连人生都被打乱了。

接着，茶畑又想起丹野和自己是同一天生日，11月15日，大概连具体时间也非常接近吧。所以丹野应该是自己最近的前世。

心里极其厌恶这个怪物，却又被他的某些地方吸引，肯定是因为回想起他所做的一切都是自己上辈子做过的。

茶畑脑中出现其他影像。

"可怜是挺可怜的，可也不能因为你还小就放了你，"丹野的声音中没有感情，"好不容易培养起来的香草客户就这么被你偷偷抢走了，我们的买卖都干不下去了呢。"

"请饶了我吧，我再也不敢了！"手被绑在身后、瑟瑟发抖的人是北川辽太。"可卡因的目标客户是以富裕阶层为中心，不会和白粉的客户层重叠的，我觉得这挺好的啊！"

"一开始可能是这样，但早晚会和白粉竞争。要想干也可以，但必须跟我们签代理协议。"

"是，我明白了，今后我会按时给丹野先生您上贡的。"

"已经晚了。"

丹野缓缓摇头。辽太哭出了声。

"怎么会呢……我不是给您送钱来了吗？求您了，饶我一条小命吧！"

"嗯，钱我收下了。不过你注定要去东京海底峡谷的深处，龙宫城了。"

茶畑感到一阵恶心，真想诅咒会相信这种恶魔说的话的自己。

这家伙连辽太是自己的未来都不知道，就杀了辽太。

从一开始，丹野就是一切的元凶。

丹野向这边投来了怀疑的视线。茶畑脊背发凉，他是察觉到什么了吗？

在丹野开口前，可视门铃响了。他看了一眼屏幕，没说话，按下了打开玄关自动闸门的按钮。

"有人来了吗？"

听到茶畑的疑问,丹野笑了:"嗯,是组里的年轻人,来得正是时候,把贵宾给我带来了。"

"贵宾?"

"是两个可爱的孩子,好像一个叫索菲亚,一个叫迭戈。"

听到这两个名字的瞬间,一直保持缄默的男人开始大叫。

"哦,终于打算说了吗?"丹野心情愉悦地看着男人,"不过,很不凑巧,我听不懂西班牙语。能不能麻烦你说日语啊?"

男人似乎听不懂丹野在说什么,只是一味地喊叫。

"这个男人好像真的听不懂日语。"

听到茶畑这么说,丹野苦笑:"那可不是我的责任,既然打算在日本做买卖,至少要学会我们的语言吧。"

"这……你究竟要干什么?"茶畑无语。

随着玄关的门打开的声音,走进来两个男人,还带着两个孩子。两个孩子都长着拉美人的面孔,女孩十岁左右,男孩七八岁的样子。

男人大声叫着孩子们的名字。孩子们听到呼喊,想跑去浴缸那里,被那两个男人制止了。一时间房间里充斥着大约是诅咒和哀求意味的西班牙语,局面一发不可收拾。

丹野不慌不忙地就那么看着。

"要让他们闭嘴吗?"留着络腮胡的男人问道。应该是丹野的小弟。

"多么感人的父子相见,很催人泪下不是吗?就让他们好好聊聊吧。"丹野冷笑着,"放心吧,这间房是彻底隔音的,不会有人来投诉。"

"是。"

悲情戏码告一段落之后,男人开始对着丹野滔滔不绝地说着什么。虽然一句也听不懂,但多半是在让他放了孩子们。

"嗯——说这么多值得褒奖，不过正所谓入乡随俗，对吗？要用日语说才行啊！"

听着丹野好言相劝的语气，男人愣了一瞬，继续快速说起西班牙语。

"不行，不行，都说听不懂了，必须用日语说。"

大概是看不下去了，络腮胡张口解围道："大哥，这家伙好像真的不会说日语啊？"

"嗯，应该是，不过责任还是在他。"

"咦？可是……"

"要不你来翻译？负起所有责任。"

"我也不懂西班牙语……"

"那就给我闭嘴。"

丹野之前手上拿着菜刀，这会儿大概是觉得无聊，丢到了一边。转而拿起收在白木刀鞘中的日本刀，拔出。其他人都屏息注视着。

"大哥，这也太……"络腮胡露出哭笑不得的表情。

"嗯，别说了。"

"您难道要杀小孩子？"

"就是你说的，难道。"

"大哥……"

日本刀一闪。络腮胡的两只眼睛惊愕地张着，手脚不停抽搐着，似乎还没反应过来被砍的是自己。

"吵死人了……你，把孩子们带过来。"

接到丹野命令的长发男浑身颤抖，抓住孩子们的脖颈往前推。孩子们也被眼前的恐怖画面吓得石化了。

"真是可爱啊！两个都是你的孩子吗？"丹野亲密地把手放在两个孩子的肩膀上，对浴缸里的男人说道。

男人脸色苍白地不停说着什么。仿佛在他停止说话的瞬间，孩子们就会没命。身体被打包用的塑料绳和胶带一圈又一圈地缠住，无法用肢体语言表述，但通过头的动作和表情可以看出，他在拼命诉说着什么。

"这也是民族特点吗？演员都没你会演，了不起的表现力。不过遗憾的是，我还是听不懂你在说什么。"

丹野心情愉悦地说完，看向孩子们："嗯……我记得姐姐叫索菲亚，弟弟叫迭戈来着？"

女孩表情僵硬地答了一声"Si"。

"真是乖孩子，喜欢日本吗？"

女孩似乎没听懂，摇摇头。男孩则始终怒视着丹野。

"不喜欢日本吗？那为什么要来呢？"

他是打算从小孩子下手吗？茶畑忍不住了。

"应该不是这个意思，那孩子根本不知道你在问什么。"

"闭嘴。"

丹野眼神凶恶地瞥了茶畑一眼。是错觉吗？刚刚位于那双眼白占比更大的眼球正中的瞳孔，是竖着的，就像蝮蛇一样。

"你打算怎么办呢？是老实回答我的问题，还是跟这两个孩子说永别呢？"

丹野对着浴缸中的男人眨眨眼。大概是隐约猜到丹野话中的意思，男人浑身颤抖，用更快的语速继续说着。

"你可别误会了，我也不喜欢伤害小孩，虽说也有那样的变态吧。不过话说回来，谁让你把孩子带到战场上来呢？这是你的不对。你是怎么想的？以为自己是来观光旅游的吗？"

经丹野这么一说，茶畑也觉得很奇怪。

"喂，这个人真的是洛斯·艾克赛斯的成员吗？"

丹野笑了："当然。"

"可正如你说的，带孩子来很奇怪吧？是不是搞错了？"

"带孩子来是因为这家伙表面上是驻日大使馆的职员。"

茶畑大吃一惊："大使馆的职员？那和洛斯·艾克赛斯有什么关系？"

"我刚才就一直在问这个问题。"

"那你是怎么知道他们之间有关系的？"

"你的话也很多，"丹野用日本刀的刀尖指着茶畑，"我收到情报，洛斯·艾克赛斯的人和这家伙在酒店前厅接触过，是这样吧？"

听到丹野的问话，长发男回答"对，是的"，然后不住地点头。

太不讲理了，就因为这种不可靠的消息连小孩子都要杀吗？茶畑摇头。

很久以前茶畑就知道，这家伙是个真正的疯子。自己究竟是想从他身上得到什么才来这里的？

"干吗垂头丧气的？"丹野冷笑，"怎么看着比这个墨西哥人还虚弱？"

的确如此。

茶畑回想起刚刚幻觉中自己的脸。眼窝凹陷，非常憔悴，冒着汗珠的额头上沾满灰尘。

"是吗？"

茶畑下意识地说出这么一句话。那就是丹野眼中的自己，会回想起来一点都不奇怪，因为丹野也是自己的一个前世。

想起那种令人作呕的记忆不是自己的本意。可事已至此，干脆一不做二不休，再多想起来一些，看看丹野接下来会怎么做。

紧接着，模糊的影像浮现。

没错，就是这个房间。

我手拿日本刀，正准备不问青红皂白杀了这个可疑的墨西哥人和他两个年幼的孩子。

我是怎么变得如此不讲道理，如此残暴的？唯一可以确定的是，我一直很享受杀戮，像一只肉食动物，沉醉于捕获猎物后将其撕裂的瞬间迸发出来的味道，那种味道会令大脑分泌兴奋剂。

同是拥有各自的意识而活着的人。我会夺走有可能不会服从自己命令的人的生命之火，让其变成不会言语的死肉，仿佛自己成神了。在我看来，这才是对生物来说最大的愉悦。

茶畑实在难以想象，拥有这样异常感受的家伙居然也是人类，只想作呕。但毫无疑问，这就是支配着上辈子的自己的思想回路。

接下来回想起来的内容令茶畑如遭雷劈。

原来是这样啊……

真是出乎意料的记忆。

完全想不到会在这里戛然而止。

等一下，接下来会如此发展吗？

大脑极度混乱。

这就是我还是丹野的时候发生过的事。

接下来，我会以茶畑的视角再次体验同样的事吗？

若真是如此，那这个世界上就只存在既定的过去和既定的未来。完全没有自我意识插手的余地。

我们就只能在既定的轨道上前进吗？

现在没时间沉湎于哲学性的感慨中。

"我再问一次哦，真的是最后一次问了哦。洛斯·艾克赛斯的人现在身在何处？"丹野举起日本刀，先在头上挥了一圈，然后精准地停在浴缸中男人的咽喉处。

"怎么了？不会说？不会日语？这可关乎孩子的性命啊，展现一下你在这方面的天赋吧？"丹野抓住索菲亚的胳膊，拉到身边，将日本刀的刀刃抵在她的喉咙上。

"他们在哪儿？就是不说吗？那就没办法了。"

趁着丹野背对自己，茶畑慢慢地往前挪动。

不要急，绝不能发出声音。机会只有一次。就算那是实际发生过的未来，也不能确保这次必定成功。

幸运的是，房间里的所有人都没有注意到这边的小动作。

茶畑看看脚边。

刚刚被丹野一刀毙命的络腮胡就躺在地毯上，睁大的双眸已经没有了光芒。

茶畑悄悄蹲下身子在络腮胡怀中摸索，手指碰到了一件坚硬的物什。

拔出手枪，站起身瞄准丹野。

丹野看着浴缸中的男人，用沙哑的嗓音以江湖艺人的腔调说着开场白："各位，走过路过不要错过啦，这可是难得一见的奇景。受了我这一招，竟然还能在原地单腿旋转。要是真的转了，各位看官要给点掌声啊！"

优雅地施礼，左手用力一推，把索菲亚推向房间中央。

接着，将日本刀高高举过头顶。

茶畑打开手枪的保险，扣下扳机。

震耳欲聋的枪声。

丹野像是被人从后面撞了一下似的踩空，然后缓慢扭动头部，看向这边。

"阿茶……果然是你。"

声音嘶哑得可怕。

茶畑没有犹豫,接着开了第二枪和第三枪。

丹野美智夫是怪物。以前一直觉得这家伙就算被枪打中也不会死,即便中了好几枪,伤口也会瞬间愈合,然后冷笑着朝自己靠近。不,也许会从身上的每个枪眼里钻出丹野的脸,然后发出尖锐的笑声……

而现实是,丹野突然倒地后,便再也不动了。

目睹一切的长发男张大了嘴看着茶畑。

茶畑突然有种自己自由了的感觉。之前的行动都是有剧本的,是前世的丹野的记忆,到这里就中断了。之后必须看自己的临场发挥了。

"你呢?也想死吗?"

自己的声音比想象中要冷酷。

长发男哆哆嗦嗦地摇头,无法控制好脸上的肌肉,看似皮笑肉不笑的,不过应该不是在挑衅。

"可是,丹野是你的大哥吧?不是应该杀了我替他报仇吗?"

"呃……不了吧……"长发男的声音无精打采,"我很早之前就不想跟他了,可是逆他的意就会被杀。所以你杀了他也算是救了我。"

"给那个男人解开。"

听到茶畑的命令,长发男像弹出去一般跑到墨西哥人身边,开始急急忙忙地一圈一圈拆开塑料绳和胶带。

总算解开束缚,获得自由变成半裸的墨西哥人茫然地杵在那里。

怎么说他才能明白呢?茶畑思考了一会儿,突然想起来。

"Escapar con los niños.(带上孩子们逃吧。)"

墨西哥人先是睁大双眼,然后点了点头,抱过两个孩子,拖着自己的腿用尽可能快的速度离开了。

长发男再次张大嘴，大概以为茶畑与洛斯·艾克赛斯有勾结吧。

"你在这里待十分钟，如果提前出来，我就毙了你。明白了吗？"

茶畑说完，长发男就像一只喝水的小鸟，拼命点头。

虽然只说了一句，但之所以能说西班牙语，是因为回想起了自己的前世——那个墨西哥人坎波斯的记忆。

走在夜晚的街道上，茶畑思考着。

坎波斯根本不是什么洛斯·艾克赛斯的成员，他只是收受了一些贿赂，为洛斯·艾克赛斯的人入境日本提供便利。

坎波斯在日本被疯子混混抓到，险些连同两个孩子一起被杀，之后被会说流畅西班牙语的神秘东洋男人所救。在自己遭受拷问期间，神秘东洋男人的脸上一直挂着苦恼的表情。

坎波斯猜测他可能是组织雇用的人。

坎波斯在这件事之后立即辞职回到了墨西哥，于九十岁寿终正寝。两个孩子都很出色，度过了子孙满堂的幸福余生。索菲亚与IT行业的企业家喜结连理，虽然为丈夫的花心而苦恼，但一生还算幸福。迭戈做了法官，与黑手党势不两立，多次取得光辉的成果。后来还做到了州长，但最后被闯入家中的歹徒射杀。

坎波斯在出席儿子葬礼时由于伤心过度，险些心脏病发……

不行，不要再想了。

茶畑努力让脑中保持一片空白，无数人生的无数记忆一股脑儿涌入意识，就快失去理智了。

想必已经无法阻止了吧。从堤坝上的小洞缓缓往外渗漏的水流会逐渐变得凶猛，最终冲垮堤坝。

看来我会想起一切，接下来就只能在精神崩溃的状态下度过余生了。

不知不觉来到了闹市区。现在已是深夜，而且还是在恶性事件频发期间，这城市的一角却依然人来人往。

他们全都是我的前世或未来吗？

相爱、互憎，或漠不关心。

互助、相杀、欺骗、争夺。

肩膀差点撞到一个年轻男子，男子发出"啧"的一声并瞪了茶畑一眼。这个人是谁？想不起来，因为他是我的来世。

后生可畏真是说的没错。即便能想起过去，在不借助其他前世记忆的情况下，根本不知道未来自己的身上会发生什么。

貌似是在茶畑的脸上看到了什么，男人的表情出现了奇妙的波动，接着便想要转身离开。

"等一下。"

听到茶畑的呼唤，男子迅速回过头，虚张声势和恐惧两种表情在他脸上打架。

"你不记得了吗？还是我的时候的事。"

男人的下巴附近表现出了一瞬间的紧张，接着像感到害怕退了两三步，之后便消失在了黑暗中。

茶畑继续漫无目地走着，遇到他的行人都会惊讶地远远躲开。

不用看也知道因为什么。茶畑心想，我现在的表情应该就像动画片里一样，正在高速变化着。

每当大量过去的记忆浮现，容貌就会完全改变。

渐渐地，意识变得模糊。随着无数记忆奔流而至，茶畑彻朗这个身份越来越没有存在感。

这或许就是维持理智时的最后想法了。

我有生以来第一次杀了人。或许他是个不能算人的坏人，可再怎么说也是人。郁闷的是，他就是我。我射杀了过去的我，这就是最不可取的愚蠢行为吧。

但，这样就好，与孤独的牢笼相比，这样已经很好了。与独自一人身处广阔无垠的宇宙中相比，真的很好了。

突然，像有人关了电灯，茶畑被封锁在黑暗中。

啊啊，又要回到那个地方了。

回归冰冷、无声、无光，真正的、永远的孤独。

## 第十三章

都结束了。

意识即将回归黑暗与虚无之中。

待新的大幕拉起之时，肯定已经是来世，是完全不同的人生了吧。

一切就这样渐渐淡化。

就在这时，出现了某样东西。

又来了，是光？

前方隐约有光。

是球形的灯光，就像遥远的恒星。

灯光摇晃着靠近。

啊啊，这是……茶畑想起来了。是最初也是最后一次夜潜时，亚未手上的潜水灯的光。

这是怎么回事？

我还是我，还是茶畑彻朗。

意识为什么没有被黑暗吞噬？

又有另外一个场景浮现，只是这次不是茶畑彻朗的记忆。

是某个人前世的一个片段。

轰轰作响。会让人想起逆井川的流水声，不过要更激烈。就像在母亲的子宫中曾经听到过的血液流动的声音，到处都是大地轰鸣般的重低音。

　　站在大街上，自己好像认识这里，这里是……南三陆町。貌似是刚从家里出来。

　　感受到了可怕的气息，有什么东西要从远处来了。

　　看向声音发出的方位，映入眼帘的是二三十米高的类似黄色烟雾的东西。

　　是海啸。建筑物接连被摧毁，再有几百米就要到眼前了。

　　脸上一下没有了血色，双腿也在颤抖，必须尽快逃离。

　　可跑得太慢了，慢到连自己都嫌弃。

　　啊啊，不行了，这样要不了多久就会被吞噬……

　　突然，就像切换了镜头，出现了另外一段影像。

　　是亚未，就她一个人，被晒黑的脸庞，海豚发夹梳起的马尾，印有潜水用品商店 LOGO 的训练服和幼儿园的围裙。

　　这是东日本大震灾时的影像。究竟是谁的记忆？

　　接着，强烈的后悔情绪涌上心头。

　　我当时为什么不在？为什么没有留在亚未身边保护她？

　　亚未站在防潮堤前，看向这边。

　　"喂——快跑啊！"

　　不知道是谁在大声呼喊，亚未却不为所动。就只是直勾勾地盯着这边。

　　然后不知道为什么，露出了淡淡的微笑。

亚未在对着谁笑？而且是在这样的情况下。

茶畑非常混乱。

因为她好像在对着自己笑。

到处飘舞着细小的白色物体，像雪花。是三月之后的晚雪吗？还是被风吹起来的积雪？

日光落向亚未身后远高于她头顶之处，不禁倒吸一口凉气。

天空中飘着好似白色云彩的东西，在阳光的照射下闪闪发亮。

——是浪峰！超出想象的巨型海啸即将来袭。

又喊了一次："快跑啊！"亚未依然纹丝未动。

亚未背后的海面被高高托起，超出了防潮堤的高度。然后像瀑布一样落在防潮堤前。半空中透明的浪峰是那么美，却预示着如墨汁般漆黑的不祥之兆。

红色和黑色的养殖浮球随着滚滚的波浪接二连三地越过防潮堤又掉落，浪潮势头更猛，连渔网和牡蛎养殖筏架都飞了过来。

海啸再次提升了高度，终于彻底吞没了防潮堤。

乌黑的湍流眨眼间从背后袭向亚未。

影像到此戛然而止。因为主视角的男人快速转过了身。

眼泪流经脸颊。

茶畑哭得像个孩子。

这里是哪里？

不知不觉走到了很远的地方，在此过程中也没有察觉周围的情况，就像梦游症发作。

自己在不认识的某条街的步行道上。

行人经过默默流泪的男人身边时，都会小心翼翼地躲开。

亚未为什么要离开安全的高台，回到危险的海岸边？

看过影像之后也搞不清其中的原因。

现在想破头也想不出答案。不过早晚会知道。

茶畑继续缓缓走着。

因为我早晚会转世成亚未。是的，就在遥远的将来。

神奇的是，意识很清晰，简单的心算应该还是可以的。

记得全世界人口的平均寿命是七十二岁左右。

世界人口也有七十二亿的话，粗略算下来，一岁的就有一亿人。我和亚未差了六岁，中间隔着六亿人。如果都活七十二年，合计就是四百三十二亿年。

也就是说，接下来要按照顺序体验六亿人的人生，从现在起往后算，四百三十二亿年后，就能成为亚未了。

跟宇宙的年龄比起来，也是相当长的时间，是非常遥远的未来。

不过到那个时候，自己肯定也不记得作为茶畑时的事了。

不，真的是这样吗？或许会想起来呢？就像我现在，不是回想起了那么多前世吗？

届时一切谜团就会解开吗？

茶畑突然意识到——亚未是不是已经想起来了？早坂弘之前说的亚未做的那个梦，该不会就是她回想起了前世，而那个前世就是我吧？

所以亚未才会离开安全的高台，回到海岸边。

为了让现在的我对未来充满希望，不至于发狂。虽然这个想法也许只是我在自作多情。

就在这时，手机的来电铃声响了。

反射性地掏出手机，屏幕上显示着"哥布林"三个字。

"喂。"

"太令人惊讶了，你在知晓真相之后居然熬过来了。"贺茂礼子似乎已经看到了一切。

"多亏了亚未。"

"你有着非常强烈的牵绊。"

是以失去亚未为代价换来的牵绊。

"不过，我到现在都无法接受全人类都是同一个人这种思考方式。就连我们现在的这番对话，也像是超越时空的独角戏，不是吗？"茶畑想要彻底消除上涌的忧伤，假装开玩笑地说道。

说到底，我就是个等待上场的演员。在无数的舞台上，主角和配角都必须由我一个人来扮演。就算大部分舞台都无聊至极，也比在休息室里抱怨孤独要好得多。

"你其实不用过于纠结。"贺茂礼子说出一段奇怪的话，"人们会通过记忆和身体保持同一性。转世后得到另一副身体，记忆也会重启，到时候就能用另外一个人的思维方式看待问题了。"

茶畑感到困惑。事情已经发展到这个地步了，再说这样的话又有什么意义。

"可实际上就是同一个意识在不停地轮回转世，不是吗？而且还有可能会想起前世的记忆。"

"对，轮回转世俨然是存在的。"贺茂礼子笑出了声，"就算不存在，我们至少也应该往那个方面想——想到超过七十亿人的意识集合到一起就会远远超过宇宙的长度；想到拥有喜怒哀乐这些感情的意识的集合体就是如此庞大的事实。"

她难道是想说，宇宙虽常常被视作冰冷的无机物，但随着被"意识"寄宿的人类的出现，就会变得不同了吗？该怎么理解这番话呢？

茶畑不知道。

挂断电话后，茶畑站在原地仰望天空。

东京的上空被低垂的厚厚云层笼罩，湿润的风预示着雨的来临。

要下雨了。

无限遥远的道路横亘在自己与亚未之间。

但在那之前，我会通过无数人的眼睛窥视着你。

你知道吗？在潜水课上对你一见钟情、给你写热情似火的情书却被瞬间击沉的都是我。从未想过你身边会有一个帮你出馊主意、口述拒绝信的男人。

那段旋律再次流入茶畑脑中。

我们都是孤独的。

直到那份孤独变成只有我们两个人相依。

等着我，亚未。

仅仅四百三十二亿年而已。

图字：11-2023-124 号

图书在版编目（CIP）数据

我们都是孤独的 /（日）贵志祐介著；赵滢译. -- 杭州：西泠印社出版社，2025.1
ISBN 978-7-5508-4016-4

Ⅰ.①我… Ⅱ.①贵… ②赵… Ⅲ.①长篇小说—日本—现代 Ⅳ.① I313.45

中国国家版本馆 CIP 数据核字 (2023) 第 005043 号

WAREWARE WA MINA KODOKU DE ARU
Copyright © 2020 Kishi Yusuke
Chinese translation rights in simplified characters arranged with
Kadokawa Haruki Corporation
through Japan UNI Agency, Inc., Tokyo.
Simplified Chinese edition published in 2025 by Beijing Hongyue Scientific and Technical Co., Ltd.

| 出版统筹 | 贾 骥　宋 凯 |
| --- | --- |
| 出版监制 | 张泰亚 |
| 特约编辑 | 朱佩琪 |
| 美术编辑 | 张恺珈　王 艺 |

## 我们都是孤独的

（日）贵志祐介　著　赵滢　译

| 责任编辑 | 李寒晴 |
| --- | --- |
| 责任出版 | 杨飞凤 |
| 责任校对 | 曹 卓 |
| 装帧设计 | 朱雅琪 |
| 出版发行 | 西泠印社出版社 |
|  | （杭州市西湖文化广场 32 号 5 楼　邮政编码　310014） |
| 经　　销 | 全国新华书店 |
| 印　　刷 | 三河市中晟雅豪印务有限公司 |
| 开　　本 | 889mm×1230mm　1/32 |
| 字　　数 | 216 千 |
| 印　　张 | 9 |
| 印　　数 | 0001—5000 |
| 书　　号 | ISBN 978-7-5508-4016-4 |
| 版　　次 | 2025 年 1 月第 1 版　第 1 次印刷 |
| 定　　价 | 58.00 元 |

版权所有　翻印必究　印制差错　负责调换
西泠印社出版社发行部联系方式：（0571）87243079